O FILHO DA FEITICEIRA

KELLY BARNHILL

O FILHO DA FEITICEIRA

Tradução
Ivanir Alves Calado

1ª edição

GALERA
— junior —
RIO DE JANEIRO
2016

CIP-BRASIL. CATALOGAÇAO-NA-FONTE
SINDICATO NACIONAL DOS EDITORES DE LIVROS, RJ

Barnhill, Kelly
B234f   O filho da feiticeira / Kelly Barnhill; tradução Ivanir Alves Calado. – 1. ed. – Rio de Janeiro: Galera Record, 2016.

Tradução de: The witch's boy
ISBN 978-85-01-10521-9

1. Ficção juvenil americana. I. Calado, Ivanir Alves. II. Título.

15-22821   CDD: 028.5
                                                   CDU: 087.5

Título original em inglês:
The witch's boy

Copyright © 2014 Kelly Barnhill

Composição de miolo: Abreu's System

Adaptação de layout de capa: Renata Vidal

Texto revisado segundo o novo Acordo Ortográfico da Língua Portuguesa.

Direitos exclusivos de publicação em língua portuguesa somente para o Brasil adquiridos pela
EDITORA RECORD LTDA.
Rua Argentina, 171 – Rio de Janeiro, RJ – 20921-380 – Tel.: 2585-2000,
que se reserva a propriedade literária desta tradução.

Impresso no Brasil

ISBN 978-85-01-10521-9

Seja um leitor preferencial Record.
Cadastre-se e receba informações sobre nossos lançamentos e nossas promoções.

Atendimento e venda direta ao leitor:
mdireto@record.com.br ou (21) 2585-2002.

Para Jake Sandberg —
primo, companheiro de aventuras, conspirador associado
e meu primeiro melhor amigo.
Este livro é dedicado com amor a você.

DUUNIN
e as
TERRAS PERDIDAS

Kaarna

*O Rio
Prata*

O MAR

*O Rio
Perdido*

AS ILHAS
SENTINELAS

O Rio Lobo

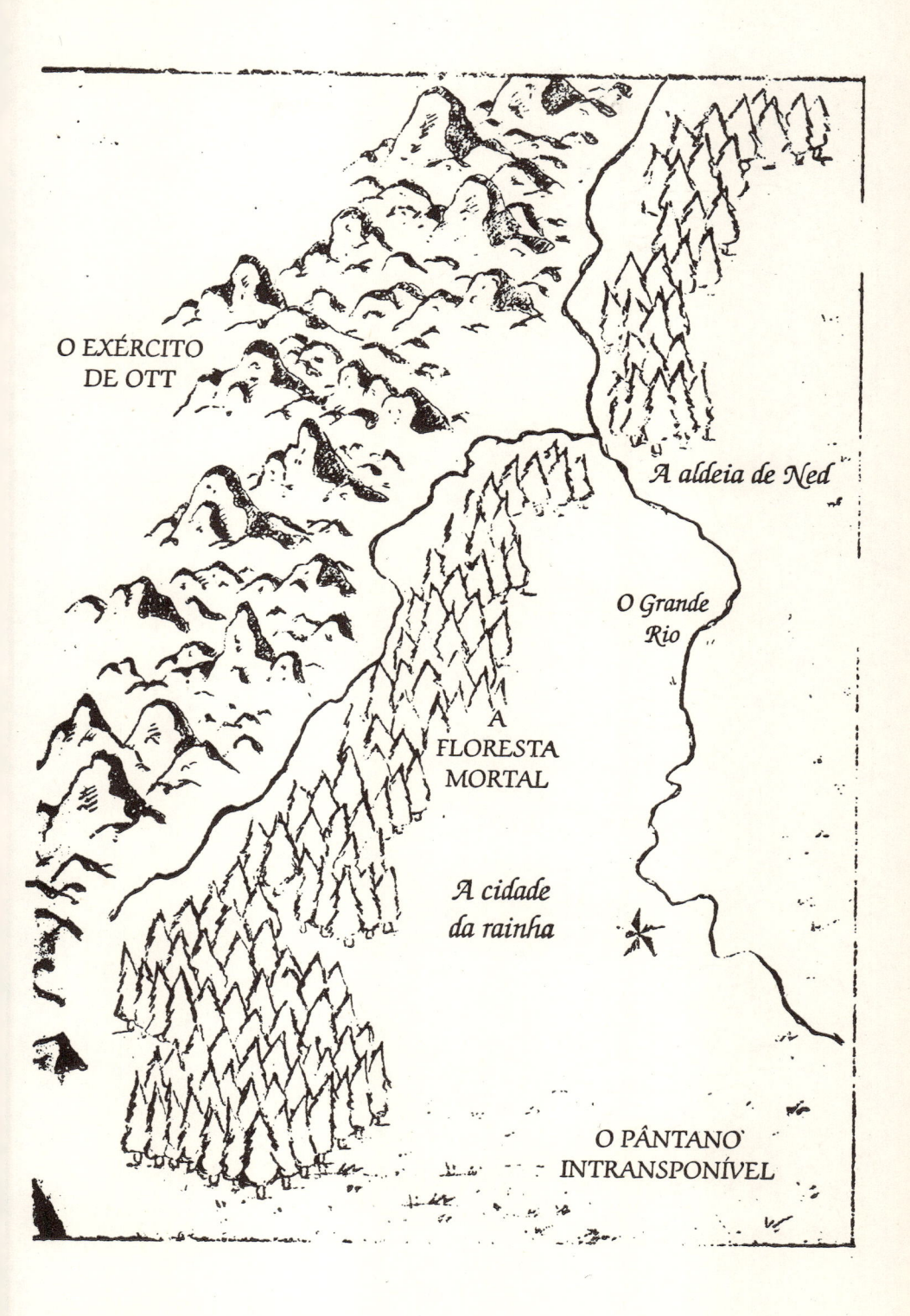

O EXÉRCITO
DE OTT

A aldeia de Ned

O Grande
Rio

A
FLORESTA
MORTAL

A cidade
da rainha

O PÂNTANO
INTRANSPONÍVEL

1

Os gêmeos

Era uma vez dois irmãos, tão parecidos um com o outro quanto você se parece com seu reflexo. Tinham os mesmos olhos, as mesmas mãos, a mesma voz, a mesma curiosidade insaciável. E, embora fosse de comum acordo que um deles era ligeiramente mais rápido, ligeiramente mais inteligente, ligeiramente mais maravilhoso que o outro, ninguém conseguia identificar quem era quem. Mesmo quando se pensava ter conseguido, em geral tratava-se de um erro.

— Qual é o da cicatriz no nariz? — perguntavam as pessoas. — Qual é o do riso maroto? Ned é o inteligente? Ou é Tam?

Ned, diziam algumas.

Tam, diziam outras. Não conseguiam se decidir. Mas sem dúvida um deles era melhor. Era evidente.

— Pelo amor de Deus, garotos — suspiravam os vizinhos, exasperados —, querem parar um pouco para a gente olhar vocês direito?

Os garotos não paravam. Eram um redemoinho de gritos, diabruras e risos travessos. Ninguém conseguia segurá-los. E assim a questão sobre quem era o mais rápido, o mais inteligente, o mais maravilhoso continuava sendo tema para debates.

Um dia os garotos decidiram que já tinha passado a hora de construírem uma balsa. Trabalhando em segredo e com grande atenção aos detalhes, usaram madeira, pedaços de corda, restos de móveis e gravetos, tomando o cuidado de esconder o trabalho das vistas da mãe. Quando sentiram que a embarcação estava pronta para o oceano, enviaram-na para o Grande Rio e subiram a bordo, esperando levá-la ao mar.

Estavam enganados. A embarcação não estava pronta para o oceano. Muito depressa a correnteza despedaçou a balsa, e os garotos foram jogados na água, lutando pela vida.

Seu pai, um homem corpulento e forte, mergulhou no rio e, mesmo nadando mal, esforçou-se para alcançar as crianças.

Uma multidão se juntou na beira d'água. As pessoas tinham medo do rio — tinham medo dos espíritos que viviam na água e podiam agarrar alguém descuidado e puxá-lo para a lama escura do fundo. Não mergulharam para ajudar o homem ou os filhos dele que se afogavam. Em vez disso gritavam comentários úteis para o pai aterrorizado.

— Não deixe de manter a cabeça deles acima da água quando puxar os dois de volta! — gritou uma mulher.

— E, se só puder salvar um — acrescentou um homem —, certifique-se de salvar o *certo*.

A correnteza separou os garotos. O pai não podia salvar os dois. Ele agitava os pés e xingava, mas, quando chegou a um deles — o que estava mais perto —, o gêmeo tinha sido levado para longe, fora das vistas. Mais tarde, naquele dia, seu corpo chegou à margem, inchado e estupefato. As pessoas se reuniram em volta da pequena criança morta e balançaram a cabeça.

— Nós deveríamos saber que ele faria besteira — disseram.

— Ele salvou o errado. O garoto errado sobreviveu.

2

―――

Uma agulha afiada e um pedaço de linha

O GAROTO ERRADO MAL SOBREVIVEU. TINHA ENGOLIDO TANTA água do rio escuro que sua barriguinha inchou. Os pulmões cederam sob o peso da água — sugavam e chiavam, mas não seguravam o ar. O pai colocou o menino delicadamente no chão e inclinou seu queixo para cima. Comprimiu os lábios contra os do garoto e soprou na boca do menino, de novo, de novo e de novo.

— Não tenha medo — sussurrou o pai. — Não tenha medo. — Mas ninguém sabia se ele estava falando com o filho ou consigo mesmo.

O garoto não respirou.

— Anda, Neddy — disse o pai. — Meu pequenino Ned. Anda, acorda para o papai. Abra os olhos.

Mas o menino não abriu os olhos. Por fim, depois de várias respirações serem forçadas para dentro da boca, Ned arfou. Tossiu e tossiu de novo enquanto a água do rio cascateava de seus lábios em grandes jorros. Respirou, mas não muito bem. Os lábios estavam azuis, e a pele, descorada como osso. O pai tirou o casaco e o enrolou no filho.

Ned tossiu violentamente, o corpinho chacoalhando desde as sobrancelhas até os dedos dos pés.

— O mar, Tam — suspirou ele. — O... m... m... mar... — E estremeceu. Seus dentes batiam, fazendo barulho. O pai o envolveu com os braços e o carregou para casa.

Quando chegaram, Ned estava sem sentidos por causa da febre e o pai não conseguiu acordá-lo.

No rio, um punhado de homens e mulheres do povoado caminhou em silêncio pela margem longa e solitária para recuperar o corpo do gêmeo afogado. A mãe do menino esperava, sentada numa pedra, as costas eretas, os dedos remexendo no pano do vestido, pegando uma parte da saia e deixando-a escorrer pelas mãos abertas, de novo e de novo. Seus olhos miravam o nada. A mulher tinha nome, mas ninguém o usava. Seus filhos a chamavam de mamãe, o marido a chamava de esposa, e todo mundo a chamava de Irmã Feiticeira. Ela era uma mulher poderosa, ao mesmo tempo amada e alvo de ressentimentos, e as pessoas a ouviam — *sempre*.

— Toda aquela magia — murmuravam as pessoas enquanto pegavam o menino morto nos braços e o carregavam de volta —, e não adiantou nada. Ela não pode salvar os próprios filhos. De que adiantava, então?

A Irmã Feiticeira era dona de uma pequena reserva de magia — tão antiga e tão poderosa que todo mundo sabia que um homem poderia morrer se a tocasse —, mas isso não serviu de nada a ela. A magia só poderia ser usada a serviço dos outros. (Era nisso que as pessoas acreditavam, e a Irmã Feiticeira assim permitia. Só estavam erradas com relação a uma palavra. *Deveria*. Ela só *deveria* ser usada para os outros. Sua magia era algo perigoso. Com consequências.)

— Estupidez — comentaram. — Um desperdício.

Mas aqueles que se lembravam da ajuda que haviam recebido da praticante de magia — a doença curada, a plantação salva, os filhos perdidos encontrados milagrosamente —, que ainda sentiam gratidão, apertaram as mãos contra a boca para conter o sofrimento.

— Coitada da Irmã Feiticeira — disseram. — Coitadinha. — E seus corações se partiram, só um pouco.

A mãe dos meninos ouviu os murmúrios sem reagir. As pessoas podiam pensar o que quisessem, e com certeza pensariam errado. Isso não era novidade.

Por fim, enquanto a luz do dia começava a se inclinar e ficar mais débil, a criança morta foi trazida à mãe. Ela caiu de joelhos.

— Irmã Feiticeira — chamou uma mulher mais velha. Seu nome era Madame Thuane, a participante mais jovem do Conselho de Anciãos. Apesar de normalmente ser imperiosa e severa, para não mencionar que suspeitava da feiticeira, a presença da criança morta pareceu dobrá-la. Seus olhos se encheram de lágrimas e a voz falhou. — Deixe-me trazer um pano para enrolá-lo. Vamos enterrá-lo com o máximo de carinho.

— Não, obrigada — disse a Irmã Feiticeira. Ninguém podia ajudá-la. Desta vez, não. Ela ignorou os olhares dos vizinhos às suas costas enquanto colocava a cabeça do menino em seu ombro, envolvia o corpo dele com os braços e o carregava para casa pela última vez.

Quando chegou, tudo estava silencioso e triste. Seu marido, deitado no chão ao lado da cama, dormia, absolutamente exausto de preocupação e sofrimento.

Ned, o filho vivo, lutava para respirar. Seus pulmões estavam úmidos e lamacentos. O Grande Rio borbulhava dentro dele, a febre reivindicando a vítima que deveria ter se afogado. Havia pouca chance de o menino sobreviver à noite. Não sem ajuda.

— Ah, não — sussurrou a Irmã Feiticeira. — Isso não. Meu pequeno Ned vai viver.

Foi até seu cesto de costura e pegou um carretel de linha preta e forte. Escolheu sua agulha mais afiada e, passando repetidamente a ponta na borda de uma pedra de amolar, deixou a ponta tão fina que o menor toque em seu dedo produziu uma gota minúscula de sangue vermelho, vermelho.

Parou, levou o dedo ferido aos lábios e chupou o sangue. Fechou os olhos e, por um momento, pareceu que estava tomando uma decisão.

Na verdade era *não deveria*. E não *não poderia*.

As vigas da casa estalaram, os caibros chacoalharam e uma fumaça fedorenta passou pelas tábuas do assoalho.

A casa fedia a magia — enxofre, depois cinzas, depois uma doçura cheia de pústulas.

A magia estava acordada, ela sabia, e prestando atenção, faminta.

Queria *sair*.

— Você fique onde está — repreendeu a Irmã Feiticeira. — Não vou precisar de você.

A magia, uma coisa antiquíssima, de péssimo humor, não disse nada a princípio. Estava presa dentro de seu pote de barro na oficina da Irmã Feiticeira — um cômodo seco, arenoso, cavado embaixo da casa, acessível apenas pelo alçapão escondido sob o tapete. Ela se sacudiu na prateleira, batendo o pote contra a parede.

Você não consegue sem nossa ajuda. A magia não disse isso em voz alta, mas, mesmo assim, a Irmã Feiticeira podia ouvir. *Ande, sua velha malvada e mandona. Solte-nos. Queremos ajudar.*

— Falei sério — disse ela, ainda que sua voz tivesse muito menos convicção que antes. — Vou estar bem sozinha. E você só iria estragar tudo.

A magia murmurou um palavrão, mas a Irmã Feiticeira a ignorou.

Fumegando e frenética, a magia chacoalhou o pote de encontro à prateleira e depois ficou em silêncio. Um tipo de silêncio tenso, seco, atento, como se estivesse prendendo a respiração.

— Isso, queridinha — falou a Irmã Feiticeira em voz alta, como se elogiasse uma criança petulante. Depois começou a trabalhar.

Revirou no baú das roupas de cama e encontrou um pedaço de pano branco — não tão limpo como esperava, mas o suficiente.

Isso não basta, sussurrou a magia.

— Não estou escutando você — respondeu a Irmã Feiticeira, enquanto tentava raspar as manchas com a unha do polegar.

Ora, instigou a magia. *A morte não é para os poderosos e certamente não é para os inteligentes. O garoto não precisa morrer. Você ao menos sabe para onde os mortos vão? Nem nós, e nós não pretendemos saber. Deixe-nos ajudar, feiticeira queridinha. Por favor.*

Ela não deixaria a magia ajudar. Foi o que disse a si mesma enquanto chutava o tapete para longe do alçapão. Não usaria a magia para obter ganho pessoal. Foi isso que disse a si mesma ao descer a escada na ponta dos pés, encarando o pote de barro na prateleira.

— Isso não é magia — disse, colocando a meada de linha em cima do pote. O pote de barro estremeceu e soltou fumaça. A linha reluziu em tom laranja, depois amarelo, depois azul, depois branco. Tremeluziu.

Ah!, suspirou a magia. *Ah, ah! Nós sabíamos que...*

— SILÊNCIO! — ordenou ela, e a magia obedeceu. A feiticeira embrulhou a linha com o pano e subiu a escada rapidamente, como se estivesse se queimando.

A linha estava terrivelmente pesada.

As mãos doíam ao segurá-la.

— Não é magia — repetiu ela em voz alta, como se pudesse obrigar a ser verdade.

E afinal de contas não era magia. Não de verdade. A linha não chegou a tocar no poder que estava dentro do pote de barro. Só ficou *perto* dele. Havia uma grande diferença entre *quase tocar* e *tocar*. Como havia uma diferença entre *deveria* e...

Ela afastou o pensamento, balançando a cabeça.

O corpo de Tam estava na mesa da cozinha — frio, inchado e horrivelmente imóvel. A Irmã Feiticeira sentou-se ao lado dele, passando a mão pelas suas bochechas e pela testa, deixando os dedos se entrelaçarem nos cachos escuros e úmidos. E esperou o sol se pôr.

Quando alguém morre, a alma fica presa dentro do corpo até o anoitecer. Então sai e vai para... outro lugar. Ninguém sabia para onde. A Irmã Feiticeira tinha visto isso acontecer muitas vezes. Mas nunca havia interferido.

Até agora.

O sol pairava na beira do céu, lúgubre e gordo feito um pêssego maduro demais, antes de afundar na noite. A luz escorria em cores espalhafatosas; era um céu que se anunciava.

Ned tossiu e suspirou.

— T... T... Tam — sussurrou no meio do sonho.

— Em breve — disse a mãe ao filho vivo do outro lado do cômodo. Em seguida se inclinou e beijou cada uma das pálpebras do gêmeo morto. — Muito em breve.

O sol se alargou, ondulou e desapareceu no horizonte. O corpo de Tam estremeceu ligeiramente, e ela observou enquanto a alma se desenrolava para fora da boca, como sabia que iria acontecer. E, ah! Era linda! A alma brotou lentamente, desenrolou-se pétala por pétala, antes de se abrir como uma flor e pairar diante dela. A Irmã Feiticeira sentiu a respiração se prender no peito. *Meu filho!*, pensou. *Meu filhinho pequenino.* Jogou o pano branco sobre a alma e a enrolou como se fosse um bebê. Apertou-a contra o peito, cantarolando o tempo todo.

A alma se agitou e se retorceu embrulhada. Estremeceu e se remexeu embaixo do pano branco, desesperada para ir embora.

— Eu sei, querido — sussurrou para a alma. — Sei, meu menininho doce. Sinto muito. Mas não vou perder vocês dois. Não ao mesmo tempo. Na verdade não posso suportar isso.

Manteve a voz calma e suave. Mas seu coração estava se partindo. Partiu-se em mil pedaços. E jamais iria se curar. Levou a alma aos lábios, beijando-a suavemente.

— Fique com o seu irmão — disse, enquanto apertava a alma contra o peito do menino agonizante. — Mantenha-o vivo — pediu, enquanto preparava a agulha. — Mantenha-o em segurança — implorou, enquanto desembolava a linha, cortando um pedaço com os dentes.

E, ao furar alma e menino, ao costurar os dois juntos, disse o seguinte:

— Mamãe ama vocês. Não se esqueçam disso.

E, na escuridão, naquela casa em luto, a alma abriu a boca e gritou.

E o grito virou um suspiro.

E o suspiro virou uma tosse.

E Ned começou a se curar. E viveu.

3

As Pedras

F IM DE TARDE, E A SOMBRA DAS ÁRVORES atravessava a menor e mais jovem das Nove Pedras.

Se tivesse olhos, os teria aberto.

Se tivesse boca, teria bocejado. Ou até sorrido.

— Estou acordada — disse, atônita. *Alguma coisa* a havia acordado, mas ela não fazia ideia do que fosse.

— Todas estamos — disse outra Pedra. A Sexta, pensou ela. Fazia tanto tempo, tempo demais, que não escutava a voz de nenhuma delas. Na verdade tinha praticamente esquecido.

— Isso quer dizer... — Ela parou. Não podia sequer *mencionar*.

— Talvez — disse a outra voz. A que podia ou não ser a voz da Sexta. — Podemos ter esperança. Ou podemos nos desesperar e voltar a dormir. De qualquer modo, não importa.

— Vou ter esperança — avisou a Pedra mais jovem. Sua voz era pequena, fina e quebradiça. Tinha as bordas onduladas.

— *Não*. — Era a Mais Velha. Ela conheceria a voz dele em qualquer lugar. Trovejava sob a terra e zumbia contra o céu. Fazia rochas rolarem e pedrinhas saltarem do leito dos rios. Era uma voz que importava. — Na última vez em que tivemos esperança, houve guerra. E perda. E dor. E há mais coisas vindo. Posso *sentir*.

A Pedra mais velha ficou em silêncio por um longo tempo. Minutos. Horas. Dias. O que é o tempo para uma Pedra? A Mais Jovem começou a se perguntar se a outra havia se esquecido dela.

Então:

— *Espere*. Não tenha esperança. Não deseje. Não se desespere. Só espere. Nossa prisão foi nossa culpa, e nossa redenção virá num instante. Ou não virá nunca. Não somos nós que escolhemos.

E assim esperaram. As Nove Pedras juntas. Esperaram, esperaram e esperaram.

4

O GAROTO ERRADO

A FEBRE DE NED FINALMENTE BAIXOU, MAS ELE NÃO era o mesmo. Seu passo ficou lento, os olhos não mais brilhavam, e o riso o abandonou por completo. Sentava no canto, num estupor, fazendo bonequinhos com restos de pano e abraçando-os. Seus olhos ficavam apertados; a boca, fechada. Não falava.

— Ele vai melhorar — garantia a mãe, com firmeza, como se o fato de dizer as palavras fosse tornar isso realidade. — Espere só.

Mas não melhorou. Durante anos.

Os pontos no peito de Ned, que tinham parecido tão cruéis na ocasião, se fundiram na pele apenas alguns instantes após serem feitos por ela. Não podiam ser desfeitos. Essa era uma consequência imprevista. Uma de muitas. Quando a Irmã Feiticeira pressionava a mão no peito dele, sentia as batidas do coração — e alguma outra agitação. Ela fechava os olhos. Imaginava aquela alma linda. Dizia a si mesma que era para o bem.

— Você é simplesmente você mesmo — dizia a Ned, apesar de saber que era mentira.

— E você é amado — acrescentava. O que era verdade.

Mas será que ele acreditava? A Irmã Feiticeira não fazia ideia.

Enquanto isso, seu marido passara a ficar o dia inteiro e a maior parte da noite na serraria, na floresta ou cortando madeira. Atrás do celeiro havia uma enorme pilha de lenha, o suficiente para fazer outra casa. Ou construir uma imensa balsa, para navegar até o mar ou para salvar um menino do afogamento. *A culpa não é sua*, dizia ela ao marido repetidamente. Mas isso não ajudava. Ela o observava, aquela pele cinza, aqueles olhos de chumbo, a boca franzida numa carranca. Ele não era um homem alto, mas tinha ombros largos como os de um boi e membros grossos como troncos de árvore. Mesmo assim se curvava sob o peso da culpa e da tristeza, tal qual tivesse uma grande pedra de moinho em volta do pescoço. Não conseguia olhar para Ned.

Bom, isso era compreensível. Ned tinha o rosto do irmão.

(E mais que apenas o rosto, pensava sombriamente a Irmã Feiticeira.)

E, mesmo assim, Ned não falava nada. *É a febre*, dizia a Irmã Feiticeira a si mesma. *O sofrimento*. Mas, à medida que os anos passavam, o silêncio de Ned crescia e crescia. Comprimia seu rosto e seu corpo. Vazava para a casa e se espalhava no pátio. O silêncio tinha peso. Tinha substância, presença e dentes. E as pessoas notavam.

Quanto mais tempo ele ficava sem dizer nada, mais as pessoas sussurravam *o garoto errado*, e menos poder a Irmã Feiticeira tinha para combater isso. Parecia que a expressão havia pegado.

E assim Ned cresceu.

O garoto errado, dizia a aldeia.

O garoto errado, dizia o mundo. Ano após ano após ano.

E Ned acreditou.

5

ÁINE

LONGE, DO OUTRO LADO DO MUNDO, UMA GAROTA chamada Áine vivia com a mãe e o pai, e ela os amava muito. Quando Áine era muito pequena, sua mãe era pescadora — a mais hábil e respeitada em todo o litoral. Sua capacidade de orientação era lendária, e diziam que tinha viajado, dentro das partes não mapeadas do mar, mais longe que qualquer pessoa. Com a mãe, Áine aprendeu a manobrar uma embarcação, ler a água, mapear um rumo, lutar com um peixe e sobreviver a uma tempestade. Todo mundo dizia que no futuro ela seria tão boa quanto a mãe.

Mas então a visão de sua mãe escureceu de repente.

E depois começaram os tremores. E as convulsões que duravam horas.

Logo o amado barco de pesca precisou ser vendido para comprar remédios que mantivessem a doença afastada. E os mapas foram vendidos. E os instrumentos foram vendidos. Coisas herdadas. Anéis. Botas de inverno. Um vestido de casamento. Até a luneta da mãe. Tudo que pudesse ser trocado por moedas era levado ao mercado — tudo que a fizesse melhorar. E os remédios funcionaram. Até não funcionarem mais.

E, quando Áine tinha apenas 10 anos, sua mãe começou a morrer.

Naqueles momentos finais Áine se sentava na beira da cama da doente, ainda tentando fazer com que aqueles lábios cheios de bolhas tomassem a sopa, ainda tentando afastar a febre com um pano frio e úmido, ainda tentando salvá-la. Mas, agora, os olhos da mãe estavam injetados e cegos, com uma grossa película amarela se esgueirando sobre o branco. Ela lambeu os lábios e ofegou, agarrando a mão de Áine.

— O garoto errado — sussurrou a mãe, com a voz rouca e seca como um bocado de areia. Ela tossiu. — O garoto errado vai salvar sua vida e você vai salvar a dele. E o lobo... — Ela engasgou e estremeceu.

Mas o que um lobo tinha a ver com garotos (certos, errados ou não) a mãe de Áine não disse. Em vez disso apertou a mão contra o coração da filha mais uma vez, antes deixá-la deslizar de volta para a cama. E logo sua respiração curta parou e ela se foi.

Sendo uma garota prática, empreendedora, que não tendia a sentimentalismo ou autopiedade, Áine não perdeu tempo chorando. Amava a mãe e sentia uma falta terrível dela, mas chorar não faria a roupa ser lavada, não faria o pão assar ou a sopa cozinhar, e certamente não traria sua mãe de volta dos mortos. Além disso, o pai de Áine chorou o suficiente pelos dois.

A mãe de Áine a havia ensinado bem. Ela sabia manter uma casa limpa, quente e segura. Sabia amarrar redes com a mão e usá-las para pegar peixes nos charcos da cidade e conservá-los com fumaça e sal. Podia aproveitar um assado do jantar para o café da manhã e depois transformá-lo num cozido que duraria uma semana ou mais. Sabia barganhar no mercado — o que era bom porque seu pai havia se trancado no quarto com uma jarra de vinho e uma tristeza uivante. Ele parou de ir à loja onde trabalhava. Parou de falar. Suas lágrimas escorriam como rios transbordando e ameaçavam afogar os dois. Áine chapinhava no pântano da tristeza do pai.

Enquanto isso a quantidade de moedas no jarro ia diminuindo cada vez mais, até desaparecer completamente. Enquanto isso a jarra de óleo ficava mais leve, a despensa rareava e o pote de feijão ficava tão vazio quanto o coração de Áine. Até os peixes os abandonaram.

Um dia o dono da loja apareceu na casa e avisou que o pai dela não precisava voltar ao trabalho. Pouco depois, o senhorio disse para fazerem as trouxas e encontrarem um novo lugar para morar. Finalmente Áine não sabia o que fazer. Foi ao quarto do pai e o acordou.

— Pai — chamou ela. — O dono da loja disse que o senhor não precisa voltar, e o senhorio falou que precisamos nos mudar, e não temos mais moedas no jarro, por isso não posso comprar farinha, e por isso não posso fazer pão. E não temos sopa no fogão porque ficamos sem carne. — Sem batatas também, pensou Áine. E lentilha. E peixe. E sal. E qualquer outra comida que pudesse ser picada na panela. Em sua mente, ela calculou o quanto era necessário para alimentar os dois durante uma semana. Durante um mês. Durante um ano. *De onde viria o dinheiro?* Não fazia ideia.

O pai enxugou os olhos e sentou-se. Era um homem grande. Um gigante. Seu cabelo ruivo flamejava como se a mente pegasse fogo, e o rosto tinha a expressão perspicaz de um bandido — porque era isso que ele era, antes de Áine nascer, ainda que ela não soubesse. Por enquanto. Ele passou a mão pela barba ruiva, puxando-a até formar uma ponta afiada, e inclinou a cabeça para a filha. Seu rosto se suavizou. Ele apertou os lábios, como se estivesse chegando a uma decisão.

— Bom, minha flor — disse lentamente, pondo a mão grande e larga no rosto dela e se inclinando para beijar sua testa. — Está dizendo que não temos nada, então?

Pensando bem, Áine desejou ter notado melhor o brilho estranho que apareceu nos olhos do pai ao mencionar a palavra *nada*. Como se a palavra em si, ou o fato do *nada*, fosse uma coisa mágica. Um talismã de poder, ou perdição.

— Absolutamente nada? — pressionou ele. O brilho se aprofundou.

— Não, pai — respondeu ela cautelosamente. — Eu nunca diria que não temos *nada*. (De novo! Aquele brilho! Por que ela não o havia notado?) Temos nossas mãos, nossa cabeça e nossas costas fortes. Isso é sempre *alguma coisa*. Mamãe sempre disse que uma inteligência afiada é mais valiosa que um castelo cheio de ouro. — A garota engoliu em seco e fechou os olhos. Sentia tanta falta da mãe que achou que poderia se partir ao meio. — E ela estava sempre certa.

Os olhos do pai se franziram nos cantos, e cada ruga tinha a umidade de uma lágrima. Ele inclinou a cabeça para trás e soltou um grito que a princípio pareceu um gemido, mas depois se transformou numa gargalhada enorme, estrondosa. Sua voz estava quebradiça, vívida e aguda; como se a tristeza tivesse se despedaçado subitamente, reluzindo, cobrindo o chão poeirento com cacos cintilantes. Ele se levantou, segurou a filha pela cintura e girou-a como se ela não pesasse mais que um feixe de trigo. Sentou-a no ombro, que nem um passarinho.

— É mesmo, minha filha, meu tesouro, minha esperança — cantarolou ele. — O mundo é grande, vivo e rico! E esta aldeia é pequena demais para pessoas inteligentes como nós. Arrume nossas coisas, meu anjo, e vamos embora! — Ele a pousou de leve no chão, pegou o gorro, as botas e um saco de couro vazio e partiu para a noite. — Vou juntar suprimentos, minha flor! — gritou lá de fora. — Junte suas posses. Vamos embora antes de a lua nascer!

Havia pouca coisa para arrumar. A maior parte do que possuíam tinha sido vendida. O pouco que restava coube facilmente numa pequena mochila — com espaço de sobra. O que sobrou das coisas de sua mãe — papéis, uns dois vestidos simples, pacotes de diários e Áine não sabia mais o quê — permanecia trancado em sua caixa forrada de couro. E ela *não* a deixaria para trás. Sentou-se na caixa e esperou o pai.

Não sabia como ele compraria as coisas de que precisavam sem dinheiro, mas o pai deixou-a perplexa ao chegar em casa com uma bolsa cheia pendurada no cinto, e o saco, que antes estivera vazio, agora pendia do ombro, quase cheio e muito pesado.

— Pai... — começou ela.

— Sem perguntas — pediu ele. Seus olhos estavam brilhantes e ferozes, as bochechas vermelhas. Seu olhar saltava para um lado e para o outro, como se já estivesse cercado por inimigos. — Venha! Aos cavalos!

— Nós não temos cavalos! — protestou Áine.

— Agora temos — disse o pai com um riso louco e maligno. Agarrou o braço da menina com uma das mãos, e suas posses com a outra, e arrastou, para a escuridão lá fora, o que restava da vida dos dois naquela casa.

Viajaram para o leste, passando por desertos, pastagens, pântanos e atravessando montanhas, até chegarem a uma floresta profunda e escura. A maior floresta do mundo, pelo que as pessoas diziam.

Áine pressionou a mão contra a boca e tentou não gritar.

— Não podemos entrar aí — ofegou. A floresta era inimiga, feita pela magia das malignas Pedras Falantes. Destruía cidades e fazendas e assassinava um número incontável de pessoas. E mesmo agora era amaldiçoada, suas trilhas vagueavam e mudavam de lugar, as árvores eram mal-humoradas e maliciosas. Todo mundo sabia disso. Áine conhecia a história desde que podia se lembrar.

— Não fique com medo, querida — disse o pai. Em seguida estendeu a mão e a encostou na primeira árvore. Áine olhou, atônita, a árvore se empertigar, só um pouquinho. E diante de seus olhos surgiu uma trilha, alargando-se sob o olhar dela.

— Pai...

— Nem toda história é verdadeira. E, às vezes, as coisas que eram malignas se tornam as que nos salvam, e as coisas que eram boas nos condenam ao sofrimento e à dor. Nós levantamos os olhos para o céu, mas vivemos no chão. Venha. Deixe que eu mostro.

Seu pai não tinha medo, por isso Áine também não teve. Assim seguiram pela trilha sombreada.

Ele contou que havia crescido naquela floresta, tinha sido um adolescente naquela floresta, e teria morado ali para sempre se não fosse o amor de uma boa mulher que queria uma vida simples e honesta na aldeia. Disse que a floresta não lhe faria mal e daria meios para eles viverem.

Não uma vida honesta, de jeito nenhum. *Banditismo*. Ela não disse a palavra em voz alta, e seu pai não explicou, mas o fato permaneceu. A palavra pairou entre os dois, como uma nuvem.

Era o que ele havia sido. *Antes*. Agora ela sabia.

Ele encontrou a casa onde crescera — uma coisa minúscula feita de pedras e tábuas, com teto de musgo, escondida num denso bosque perto de uma cachoeira e um poço fundo. (*Sem peixes*, notou Áine imediatamente. Estavam muito perto da nascente do rio. Uma pena.) Havia até um celeiro dilapidado. Ele a fez esperar do lado de fora e vasculhou a casa por alguns instantes. Por fim ela escutou o pai soltar um grito de alegria, então ele saiu pela porta da frente parecendo mais alto, mais forte e mais selvagem do que havia entrado. Usava algo no pescoço — uma pedra pequena que parecia um olho, amarrada com uma tira de couro.

— Pai — começou Áine —, o que é isso pendurado no seu...

— Sem perguntas — rosnou o pai com o rosto subitamente tempestuoso, o olho pendurado no pescoço relampejando brilhante. Áine se encolheu, mas relaxou quando a expressão tempestuosa foi substituída por um ar de tamanha gentileza, tamanha graça, que ela se convenceu de que devia ter imaginado que algo estava esquisito. — Não temos tempo para perguntas, minha flor. Olhe! Nossa casa nova!

A casa era uma bagunça completa, mas Áine a adorou. Em menos de uma semana ficou arrumada, linda e aconchegante como qualquer casa de mercador em sua antiga cidade. O pai de Áine reconstruiu o celeiro e a ensinou a caçar com um arco, a persuadir a comida a sair do chão, e a escolher quais cogumelos, frutinhas, raízes e musgos eram bons para comer. Ele roubava cabras leiteiras e galinhas poedeiras e, de vez em quando, um barril de vinho.

Alertou-a sobre os lobos.

— Cuide de atirar neles antes que rasguem sua garganta — disse em tom sombrio. — Jamais confie num lobo.

Toda vez que ele falava assim, ela sentia a silhueta da mão da mãe apertando seu coração.

Depois disso os dois sempre tinham o suficiente para comer. E Áine estava feliz. Na maior parte do tempo. Amava a floresta e amava o pai, e os dois a amavam de volta. E apesar de, às vezes, quando estava deitada na cama, o vento nas árvores fazer um som tão parecido com o oceano a ponto de ela sentir um soluço furar o peito como uma agulha, sabia que era para o seu bem.

O rio perto da casa corria até o mar, afinal de contas. E isso deveria bastar.

E *bastou*. Até não bastar mais.

6

Uma visita da rainha

Ned acordou, como sempre, antes do nascer do sol. Vestiu a túnica e depois, notando o frio no ar, vestiu mais uma. O pai, no outro quarto, roncava prodigiosamente, chacoalhando as tábuas do piso e as janelas, fazendo tilintar os pratos. Seus pais acordariam logo, e ele preferia estar fora de vista quando isso acontecia. Enfiou os pés num par de botas de pele de cabra, macias e gastas como se fossem chinelos, e saiu em silêncio para o pátio. Sua casa, como a maioria das casas que ele tinha visto na vida, era feita de pedras do rio e argamassa, coberta por um telhado com estrutura de madeira. Era um prazer subir lá em cima.

Do topo do telhado, Ned recebia cada manhã, independentemente do clima. Gostava de olhar o mundo *começar*. O céu era de um roxo profundo e um cinza suave. A névoa se agarrava aos campos, obscurecendo a visão e borrando o mundo.

Enfiou a mão no bolso da túnica e pegou um pedaço de madeira e uma faca bem afiada, e passou a esculpir uma figura. Também o fazia todas as manhãs. Era bom nisso — não que alguém soubesse. Como poderiam saber? Toda tarde ele levava a escultura para a margem do Grande Rio e a colocava num barco de papel, lançando-a na correnteza. Não mostrava as figuras a ninguém, e nunca as via de novo.

Esperava que chegassem ao mar.

O céu ia clareando centímetro a centímetro enquanto Ned trabalhava, as pernas abertas nos declives musgosos do telhado. Podia ouvir a mãe e o pai começando a acordar dentro de casa. Ouviu os murmúrios e as arrumações apressadas. Ouviu seu nome soar pesado nas vozes deles, como se fosse um fardo enorme. Eles estavam se preparando para ir à aldeia para o Jubileu da Rainha — uma comemoração nacional dos setenta anos de governo benevolente. A rainha havia passado os meses anteriores viajando de aldeia em aldeia para marcar a ocasião, e agora, finalmente, chegava à aldeia de Ned. Era a mais longínqua, a mais remota e a menos elegante de todo o reino.

Perto da aldeia de Ned ficava a floresta.

Ninguém entrava na floresta. Nem soldados. Nem guerreiros. Ninguém. A não ser o pai de Ned, o lenhador. Só ele tinha coragem suficiente.

Mesmo assim haveria multidões, comida, cantos e diversões. E pessoas buscando a melhor aparência possível. E olhares de esguelha que Ned podia *sentir*. Sempre podia sentir. Seus pais queriam que ele também fosse às festividades. Tinham deixado isso muito claro.

Mas ele disse a si mesmo que não iria. Não iria.

Concentrou-se em esculpir. A faca que ele segurava era pequena e precisa — cabo de osso e lâmina de aço polido. Reagia ao menor toque. Ned fez um casaco de três botões para sua figura, mais as botas altas de um lenhador. Esculpiu cabelo encaracolado, olhos brilhantes e um sorriso meio de lado. Claro, havia uma semelhança com o próprio Ned, a não ser por uma característica fundamental: Ned jamais sorria.

Quase uma hora depois de os pais terem acordado, os dois saíram para o jardim. O pai usava o mesmo casaco e as botas de sempre, mas a mãe estava com seu segundo melhor vestido e a capa roxa tingida duas vezes. Em geral ela só usava roupas marrons e simples, mas o dia de hoje era especial. Não bastava, pelo visto, *ser* uma mulher poderosa: ela precisava aparentar isso.

— Ned! — da horta diante da casa, gritou a mãe. — Está na hora. O cortejo vai chegar logo. Desça, por favor.

Ned balançou a cabeça. Não gritou de volta para a mãe, e ela não esperou isso. Ninguém esperava que dissesse alguma palavra. Ele falava raramente, e, quando falava, sua voz saia num gaguejo confuso. Ele suava, tremia, sentia como se tivesse um pedregulho amarrado ao peito. As palavras eram suas inimigas. Chacoalhavam na boca como dentes quebrados ou rolavam da página como poeira espalhada depois de um espirro.

Ele levantou a escultura e a faca, esperando que a mãe notasse que ele estava terrivelmente ocupado e não precisava acompanhá-los. A aldeia inteira estaria lá, para saudar o cortejo da rainha — e muitas pessoas de fora da aldeia também. As aulas na escola foram canceladas, as lojas fechariam assim que o cortejo chegasse. Afinal de contas, era a rainha. Todo mundo vinha planejando durante meses.

A Irmã Feiticeira cruzou os braços e balançou a cabeça devagar. Essa era uma discussão que ele dificilmente venceria. Ela costumava conseguir o que queria.

— Escute sua mãe — disse o pai com a voz cansada, sem olhar para cima. Sequer olhava para Ned.

Nunca olha, pensou Ned.

Seus pais estavam lado a lado, esperando.

Eles não vão deixá-lo em paz até que você vá, disse sua voz interior.

— Por favor, Ned — insistiu a mãe. Ela ficou parada no jardim; ombros largos, costas retas, uma força inabalável. Ned jamais conseguia dizer não a ela durante muito tempo.

Ned fechou os olhos e soltou um suspiro. *Certo*, pensou.

Desceu ágil feito uma aranha. A mãe tentou pôr a mão em seu ombro, conciliadora, mas ele correu à frente. Enfiou a faca na bainha e a colocou no fundo do bolso, junto à escultura. Ninguém tinha permissão de levar armas à aldeia, mas essa regra era ignorada rotineiramente. Ele mantinha a faca enfiada onde ninguém pudesse ver, só como garantia. A gente nunca sabe quando vai precisar de uma faca boa e afiada.

Ned olhou de volta para a casa — as cabras pastando no quintal, a horta explodindo com plantas de comer, plantas de curar e plantas para fazer trabalho que parecia magia, mas na verdade não era. As plantas eram mais inteligentes que a maior parte das pessoas imaginava. Acima da porta da frente havia uma placa onde estava escrito FEITICEIRA em letras vermelhas brilhantes. Tinha sido pintada anos antes por um vizinho pouco gentil, que pretendia envergonhar a praticante de magia. Não deu certo. A Irmã Feiticeira gostou da placa e a deixou ali.

— É melhor que as coisas fiquem claras — dissera rapidamente. Mantinha as letras retocadas com tinta fresca, envernizadas e engastadas com pedacinhos de vidro para dar um pouco de brilho. Ela a tornou linda.

Mesmo sabendo o que estava escrito, Ned não conseguia ler a palavra sobre a porta de sua casa. Não conseguia ler nada. Não porque não tentava. Houvera um tempo em que *podia* ler. Ele e o irmão liam. *Antes.* Mas depois tudo mudou. Agora, sempre que Ned olhava a placa (ou qualquer coisa escrita, por sinal), as letras pareciam oscilar, mexer-se e se misturar. Retorciam-se feito cobras e enxameavam densas e rápidas como gafanhotos. Isso fazia sua cabeça girar.

Afinal de contas, uma palavra é uma espécie de magia. Tranca a substância de uma coisa em som ou símbolo e a fixa ao ouvido, ao papel ou à pedra. As palavras convocam o mundo à existência. Isso é poder de fato. E Ned não era um garoto poderoso.

Na aldeia as pessoas cumprimentavam a Irmã Feiticeira tocando a testa ou encostando os dedos nos lábios. Algumas enfiavam presentes em seu cesto. Um frasco de geleia. Um peixe defumado. Um pão. Um buquê de ervas frescas. Os vizinhos sempre agradeciam sua ajuda (pelo menos por um tempo), mas, mesmo assim, mantinham distância. Afinal de contas ela era uma feiticeira.

O cortejo ainda não havia chegado. Vigias no topo do morro podiam ver o comboio da rainha se aproximando pela estrada, mas seu avanço era lento.

A Irmã Feiticeira pôs um papel na mão de Ned, com uma bolsinha de moedas.

— Aqui está sua lista. Quero que vá à mercearia, ao boticário, ao ferreiro e à casa do escrevente. Não gaste mais que uma moeda de cobre em cada lugar.

Ned lançou um olhar venenoso para a mãe, mas ela o olhou de volta com o rosto parecendo pedra.

Por quê?, perguntou a expressão de Ned.

Porque sim, respondeu o rosto da mãe.

— Faça o que sua mãe mandou — murmurou o pai sem olhar para Ned. Os olhos dele estavam vermelhos e úmidos, como sempre. Deslizavam de um lado para o outro, examinando os telhados da aldeia, como se procurassem alguma coisa perdida.

Ned olhou a lista. As palavras se contorciam feito minhocas, mas as imagens eram bastante claras. Esse tipo de lista era uma estratégia que sua mãe usava bastante, uma tentativa de enganar o cérebro dele para que reaprendesse a ler. Ela escrevia uma palavra que Ned deveria encontrar e ao lado fazia um desenho. Isso funcionava para coisas como carretéis de linha ou vidros de tinta. Mas um saco de açúcar era igual a um saco de farinha. E uma vez ele trouxe um balde de carne de porco salgada quando deveria simplesmente comprar um balde.

Ele ia atravessando a praça, desviando-se de pés, carroças e jumentos. Havia pessoas vendendo o que tinham feito em suas cozinhas: salsichas esquentadas sobre carvões, bolos doces ou tortas salgadas. O Conselho de Anciãos, composto por uma mulher atarracada chamada Madame Thuane, que tinha cabelo grisalho, e dois velhos decrépitos praticamente sem cabelo nenhum, estava à cabeceira de uma mesa onde a rainha e seu séquito iriam se sentar e comer a comida preparada pela aldeia. Estavam de prontidão, em pé, mas um conselheiro careca tinha encostado a cabeça em seu cajado alto e começado a roncar. A velha com cabelo grisalho pigarreou e lhe deu um chute.

Ninguém notou.

A não ser Ned.

Ned notava tudo. Não conseguia evitar.

Entrou na casa do escrevente.

O escrevente-chefe — um homem de olhos aquosos com braços finos como de aranha, queixo comprido e lábios grossos formando uma carranca perpétua — franziu o nariz quando Ned entrou.

— A loja de brinquedos fica mais adiante — disse com um risinho maldoso. — Ou será que você não conseguiu ler a placa? — Ele sempre dizia coisas assim. Pequenas alfinetadas. Risinhos feios. *Nossa poderosa e gloriosa feiticeira tem um filho que é burro demais para ler*, dizia seu rosto carnudo. *Bem.*

O escrevente não era o único que pensava assim. Ned se esforçava ao máximo para ignorar os risinhos disfarçados e os sorrisos de escárnio. Enfiava o queixo no peito e tentava se concentrar no chão.

A casa do escrevente estava apinhada de pessoas, cada uma com o ombro apertado contra o da outra. As pessoas seguravam suas pilhas de papéis, cartas de baralho e gravuras da rainha em vários momentos de seu governo de setenta anos; a tinta tão fresca que ainda brilhava no papel, que precisava ser manuseado com extremo cuidado para não manchar. Os aprendizes do escrevente — muitos dos quais Ned se lembrava de seu curto tempo na escola — estavam redigindo o que era ditado por pessoas que diziam saber ler e escrever, mas que reclamavam de artrite, visão ruim ou garrancho.

Ned pegou os itens de sua lista. Papel de escrita e mata-borrão. Tinta. Lápis de carvão. No canto mais distante estava um homem — um estranho. Segurava uma bolsinha bem pequena e um diário encadernado em couro com flores em relevo na capa, mantendo-os longe do corpo com uma careta no rosto, como se a aparência feminina dos objetos pudesse contagiá-lo de algum modo. Era um homem alto; praticamente um gigante. Uma cabeça mais alto que o homem mais alto na sala. Tinha cabelos ruivos, encaracolados para cima, como uma fogueira, e barba ruiva untada a óleo, esticada até formar uma ponta. Usava um pingente no pescoço. Um negócio esquisito em forma de olho. Ned sentiu a cicatriz invisível no peito começar a coçar.

O homem lançou um olhar curioso para Ned. Seus olhos brilhavam.

— Ah — disse ele. — Um erudito.

Ned olhou para seus itens e deu de ombros. Os olhos do homem se enrugaram nos cantos.

— Ou um contador de histórias, talvez.

Ned continuou em silêncio. *O que o senhor quer?*, queria perguntar. Mas as palavras eram pesadas e Ned sabia que elas saltariam da boca e se despedaçariam no chão. Ele iria gaguejar. E as pessoas iriam rir. Por isso ficou quieto.

O homem pressionou.

— Um aritmético? Um desenhista? Um poeta? Escritor de cartas de amor? — Deu um passo à frente. Seus olhos eram grandes, selvagens e inquisitivos. Ned sentiu o olhar do homem cutucando, sondando e examinando, e se pegou virando-se para dentro, arqueando a coluna sobre as compras para protegê-las da curiosidade agressiva do estranho ruivo.

— Ah, ora, garoto, por que manter um estranho na expectativa? *Preciso* saber. — Ele falava com um ritmo esquisito, e sua pronúncia tinha um sotaque desconhecido. Ned conseguia entendê-lo, mas era difícil. Jamais ouvira nada igual. Mesmo tão longe quanto na cidade da rainha ninguém falava de modo tão estranho quanto aquele forasteiro.

— Ele não é nada dessas coisas — disse o escrevente-chefe. — É o filho único de nossa feiticeira, e é o maior desperdício de espaço que já houve. Para quem é essa tinta, garoto? Então não é para você, é? Anda, não tenho o dia inteiro. Traga aqui.

Ned sentiu que ficava vermelho. A sala, já quente, parecia uma panela que tivesse permanecido no fogo até secar. Colocou os itens no balcão e sacudiu a bolsa de moedas. O estranho ruivo o acompanhou. Encostou os cotovelos na mesa e mirou Ned com fascínio.

— Uma feiticeira de verdade, é? — indagou o homem. — Uma só de vocês, é? Bom. Isso é uma coisinha preciosa, não? — E o pingente cintilou só um pouquinho.

— É uma coisinha bem *pequena*, eu diria — retrucou o escrevente. — Um monte de abracadabra pomposo sai daquela casa para pessoas que poderiam muito bem cuidar de si mesmas se tivessem a cabeça no lugar, mas longe de mim julgar.

Ned olhou irritado para o escrevente, que no mesmo instante pigarreou e se concentrou em discutir o preço de um contrato com dois fregueses. Todo mundo era assim — ou pelo menos todo mundo da aldeia. Amavam sua feiticeira quando precisavam dela, e se ressentiam quando não precisavam. Isso deixava Ned louco. Um ano antes o escrevente esteve na casa de Ned, implorando ajuda para seu filho adulto, que sofria de um tumor protuberante na barriga. A Irmã Feiticeira curou o rapaz — a um custo terrível. A magia de sua mãe era trapaceira, complicada e cobrava caro. Ela sentia dor ao usá-la. A salvação do filho do escrevente a deixou de cama durante uma semana! E agora... Ned balançou a cabeça.

Ela não pede nada, pensou. E não recebe nada, também.

E mesmo sabendo que era errado, ele odiava o escrevente. Odiava todo mundo.

O gigante ruivo segurou o queixo, pensativo.

— Ah, acho que um tesouro assim é apreciado quando é necessário e esquecido quando não é. — Havia um brilho em seus olhos e uma crepitação em volta de seu corpo, como um campo logo antes de um raio cair. Ned sentiu os cabelos se arrepiando.

— Tenho certeza de que o trabalho de sua mãe tem seus... *entusiastas*, não é? — O olhar afiado do estranho examinou a sala, e seus dedos grandes se agitaram.

Vá embora, pensou Ned para ele, mas não sabia por quê. Recuou devagar, resistindo ao instinto de fugir em disparada. Sua pele coçava, e os dentes chacoalhavam. O homem enrolou os dedos em volta do pingente no pescoço, e a energia crepitante ao redor se intensificou. *Tem alguma coisa errada com ele*, pensou Ned. Como se fosse em resposta a isso, o homem riu. Riu um pouquinho consigo mesmo, depois deu as costas para Ned e começou a andar pelo meio das pessoas; jamais esbarrando, jamais pedindo licença, com a facilidade de uma camada de óleo sobre a água.

Outras pessoas estavam distraídas, olhavam para fora, perguntavam umas às outras o que a rainha estaria usando, se iria discursar para elas, apertar as mãos ou simplesmente acenar. Imaginavam se deveriam cantar. Ou rezar. Ou ficar em silêncio. A rainha *nunca* visitara a aldeiazinha, e ninguém sabia exatamente o que era esperado deles.

E, enquanto se agitavam e murmuravam, não prestavam atenção ao estranho nem ao que ele estava fazendo.

Mas Ned viu o homem estender a mão, tirar uma bolsa de moedas de um cinto e fazê-la desaparecer dentro da manga da blusa. E um anel de um dedo. Um bolinho doce de dentro de um cesto. Uma maçã. Um monóculo. Um relógio de bolso. Objeto após objeto desapareceu nas mangas do grandalhão.

Ned abriu a boca. Podia sentir um *Espere aí* sentado na língua. Podia sentir um *Pare* saltitando em seus molares. Sentiu as palavras estremecerem, embolarem-se e zumbirem de encontro aos lábios.

— P... pa... — gaguejou, mas não conseguiu cuspir o *pare*. Tossiu e engasgou, mas nada saiu. Sua língua parecia uma pedra pesada na boca. Seria mais fácil tossir uma carruagem com cavalos que articular uma frase. Até uma única palavra parecia impossível.

— L... — começou. — *Laaa...* —, mas a palavra *ladrão* se despedaçou em sua boca, afiada e cruel feito vidro.

Seu rosto ficou vermelho; o coração disparou. O estranho, agora junto à porta, encarou Ned. Ele inclinou a cabeça e piscou.

— O gato comeu sua língua, filho da feiticeira? — Ele deu um sorriso lento para Ned. Havia um tinteiro na mão dele. Então sumiu. E um espelho bonito, do tipo que você daria a uma garota no aniversário. E um estilete feito de osso esculpido. Seus dedos eram rápidos e espertos; moviam-se depressa como o pensamento. Como magia.

Mas isso não era possível, era? Só restava um pouquinho de magia em todo o grande mundo. E estava com sua mãe. Não era? A cicatriz invisível em seu peito latejou e coçou.

— Acredito que preciso visitar sua mãe. Ela está perto, não é? — Ele levantou o dedo e fechou os olhos, como se ouvisse alguma coisa. — É. Acredito que está.

O barulho se intensificou. A boca de Ned ficou aberta, e suas entranhas pareciam ter se derramado no chão. *Como?*

O grandalhão riu.

— Vejo você daqui a pouco, garoto. — Depois, com uma gargalhada particular, o estranho deu um chute e abriu a porta com o bico da bota, indo embora.

Ned estremeceu e ofegou. O suor caía pinicando de sua pele em pontas minúsculas, afiadas.

Ele é um ladrão, pensou. *E um mentiroso. E sabe coisas. E tem planos.* Mas Ned não fazia ideia de quais eram exatamente esses planos.

Mesmo assim. Precisava contar a alguém. E imediatamente.

7

O POTE DE BARRO

NED CORREU PARA A PRAÇA NO INSTANTE EM que gritos de comemoração irrompiam da multidão reunida. A carruagem da rainha chegou à crista do morro e veio descendo rapidamente a encosta verde. Bandeiras tremulavam. As pessoas levantavam leques com xilogravuras da rainha aos 17 anos, quando tinha ascendido ao trono: olhos grandes, bochechas redondas, uma boca que tentava ser séria, mas com uma ligeira inclinação de lado, indicação do humor irônico. O bom humor da rainha era notório.

A conselheira municipal de cabelos grisalhos berrou para os músicos largados de qualquer jeito, todos afundados na bebida, e os obrigou a se levantar. Depois de uma contagem apressada, eles começaram a tocar o hino, ainda que não particularmente no ritmo ou no tom.

Cada Pedra abençoou nosso espírito
E nos guiou pela vastidão sem par.
Nem a guerra, nem a fome, nem a tirania
Mancharam a graça que pudemos alcançar.

Ned correu pela multidão apinhada, tentando encontrar a mãe, tentando vislumbrar o estranho. (*Não deveria ser muito difícil de achá-lo,* pensou fumegando. *O homem era praticamente um gigante! Mesmo assim parecia ter desaparecido. Tão escorregadio! Tão rápido!*) Ned se desviava de quadris, carroças, cotovelos e cestos. Por duas vezes pisou em cocô de jumento e uma vez caiu esparramado quando o mestre ferreiro se virou depressa demais.

— Olhe pra onde anda, cabeça de vento! — rosnou o ferreiro.

Ned se levantou e correu como se quisesse ultrapassar uma tempestade. Tinha as palavras na boca, prontas para sair. *Ladrão. Mentiroso.* Viu o ruivo parado em meio à aglomeração, do lado oposto da praça, assim como também sua mãe. *Vá embora!*, gritou Ned em seu coração.

A carruagem da rainha veio a toda velocidade em direção à praça, movendo-se cada vez mais depressa.

Depressa demais. Ned saltou para a beira da fonte central e parou um momento; ele curvou as mãos em cima da testa e apertou a vista.

Os soldados do cortejo instigavam os cavalos, os braços balançando ao tentarem chamar a mulher que segurava as rédeas da carruagem. Ela gritava para os cavalos, a expressão tensa e desesperada, o olhar fixo nos portões da cidade.

Ned reparou os nós dos dedos, brancos, aqueles olhos lívidos, aqueles rostos despedaçados de preocupação. Algo estava errado, pensou. Enquanto isso as pessoas ao redor grasnavam de júbilo. *A rainha!*, gritavam e cantavam. *Nossa rainha maravilhosa!*

Os soldados e a carruagem passaram trovejando pela velha ponte de pedras e embaixo do arco antigo que marcava a entrada da aldeia. A mulher das rédeas berrou para os cavalos pararem e saltou no chão.

— Precisamos de um médico! — gritou. Ela estava chorando. — A rainha! — Um soluço rasgou sua garganta. Ned podia ver a rainha dentro da carruagem (uma coisa minúscula, apenas gravetos, capim e uma pele delicada com uma coroa encarapitada no topo), largada nos braços de uma mulher muito grande. *Será que ela estava morta?* Ned não sabia. Do outro lado da mulher grande estava um homem com cara de sapo e um enorme e extraordinário laço em volta do pescoço. Ned estreitou os olhos. *Será que ele estava sorrindo?* Certamente não. Quem poderia sorrir numa hora dessas? Mesmo assim *parecia...* O homem se recostou na carruagem, escondendo o rosto na sombra, enquanto a mulher grande se inclinava à frente.

— Por favor! — gritou ela. — Alguém ajude!

A Irmã Feiticeira enrolou as mangas do casaco, assentindo séria. Fechou o rosto e cerrou os dentes, dobrando os joelhos e firmando o corpo contra a certeza do chão sob seus pés. A casa estava longe, e Ned nunca a vira invocar a magia de uma distância tão grande. E se preocupou com sua mãe: quanto mais longe estivesse ao chamá-la, mais a magia drenava suas forças. Mais *doía*.

Ela levantou os dois punhos e se virou na direção da casa.

— A MIM! — gritou. A voz, estranhamente amplificada, fez o ar estalar e retumbou pelo chão. A magia, escura e rápida como uma nuvem de tempestade, veio disparando pela estrada, deixando um jorro de poeira atrás. Era preta, depois roxa, depois dourada. Normalmente, quando emergia de seu pote de barro, ela não passava de um pequeno sopro amarelo, como um tufo de dente-de-leão. Mas agora parecia se expandir enquanto se movimentava, como se o *fato de estar em movimento* servisse para aumentar sua energia. De fato, Ned nunca a viu tão selvagem. Veio à Irmã Feiticeira, girando ao redor dela como um ciclone. A mãe de Ned cambaleou para trás, como se tivesse levado um soco, quase caindo. Recuperou-se e fez uma reverência para a magia, murmurando uma frase.

Ned conhecia as palavras.

— É de coração puro que peço humildemente sua ajuda.

Era o que ela sempre dizia. Mas falou tão baixo, e a magia ao redor soprava com tamanho ruído, que Ned teve certeza que ninguém pôde ouvir; o garoto certamente não pôde, e era quem estava mais perto. Ele olhou de novo para o estranho, que continuava com o olhar fixo na mulher. A feiticeira havia dado as costas para o homem, de modo que ele não sabia o que ela estava dizendo. Isso o fez parecer frustrado. *Bom*, pensou Ned. O homem franziu a testa e começou a serpentear através da multidão.

A magia começou a mudar. Primeiro era uma nuvem, depois cada pontinho começou a se ligar a outros pontos, criando fibras brilhantes que flutuavam no ar como uma massa de lã. Então as fibras começaram a se retorcer, esticar e girar, criando metros e mais metros de fio comprido e brilhante, tecendo espirais apertadas em volta do corpo da Irmã

Feiticeira, a começar pelo pulso, enrolando e enrolando, como pulseiras brilhantes feitas de fio quente e lustroso que não tocava sua pele. A magia pairava ao redor do seu pescoço, em volta do peito e da cintura. E envolveu sua cabeça como uma coroa.

— Ah — ofegaram as pessoas. Ned não precisava olhar para elas. Sabia que tinham as mãos apertando o coração, os rostos luminosos. Mesmo que todos já tivessem visto a magia, ainda era uma coisa espantosa. Era nesses momentos que eles amavam sua feiticeira... e não se ressentiam dela. Isso deixava Ned furioso.

Hipócritas!, queria gritar.

— Ah! — exclamou outra voz. — *Nossa!*

Ned se virou. Era o estranho. Agora parecia mais perto. Seu rosto estava vermelho, e a mão segurava o pingente. Ele mantinha os olhos presos à Irmã Feiticeira. Oscilava e tremia como se estivesse em transe.

Ladrão! Nos deixe em paz!, queria gritar Ned. Mas não gritou. Continuou em silêncio.

Ned viu os olhos da mãe começando a ficar vermelhos e sua respiração sair rápida.

— Tragam-me a rainha — exigiu a mãe de Ned, o som multiplicado e em várias camadas, como se ela estivesse falando com mil vozes.

A mulher grande na carruagem segurou a rainha como se ela fosse um bebê e a carregou para fora sem ajuda. Seus olhos estavam inchados e lacrimosos.

— Ah, minha rainha — sussurrou a mulher. — Ah, minha preciosa rainha. — Ela se virou para a Irmã Feiticeira. — Ela está se esvaindo. A pulsação está fraca, e a pele fria como a sepultura.

— Deite-a no chão — disse a feiticeira em sua voz múltipla, que agora começava a oscilar e ruir. Ned viu que ela estava tremendo, como se a magia começasse a desfazê-la.

— Mas a sujeira...

— Quando a vida dela tiver ido embora não poderei trazê-la de volta. A magia pode adiar a morte, mas não pode desfazê-la. Depressa!

A mulher grande — uma dama de companhia, supôs Ned — pôs a rainha no chão com relutância e soluçou, dando um passo atrás.

A Irmã Feiticeira se ajoelhou e estendeu as mãos, tendo o cuidado de não tocar na rainha. Um pequeno pedaço da magia se desenrolou de seus pulsos e dos braços e pairou sobre o peito da idosa. Desenrolou-se como a linha extra no fundo do cesto de costura, depois se desfez, filamento por filamento, até assumir a silhueta de um coração em tamanho real; cada protuberância, cada tubo e cada calombo perfeitamente detalhado. Até pulsava com uma batida entrecortada, hesitante.

— Está vendo? — sussurrou a Irmã Feiticeira.

A magia reluziu mais forte, em resposta.

— Bom, então não embrome. Conserte os lugares quebrados.

A magia reluziu de novo.

— Isso não será necessário — disse rispidamente a Irmã Feiticeira.

A magia reluziu ainda outra vez, agora com mais insistência e intensidade.

— FAÇA O QUE EU MANDEI! — rugiu a Irmã Feiticeira, a voz sacudindo o chão com tamanha força que uma dúzia de maçãs rolou de uma carroça e dois cavalos empinaram e relincharam.

A magia se desembaraçou, e Ned pôde ouvir um resmungo antes de ela se enfiar no peito da rainha, com a mesma facilidade de minhocas entrando na terra. Em instantes, os filamentos saltaram de novo para fora e se juntaram à espiral em volta do corpo da feiticeira. A rainha estremeceu e se sacudiu, a boca escancarada e silenciosa.

E então ficou terrivelmente imóvel.

O homem dentro da carruagem — o do laço ridículo que estivera sorrindo apenas alguns instantes atrás — pôs a cabeça para fora da janela e apontou para a feiticeira, o rosto vermelho.

— Ela não está se mexendo — sussurrou, descendo da carruagem e parando junto da feiticeira. Lambeu os lábios grossos. O laço rígido se projetava de seu colarinho de tecido dourado e tremia como as penas de um pássaro empertigado.

— Espere — disse a Irmã Feiticeira, com a voz enfraquecendo.

O rosto carnudo do homem pousou na reentrância entre seus ombros gordos, praticamente sem nenhum pescoço. A barriga se derramava por cima do cinto. Os braços e as pernas, por outro lado, eram finos como juncos.

O homem da carruagem se inclinou para perto da rainha.

— Ela ainda não está se mexendo — repetiu ele, um pouco mais alto dessa vez. Um murmúrio desconfortável percorreu a multidão. *Será que a feiticeira havia fracassado? Seria possível? E ah! Como vamos suportar isso?*

— Espere — pediu a Irmã Feiticeira, e a mente de Ned exclamou a mesma coisa. Mas o homem do laço não quis ouvir.

— O que você fez? — berrou ele.

— Fiz o que eu faço — respondeu a Irmã Feiticeira, com a autoridade que sua voz enfraquecida permitia. — Curei sua parente. — Ela levantou sem firmeza e oscilou perigosamente, sua respiração saindo em golpes curtos. Ned ficou preocupado com a possibilidade de a mãe desmaiar. — Ela vai abrir os olhos num instante.

Os murmúrios da multidão aumentaram.

— Ela não me parece curada — disse o homem do laço. Ned notou que ele tinha uma expressão inconfundivelmente alegre no rosto. — Eu sabia que essa excursão era um erro. Nossa preciosa rainha! No chão! E com uma feiticeira! Que tipo de charlatanice é essa?

— Alteza — começou Madame Thuane, enquanto saía rapidamente de perto da mesa do conselho. Ela lançou um olhar de vespa para a mãe de Ned. — O senhor deve nos desculpar. Nós não autorizamos essa... essa *magia*. A coisa simplesmente aconteceu tão depressa que não sabíamos...

No chão, a rainha começou a suspirar. Os murmúrios cessaram. A multidão se comprimiu diante dela. A rainha rolou de lado e se apoiou nos cotovelos. Tossiu, pigarreou e lançou um olhar exasperado para o homem da carruagem.

— Honestamente, Brin — disse a velha numa voz seca e poeirenta. — Precisa me envergonhar em público? — Em seguida tossiu, estremeceu e tossiu de novo. Os soldados estenderam os braços e andaram para trás, tentando afastar a multidão de perto da rainha. Ela pôs a mão no peito. — Ora, que coisa! Meu coração não bate tão firme desde a Grande Enchente. E isso faz um tempo enorme.

A mãe de Ned se inclinou para a rainha, certificando-se de ficar fora do alcance para que a velha não a tocasse.

— Mova-se devagar — disse. — Seu coração tinha uma parte obstruída, e uma pequena porção dele tinha começado a morrer. Eu o curei inteiro, mas a senhora está fraca, minha rainha. Vai demorar um tempo até ficar bem.

— Mas... — reagiu o homem do laço. — Ela *vai* ficar bem. Está correto? — Havia uma inconfundível expressão de desapontamento no rosto dele.

— Honestamente, querido, não fique tão mal-humorado. Vou morrer logo. — A velha rainha grasnou animada. — Agora ande, peça desculpas à gentil... ora, acho que não sei seu nome, querida. Como você se chama?

A Irmã Feiticeira se levantou e fez uma reverência.

— Meu nome não é importante, minha rainha. Só importa sua saúde. Desculpe-me — disse ela, levantando as mãos. — Não posso ser tocada. Esta coisa, esta magia... — um espasmo, um tremor; Ned podia ver que a mãe estava sofrendo — é volátil, e é um perigo para qualquer pessoa que toque em mim. E ela precisa ser contida. Agora. Por favor, me desculpe se não posso ficar.

E com isso a Irmã Feiticeira se virou e andou pelo meio da multidão, que abriu caminho rapidamente, seguida pelo marido.

Ned viu a mãe cambalear. Viu-a tremer. A própria ansiedade se escrevia em seu rosto; penetrando profundamente nas rugas da testa. Se a mãe tivesse trazido uma pequena porção da magia desde o início, chamá-la de uma grande distância não machucaria tanto. Ned a tinha visto andar por quilômetros com apenas um filamento de magia pairando ao redor do pulso como uma pulseira, ou escrita no braço como uma tatuagem, para depois convocar a magia com a mesma facilidade com que chamaria um cão de estimação. Um cão enorme e desobediente, sem dúvida, mas ainda assim. Era *mais fácil*. A magia simplesmente se juntava *a si mesma*. (Ou pelo menos isso parecia mais fácil para Ned.

A Irmã Feiticeira nunca lhe disse se era assim. Só dizia que a magia era perigosa, volátil e que *não deveria ser tocada*.) De qualquer modo, invocar a magia a frio, como hoje, era uma operação totalmente diversa. Doía. Exauria sua mãe. E isso a estava deixando doente. Seu rosto ficou amarelo, depois cinzento. Os olhos eram duas manchas escuras. Ned a acompanhou.

A Irmã Feiticeira tropeçou e caiu, cortando as mãos na estrada. Com um grunhido se levantou e continuou arrastando os pés para casa. Nem Ned nem o pai podiam fazer nada para ajudar. Nem mesmo podiam *tocar* nela.

Antes de se juntar aos pais, Ned se virou para olhar mais uma vez a cena. O boticário da cidade tinha ordenado que trouxessem uma maca para a rainha. Ela precisava descansar, e os membros do conselho municipal já estavam brigando pela honra de acomodar a monarca em casa. O homem chamado Brin se encostou na carruagem, parecendo irritado, enquanto os soldados ordenavam que as pessoas voltassem a cuidar dos seus negócios — o que era impossível, pois os negócios de todo mundo naquele dia se resumiam a receber a rainha e comemorar. Em vez disso, o povo ficou onde estava, olhando o tempo todo. Os aldeões permaneciam imóveis como uma pintura — pálidos, silenciosos e boquiabertos —, enquanto os soldados se agitavam, criando um perímetro ao redor da carruagem e bloqueando um caminho para a liteira carregar a rainha até seu lugar de recuperação.

Ned procurou o estranho ruivo. Mas ele havia sumido.

Não importa, disse a si mesmo. *Não há nada para ele aqui. Ele nunca vai voltar.*

E se esforçou ao máximo para se convencer de que isso era verdade.

8

AS PEDRAS

A PEDRA MAIS JOVEM SONHAVA.

Não sabia se as outras sonhavam. Não sabia se sonhava antes, em sua outra vida. Em seu outro mundo. Quando ela e as outras ainda tinham poder, magia e corpos com pele, olhos, cabelos, coração batendo e tamanha insuportável leviandade.

Quer dizer, quando estavam *vivas*.

Uma Pedra não é viva, mas também não é morta. *Neste* mundo elas eram pedra fria — implacável, imóvel, inabalável diante das leviandades. *Neste* mundo elas eram conhecidas pela sabedoria. *Neste* mundo seu conselho era buscado, guardado como um tesouro e dado de graça.

Ou pelo menos *era*. Antes que a floresta crescesse. A floresta fez com que as pessoas parassem de vir. E sem pessoas para visitá-las, não havia sabedoria para dar, e as Pedras foram dormir. O que mais havia para fazer?

A Pedra mais jovem sentia falta de dar conselhos. Sentia falta dos seres humanos, de sua angústia, esperança, confusão e capacidade de ser feliz. Sentia falta do consolo que podia dar.

A Pedra mais jovem bocejou.

— O garoto errado — disse com voz sonolenta.

— Silêncio — exigiu a Sexta. — Você está me acordando.

— Você recebeu ordem de não dormir — lembrou a Mais Velha, com a voz séria como o sacudir, trovejar e rachar da terra. — Você recebeu ordens explícitas de *esperar*.

— Esperar é tedioso! — A Sexta bocejou. A Quinta fez um som que era algo entre um risinho e uma fungada. Ela sempre foi uma coisinha tola. Raramente a ouviam.

— O garoto errado — repetiu a Pedra mais jovem. — Por que eu sonharia com isso?

As Nove Pedras estavam presas. Estavam presas desde um tempo inconcebível pela mente. Desde que tinham usado a magia para enganar a morte. A morte sempre amedronta os poderosos. E as Pedras, antes de serem pedras, eram *terrivelmente* poderosas.

Mas a coisa saiu errada, de algum modo. Quando usaram a magia para enganar a morte, sua magia — na verdade suas próprias almas — se partiu em pedaços. Ela se tornou desgovernada, caótica e briguenta. Pensava com mil mentes e falava com mil línguas, e todas discordavam entre si. Era preciso ter mão firme e mente forte para mantê-la focada, confinada e *na maior parte* boa.

Até agora uma família cuidava disso, e vinha sendo assim durante gerações. Era uma família pobre. Simples. Honesta. Foi uma ancestral dessa família que viu as Pedras aparecerem, enquanto eram arrancadas de seu outro mundo para este. Viu o medo delas e sentiu compaixão. Viu-as cair e ficou alarmada. Viu seus corpos se transformarem; viu as almas e a magia emergirem das bocas, como uma nuvem, e se despedaçarem no ar. Correu para ajudá-las. Nem pensou nisso. As Pedras lhe disseram como pegar a magia, como atá-la. Como domá-la. Como dar bondade e objetivo a ela. Como usá-la para ajudar as pessoas.

E então a família *continuou* ajudando.

E deu certo. Até agora a magia foi mantida boa, durante gerações e gerações. Não era *exatamente* isso que as Pedras queriam, mas por enquanto era o suficiente.

— Vocês acham... — começou a Mais Jovem, mas a Mais Velha a interrompeu.

— Não existe isso de *garotos errados* ou *garotos certos* — disse a Mais Velha. — É uma ideia nascida da leviandade.

— Eu não disse que existia — fungou a Pedra mais jovem. — Foi só um sonho.

— Mesmo assim — resmungou a Mais Velha. E seu resmungo fez o leito de rocha tremer e a terra se mexer. Fez as montanhas suspirarem. — Ouvi a mesma frase ecoando nas rochas. É... *interessante*.

Não disse mais nada.

Mas a Mais Jovem soube que prendia o fôlego.

Podia sentir a *esperança* da Pedra mais velha tremeluzir através do chão. Sentiu-a tremer, suavizar-se e esquentar. E o mundo ao redor se mexeu, só um pouquinho. E ela teve *esperança* também.

9

Perigosa. Com consequências

Dez dias depois de ter curado a rainha, a Irmã Feiticeira ainda não havia saído da cama. O pai de Ned, de modo pouco característico, ficou em casa sentado junto da esposa. Esperando.

A Irmã Feiticeira estava com febre. Era de longe a pior reação à magia que ela já tivera, e Ned começou a se preocupar. Havia visto a mãe fazer trabalhos muito mais impressionantes — mudar a rota de uma enchente, por exemplo, reverter um incêndio, arrancar uma casa de um desmoronamento, encontrar uma criança caída num poço — com apenas uma dor de cabeça persistente ou um ataque sério de vertigem.

Para Ned era como se a magia quisesse acabar com ela. Ele não podia afastar o sentimento de que a magia *gostava* de fazê-la sofrer; se bem que com certeza isso não poderia ser verdade. A magia não era uma *pessoa*. Não *pensava*.

— É uma coisa perigosa — explicou a Irmã Feiticeira a ele uma vez, quando ainda tinha esperança de que ele pudesse dominá-la ao chegar a hora. — Mas que tem um poder tremendo para fazer o bem. E esse é nosso papel, filho. Fazer o bem. Mantê-la boa. Não importa o custo.

O pai não deixava que ele ajudasse. Pelo menos enquanto estava acordado. Em vez disso, deixado por conta própria, Ned se dedicava a esculpir. Esculpia uma figura depois da outra, e duas vezes por dia as colocava no Grande Rio, com esperança de que chegassem ao mar.

Uma figura em forma de mãe. Uma figura em forma de pai. Uma figura que se parecia com Tam. E Ned. E a rainha. E até o estranho ruivo (cujo rosto começou a ocupar os cantos distantes de seus sonhos). Esculpia as figuras com um novo sentimento de propósito. Cada uma delas era uma pergunta e um pedido. *Por quê?*, perguntava enquanto esculpia. *Por favor*, implorava ajoelhado diante do rio que havia matado seu irmão e quase havia matado *a si próprio*. Colocava a figura flutuando no rio e a olhava se afastar. *Por favor, por favor, por favor.*

Entregava sua preocupação ao Grande Rio e o deixava decidir seu destino. Era tudo que podia fazer.

No décimo dia em que a mãe estava de cama, Ned juntou ervas medicinais da horta — tinha visto a mãe fazer isso vezes suficientes para saber a receita de cor — e fez uma sopa que iria satisfazer o apetite e desfazer o dano que a magia causara à mãe. (A sopa também podia curar gota, aliviar asma, aplacar febre, curar dor nas costas e consertar coração partido. Muito poderosa, a sopa.) Ned assou pão também, e colheu ervilhas, cerejas e uvas selvagens, juntou nastúrcios, tomilho, margaridas e outras ervas para serem comidas cruas — coisas que ele aprendeu observando.

Pôs uma tigela de sopa e outra com frutas, flores e ervas numa mesa baixa ao lado da cama da mãe. De um lado da cama estava a mãe, dormindo a sono pesado. Seu pai estava sentado numa cadeira, também dormindo, a cabeça encostada na parede e a boca escancarada. Sua garganta estremecia com roncos prodigiosos. Ned saiu da casa e subiu no telhado.

O sol do fim da tarde se esgueirava para o crepúsculo. Faltavam horas para as estrelas aparecerem. O telhado estava quente, e Ned começou a suar. Havia uma escultura nova em seu bolso — desta vez era um lobo —, mas ele não estava com vontade de trabalhar na peça. Em vez disso, apertou os olhos e os protegeu com a mão, espiando em direção ao oeste.

Podia ver os telhados compactos da aldeia com as fitas cinza-azuladas de fumaça se desnovelando dos fogões e das chaminés, e, depois disso, os quilômetros e quilômetros de plantações curvando-se para o céu. Ned não podia ver para além das plantações, mas sabia que existiam aldeias maiores, mais grandiosas e mais elegantes que a sua. Aldeias para mercadores, comerciantes, agiotas e artesãos, que formavam círculos concêntricos ao redor das altas torres da cidade da rainha. A rainha escrevia as leis, arbitrava os desacordos e comandava os exércitos que mantinham todos em segurança. Seguros *de que* Ned nunca soube direito. Não havia outro lugar além daqui. O Grande Rio cortava a terra. Passava pela cidade, pelas aldeias, pelas fazendas e pelos campos, depois através de hectares e mais hectares de pântanos intransponíveis antes de finalmente se derramar no mar.

O mar!

Ninguém fora ao oceano desde um tempo inconcebível pela mente. O pantanal era grande demais, traiçoeiro demais. E o mar propriamente dito? Bem, diziam as pessoas, era só... *água*, afinal de contas. Não servia para cultivar nada. De que adiantava? Apenas as histórias mais antigas sugeriam a enormidade do oceano. E Ned ansiava por saber se as histórias eram verdadeiras.

Ned mantinha os olhos virados para o oeste. Apenas raramente se obrigava a olhar para o leste. A simples ideia do leste fazia sua pele pinicar e esfriar. A leste ficava a floresta; só árvores, sim, mas árvores comprimidas umas contra as outras formando uma grande massa — escura, verde, que *respirava*.

Ned sentia medo da floresta.

Todo mundo que ele conhecia — menos seu pai, talvez — tinha medo da floresta. Diziam que havia monstros na floresta. Monstros enormes, com corpos feitos de pedra e mãos tão fortes que podiam esmagar um homem adulto em pedacinhos. E era *vasta*. Era *mais* que vasta. A floresta se espalhava contra o outro lado do mundo, um exército de árvores, que se multiplicava e enxameava pântanos, ravinas e morros. Trovejava por cima dos pés das montanhas e pelas laterais, até o lugar onde as encostas ficavam íngremes e rochosas, e nada crescia — nem capim, nem mato, nem árvores, nem nada —, só havia pedra, gelo e uma áspera capa de neve.

As montanhas cortavam o céu. E depois das montanhas... não havia nada. O mundo parava.

Todo mundo dizia isso.

Quando Ned era pequeno tinha sonhos terríveis em que se perdia na floresta. E depois de vagar sem destino pelo escuro e pelo verde, despencava da borda do mundo e caía direto no céu.

Acordava desses sonhos tremendo e úmido, como se golpeado por uma febre. Demorava horas para se recuperar.

E agora — mesmo agora — ele se lembrou desses sonhos com um tremor. E desviou o olhar.

Soaram passos no caminho, e o portão da horta se abriu com um estalo alto, assustando Ned, que quase caiu do telhado.

— Boa tarde, meu jovem — disse uma mulher lá embaixo.

Ned se virou e a encarou. Ela e seus dois companheiros, um homem e uma mulher, eram soldados. A mulher no centro segurava uma caixa de madeira. Cada um dos outros dois segurava uma trombeta muito polida, enfeitada com fitas. A mulher que estava no comando olhou para Ned, esperando resposta. Quando Ned não deu nenhuma, ela pigarreou e continuou:

— Estou procurando aquela chamada Irmã Feiticeira. Chegamos à moradia correta?

Ned olhou por cima da borda do telhado, para a placa acima da porta, onde sabia que estava escrito FEITICEIRA em letras muito brilhantes. *Ela não sabe ler? Está bem ali, na placa.* Talvez não soubesse. Talvez ele não fosse o único. Ele confirmou com a cabeça.

— Estou aqui a pedido de nossa gloriosa rainha. Por favor, chame a praticante de magia. — Ela pronunciou a palavra como se fosse algo desagradável. Ned decidiu não gostar da mulher.

Desceu pela treliça e pousou no chão com um baque. Sem olhar para os soldados entrou em casa e acordou o pai.

Teria de falar, percebeu Ned com um sentimento de enjoo no estômago. Retesou o rosto, firmou os pés e se preparou. Isso não seria agradável.

— P... p... papai — conseguiu dizer.

Seu pai se engasgou em um ronco.

— Eu não estava dormindo — disse ele.

— S... sol. — Ned gaguejou, depois travou. A segunda parte de "soldados" morreu no fundo da garganta, e ele não conseguiu revivê-la.

— O que foi, garoto? — grunhiu o pai no meio de um bocejo. Os olhos do homem grande encararam o rosto de Ned por um ou dois segundos. Em seguida se encolheu e desviou o olhar.

— D... da... — Ned parou, esforçando-se. Sentiu a frustração se revirar no peito como se estivesse subitamente cheio de centopeias. Pigarreou freneticamente, tentando obrigá-las a sair. — Rainha — ofegou ele. Uma onda de alívio.

O lenhador franziu os olhos, para ver se o filho estava mentindo. Suspirou, levantou-se da cadeira e saiu de casa. Ned comprimiu as mãos contra os joelhos e sentiu a cabeça tombar para a frente. Falar dava um tremendo *trabalho*.

— Esta é a casa da Irmã Feiticeira? — Ned ouviu a pomposa mulher--soldado perguntar ao seu pai. Antes que ele pudesse responder, os soldados que a flanqueavam tocaram o hino, em tom alto e vívido, com suas trombetas estridentes.

Ned se sentou na cama e segurou a mão da mãe. A respiração dela estava calma e constante, e a febre havia passado. Descansar, Ned sabia. Ela só precisava descansar. E nada de magia por um bom tempo. Talvez para sempre.

E, como em resposta ao seu pensamento, o pote de barro, escondido na oficina embaixo da casa, chacoalhou na prateleira. Como vira os pais fazerem mil vezes, Ned chutou as tábuas do piso para mandá-la ficar quieta.

Os soldados tinham trazido uma mensagem para a mãe de Ned. O pergaminho com decorações intricadas, dentro da caixa de madeira esculpida, convidava a Irmã Feiticeira ao palácio da rainha para receber uma comenda pela agilidade de pensamento e presteza na aplicação de Mágikas Espethakulares que salvaram a vida da rainha. Era assinado pela própria reinante.

Uma honra, disse a família.

Um fardo, sabiam todos no fundo do coração.

Em sua cama, a Irmã Feiticeira disse aos soldados que ficaria honrada em fazer a viagem.

No fim da semana, a Irmã Feiticeira estava fora da cama e se recuperando. Uma semana depois terminou os últimos preparativos para a viagem à capital.

— Você não pode ir — disse o pai de Ned. — Ainda está muito fraca.

A Irmã Feiticeira beijou o rosto do marido e continuou a arrumar as roupas e suprimentos de que precisaria num pequeno baú forrado de couro que ela prenderia à sela do único cavalo da família. Não levaria o pote de barro.

— Não vai demorar — argumentou rapidamente a Irmã Feiticeira. — São três dias a cavalo. Uma semana no palácio. Três dias para voltar. Vocês não vão sentir minha falta.

O pai de Ned resmungou enquanto ia arrear o cavalo. Sabia que não adiantava tentar fazer com que ela mudasse de ideia. A Irmã Feiticeira não era de se persuadir. Ela prendeu o baú muito bem com um cinto de couro e deu um tapinha em cima, para garantir.

O pote de barro chacoalhou na prateleira embaixo do chão.

— Fique onde está — disse a Irmã Feiticeira. — Você não vem.

Ele chacoalhou de novo.

— *Veja como fala!* — admoestou ela rispidamente.

Ned encarou a mãe. Ela raramente fazia uma viagem longa sem um pedacinho da magia — em geral só um ou dois fios, enrolados como uma pulseira. *Só para garantir*, costumava dizer. Levando uma pequena porção ela podia fazer pequenas tarefas ou invocar o restante, não importando a que distância estivesse do pote de barro.

E agora ia à cidade da rainha, um caminho tão longo, sem magia alguma. Ainda tinha olheiras escuras. Estava pálida como um osso. É, a magia machucava, mas o que aconteceria se ela precisasse dela? Com certeza não poderia chamá-la de tão longe, principalmente depois da última vez.

— Ouça, meu Ned — murmurou a mãe, enquanto estavam parados junto ao cavalo. — Os céus estão turvos e difíceis de ler. A rainha precisa de mim, e logo. Disso eu sei. Só posso esperar que ela precise só de minhas habilidades e não da magia, porque agora não posso carregá-la. Minha alma não suporta. Você precisa protegê-la enquanto estou longe. Preciso de que você cuide da magia, filho, e que a mantenha em segurança.

Ned sabia por quê. Ele e seu irmão tinham 5 anos quando alguém de outra aldeia tentou roubar a magia. E eles *viram*. O homem tocou a tampa do pote com um dedo e caiu morto — moedas escorreram de sua boca e dos olhos, e um pedaço de ouro do tamanho de um nabo foi encontrado dentro de seu coração. Foi uma morte horrível. Ned jamais esqueceu.

O morto queria riquezas. E riquezas foi o que conseguiu, até que elas o mataram. A Irmã Feiticeira, como Ned lembrava, pegou o ouro e, em segredo, deixou-o num cesto junto à porta de uma família pobre. Nunca disse a ninguém como o homem morreu; só que ele tocou a magia e a magia o havia matado, o que era bem verdade.

Perigosa. Com consequências.

Foi naquele ano que seu pai escavou um cômodo embaixo da casa para que a magia ficasse escondida.

— Longe dos olhos, longe da mente — disse ele.

Ned franziu a testa e enfiou as mãos nos bolsos. Como *ele* poderia proteger a magia?

A Irmã Feiticeira beijou o marido e o filho, montou no cavalo e partiu.

O pai de Ned observou o cavalo se afastar, com uma grande sombra no rosto. Então, grunhindo, virou-se. Não olhou para Ned.

Naquela noite, Ned sonhou com o irmão.

Isso não era novidade. Quase toda noite Ned sonhava que a alma de seu irmão se desenrolava do musgo sobre o próprio túmulo, como uma flor — primeiro um caule mínimo, depois uma haste cada vez mais forte, e em seguida um garoto inteiro —, e os dois andavam até o Grande

Rio, onde a balsa os esperava. Nesses sonhos o irmão de Ned parecia saber o que tinha acontecido com Ned durante o dia e dava conselhos, apoio ou compaixão.

Nos sonhos Ned não gaguejava. E sabia ler, também. E Ned amava seu irmão. Tam nunca chamava Ned de "parvo". Ned acordava desses sonhos com uma sensação estranha se agitando no peito, como se tivesse engolido uma borboleta.

Na noite em que sua mãe partiu para a Cidade, Ned sonhou que ele e o irmão estavam sentados na balsa que haviam construído, enquanto ela flutuava descendo o Grande Rio no auge do verão. Ned e Tam tinham tirado a camisa e jogavam a água fresca e escura nos braços, nos ombros e no peito, deixando-a secar na pele numa névoa nublada, que depois de um tempo os deixava poeirentos e pálidos como fantasmas.

Tam se inclinou para trás, apoiando-se nos cotovelos, e levantou os olhos.

— Os céus estão turvos hoje, irmão, e difíceis de ler — disse o garoto morto.

— Foi o que mamãe disse — contou Ned. Tam não respondeu. Em vez disso falou o seguinte:

— Você deveria saber que as Pedras acordaram. E estão esperando.

— Do que você está falando? Pedras não podem acordar. Também não podem dormir. Uma Pedra não é nada.

— Isso mostra o quanto você sabe.

O garoto morto rolou sobre a barriga, a cabeça e os ombros fora da balsa, por cima da água. Deixou os braços se enfiarem no rio verde até os cotovelos. Os dois ficaram em silêncio por longo tempo. Por fim:

— Está chegando a hora em que vou deixar você, irmão. Não é hoje, mas está chegando.

Ned sentiu o coração emperrar dentro de si e a respiração parar.

— Espero que você esteja errado — disse, com a voz pequena, tensa e amedrontada.

— Não estou — respondeu Tam. O mundo ao redor começou a desbotar, como uma pintura jogada na água. As cores escorreram, e as bordas ficaram turvas. Ned ia acordar logo, e lamentou isso.

— Vigie a floresta — disse o garoto morto. — Virá da floresta. Virá de além da floresta. Do reino depois das montanhas. E é você quem precisará impedi-los.

O mundo clareou, virando um espaço limpo e branco, e tremulou ao redor do corpo de Ned, como um pano enrolando-o com força.

Impedir quem?, pensou Ned.

Quem vem?

Como, afinal de contas, alguma coisa poderia vir de além da floresta? Não havia nada além da floresta, a não ser as montanhas, e depois das montanhas só havia céu.

Não existia nada que pudesse vir.

Todo mundo dizia isso.

10

A filha do Rei dos Bandidos

Ned estava errado. Com relação a muitas coisas. Para começo de conversa, o mundo *não* terminava nas montanhas.

Além disso: havia muitas coisas que poderiam vir. Na verdade, já estavam vindo.

Do outro lado das montanhas ficava o Reino de Duunin. Duunin era uma nação vasta, mas não tão vasta quanto havia sido. Muito tempo atrás, o reino passava por cima das montanhas, através do que viria a ser a Floresta Mortal, e se estendia por toda a terra que se tornou o país de Ned. Mas isso havia sido antes da traição das Nove Pedras.

Áine, que cresceu em Duunin, conhecia as histórias das Nove Pedras, das Terras Perdidas e do Povo Perdido do outro lado da floresta. Ela as ouvia desde o dia em que nasceu. Eram ancestrais, diziam algumas histórias. Traidoras, afirmavam outras. Roubaram algo precioso da família real, e durante gerações o reino guardava um dia de luto pela província perdida de Duunin. E declarava que a Coisa Que Tinha Sido Roubada retornaria um dia.

(Ninguém jamais dizia o que era a coisa. Áine suspeitava de que todo mundo tinha simplesmente esquecido e não queria admitir.)

Agora, na floresta — não em Duunin, nem no outro país, nem em lugar nenhum — Áine não se incomodava com cidades perdidas, objetos perdidos ou pessoas perdidas. Não tinha intenção de visitar jamais as Terras Perdidas. Pelo que seu pai dizia, as pessoas do outro lado da floresta não passavam de um punhado de caipiras atrasados, ignorantes da amplidão do mundo; úteis para algum roubo ocasional (*muito* ocasional: eles não tinham muita coisa que valesse ser roubada), mas era só. Seu pai costumava dizer que, caso alguma coisa lhe acontecesse, ela deveria ir para as Terras Perdidas, e não para Duunin, construir uma vida nova. *É um lugar mais simples*, disse ele. *E seguro. Praticamente não tem nenhum bandido.* Áine descartou essa ideia dando de ombros. Poderia se virar sozinha se necessário. A floresta era sua amiga.

Afinal de contas, a floresta a deixava feliz. A princípio.

Mas, com o tempo, sua vida ali começou a mudar. O pai ficava longe durante períodos cada vez maiores. Áine dizia a si mesma para não se preocupar. Mas, ah! Ela *se preocupava*. E tentava agir como uma âncora, mantendo o pai no lugar.

E, quando ele vinha para casa, ficava distraído e cheio de manias. Com suspeitas. Fazia discursos para pessoas que não estavam ali. E à noite ela o via ajoelhado do lado de fora, ao luar, segurando o pingente — seu maior tesouro — nas mãos enormes.

E ela soube que tinha sido substituída.

Pegue-o!, sussurrava uma voz na cabeça de Áine — uma voz que se parecia suspeitosamente com a de sua mãe. *Pegue essa coisa e a destrua. Ela é perigosa!* Mas Áine não ousava. E as saídas noturnas do pai com o pingente passaram a ter uma frequência cada vez maior. Assim como seus desaparecimentos.

Então ele começou a trazer bandidos para a casa da floresta. A princípio só uns poucos. Depois mais. E mais. E os produtos do banditismo aumentavam em número, até que as tábuas do piso gemiam com o peso de ganhos ilícitos.

Com o tempo, o sótão do celeiro tinha riquezas suficientes escondidas embaixo da palha para comprar uma frota de navios. Ou construir uma cidade. Mas o ouro simplesmente esperava. Não havia muita utilidade para dinheiro no meio de uma floresta profunda e escura.

Quando seu pai entrava no pequeno vale perto da cachoeira com o grupo mal-encarado de homens e mulheres ferozes, Áine não tinha permissão de falar com eles. No momento em que os via chegar, com os rostos, os pescoços e os braços espalhafatosamente enfeitados com as tatuagens de sua profissão (uma mandíbula de lobo desenhada no pescoço indicando vingança; um pedaço de corrente em volta da perna ou do braço para mostrar o tempo passado na prisão; um olho aberto tatuado no centro da testa para mostrar uma espantosa discrição), ela deveria se trancar no sótão e só descer ao sinal do pai.

— Nenhuma filha minha vai se associar a uma horda de bandidos — argumentava o pai. — Você tem aventuras melhores pela frente, minha flor.

Mas um dia o pai chegou com mais bandidos do que ela já havia visto. Eles apinharam a casa, derramaram-se pelas janelas e portas, pisoteando suas flores e estragando seu jardim. As cabras e as galinhas ficaram aterrorizadas. Áine estava revoltada, mas ficou quieta em seu esconderijo do sótão, furiosa o tempo todo. Olhava pelas janelas redondas embaixo dos beirais do telhado. Os bandidos bebiam, comiam e brigavam uns com os outros. No escuro Áine revirava os olhos. Francamente, achava tal comportamento embaraçoso.

Por fim seu pai saiu para a pedra grande que brotava do chão do lado de fora da casa e gritou pedindo atenção. A turba apinhada se juntou ao redor dele; dentes afiados, corpos tatuados, ferozes e aterrorizantes (se bem que Áine percebeu que nenhum era tão feroz quanto seu pai, que estava de pé no meio deles: sem tatuagens, sem desafios, impossível de ser derrotado). Como acontecia com frequência, Áine sentiu uma esquisita mistura de preocupação e medo pelo pai, mas também, estranhamente, *orgulho*. Porque, mesmo em sua loucura, ele era um homem sem igual.

— Amigos! — gritou o pai de Áine para a multidão. Sua voz era hipnótica, e os bandidos ficaram inebriados com ela. Os rostos brilhavam, e os olhares estavam fixados apenas nele. Eles o *amavam*. A pedra em volta do pescoço do pai de Áine soltava um brilho estranho, tremeluzente, como uma brasa. — Eu vi uma rainha. E tive uma visão. E vou lhes dizer agora mesmo: nossa vida vai mudar.

Uma *rainha*, pensou Áine. Não em Duunin, certamente. A antiga rainha — uma boa mulher, se as histórias eram verdadeiras — tinha morrido no parto ao entregar o jovem rei Ott ao mundo. Na verdade era uma bênção que ela jamais tivesse de ver o miserável lamuriento e egoísta que o jovem rei havia se tornado. Será que o pai dela teria ido até o reino das terras baixas do outro lado da floresta? *Tão longe, meu pai! Tão perigoso! E o que mamãe diria?*

— Os dias de roubos insignificantes e rações minguadas vão acabar. — Os bandidos oscilavam de pé. Seu líder ruivo continuou: — Nós já nos divertimos, tomamos o que pudemos, deixamos mercadores gordos e burocratas moles chorando na nossa poeira, e podemos todos ter orgulho disso. — Os bandidos aplaudiram, gritando. O pai de Áine levantou a mão para silenciá-los. — Mas... — Ele fez uma pausa. — Todos sentimos a barriga vazia, noites frias e bolsas leves. Todos conhecemos a *falta*. E essa falta é mais terrível que a mordida de um lobo faminto. É mais insistente que o riso da faca no pescoço.

Áine pensou no ouro que estava escondido no jirau. A enorme quantidade de ouro. Parecia que os espólios do banditismo não tinham sido divididos de modo igualitário. *Papai*, pensou ela com reprovação e uma tira de nervosismo se movendo dentro da barriga. *Que mentiras você andou contando? E o que faremos se eles descobrirem?*

— Todos nós vivemos com o medo da lei nos nossos calcanhares. Chega! Numa aldeia insignificante de um reino insignificante vive uma mulher que possui um poder extraordinário. E o que ela fez com esse poder? Nada! As pessoas de seu país acreditam que o mundo termina nas montanhas. Idiotas! Imbecis! Não sabem de nada! Não têm a mínima ideia das maravilhas do grande mundo nem da quantidade de dinheiro que *nosso querido rei Ott* — ele disse o nome com escárnio e os bandidos soltaram uma vaia tremenda — pagará para colocar as mãos na magia dessa mulher.

Os bandidos ficaram em silêncio. Áine sentiu um enjoo. *Nada de magia*, sussurrou freneticamente a voz parecida com a da mãe em sua cabeça. *Ele prometeu.*

— O que buscamos é perigoso, mas nós rimos do perigo! — Os bandidos fizeram sim com a cabeça. — Chega de acampamentos, amigos, nunca mais. Em vez disso... castelos, terras, poder. Uma nova ordem, e são vocês, meus amigos, e eu, que teremos as chaves.

Os bandidos ergueram os punhos, abriram a boca, soltaram um rugido que rasgou suas gargantas em direção ao céu. Áine estremeceu.

— Arreiem seus cavalos, meus soldados! Encham seus odres de água; preparem as mochilas e os alforjes. Partimos ao nascer do sol!

Os bandidos comemoraram e beberam. Criaram tumulto, xingaram e colocaram as bagagens nos cavalos magros. O pai de Áine ficou no centro, com o luar refletindo no cabelo ruivo, brilhante como chamas. Eles o amavam como um irmão, respeitavam-no como um rei e o adoravam como um deus. Mas ele não era nada disso. Era um *pai*. O pai de Áine. E ela precisava dele.

Lá em cima, no sótão, Áine abraçou os joelhos, balançando-se para trás e para a frente. Uma vida simples era o que sua mãe queria, e de novo a menina podia ver que a mãe estava sempre certa. Caiu no sono sobre os caibros, o corpo enrolado como uma bola.

Quando acordou, a horda de bandidos havia partido, deixando para trás uma bagunça colossal. O jardim estava destruído. Pedaços de tecido impermeável continuavam pregados nas árvores. As cortinas estavam rasgadas. Ossos mastigados e pães meio comidos se espalhavam onde alguns bandidos bêbados os tinham largado no chão, distraídos. Os restos de fogueiras ainda soltavam fumaça. E alguém tinha deixado uma bota perto do poço. O pai dela havia se esquecido de dizer adeus. De novo. *Não importa*, disse Áine a si mesma, rapidamente. Sendo uma garota prática, empreendedora e pouco sentimental, não desperdiçou nenhum instante chorando. Em vez disso, começou a trabalhar.

Afinal de contas, pensou, essa sujeira não iria se limpar sozinha.

11

Vigie a floresta

No terceiro dia depois de a Irmã Feiticeira ter partido para a cidade da rainha, os bandidos se esgueiraram para a aldeia de Ned. Deslizaram pelas sombras, em grupos de dois e de três, escorrendo como um fio escorregadio de óleo para fora da floresta escura e densa, atravessando os campos, pela lateral do celeiro de Ned, posicionando-se. Esperaram em silêncio. Esses bandidos eram tão furtivos que nem Ned nem seu pai, que estavam jantando, tiveram a mínima percepção de que muitos pares de olhos os vigiavam. E muitas bocas se abriam — sobre dentes afiados, dentes podres ou nenhum dente — para soltar risos loucos, malignos.

O pote de barro embaixo do piso chacoalhou na prateleira.

O pai de Ned bateu no chão três vezes, mas a magia continuou agitada.

Esteve agitada o dia inteiro.

— Quieta, agora! — gritou o pai de Ned, sentado à mesa. A magia apenas chacoalhou mais alto. Soltava um fedor parecido com ovos podres. — Coisinha mal-educada — murmurou o pai.

Ele pegou um prato de cozido preparado pelo filho e o comeu depressa. Não conversou, e Ned não esperava que ele conversasse. O que havia para falar?

O pai de Ned se levantou e empurrou a cadeira de volta para a mesa.

— Preciso voltar à serraria. Há um celeiro que precisa ser construído, e madame Thuane vai arrancar minha cabeça se não houver madeira suficiente para construí-lo exatamente como ela quer. Que as Pedras protejam quem a atrasar.

Madame Thuane esteve na casa deles mais cedo naquele dia. Ela sempre falava gentilmente quando a mãe de Ned estava por perto. Tinha conhecimento do que a magia era capaz de fazer e jamais confiava nela. Tratava a Irmã Feiticeira como se ela fosse um balde de carvões quentes — útil, mas perigoso. E que não devia ser tocado. Mas sem a presença dela, Madame Thuane ficava insistente e exigente. Uma força da natureza. Seria mais fácil parar o Grande Rio que dizer não a Madame Thuane. O pai de Ned era um homem de força incrível, mas nem mesmo ele tinha força suficiente para enfrentar a conselheira de cabelo grisalho. Ninguém tinha.

Ned comprimiu os lábios, tentando juntar coragem para dizer alguma coisa. Sua mãe queria que ele ajudasse — tinha *dito* para ele ajudar o pai. Sem dúvida ele podia ajudar na serraria. Sem dúvida podia fazer *alguma coisa*. Ned respirou fundo.

— P... pai — chamou.

Seu pai se encolheu.

— Eu p...poderia — começou ele.

— Filho — disse o pai com voz pesada.

— Eu p... pod... poderia aj... aj... — Ele ficou vermelho. Não conseguia pôr a palavra para fora. Ela se alojou na garganta. A sensação de coceira, pinicando, retornou.

— Ajudar? — disse o pai, sem notar a vergonha que ardia no rosto do filho. Não havia nada pior do que completarem as palavras para ele, absolutamente nada. — Não, filho. Não há muita coisa que você possa fazer na serraria.

Ned olhou para o pai, que olhou para as mãos. Era verdade, claro. Ned não tinha força nem habilidade. Seu pai franziu as sobrancelhas, como se tentasse desesperadamente pensar em alguma coisa — *qualquer coisa* — para acrescentar. Não havia nada. O pai pigarreou, esfregou a mão na boca e saiu pela porta.

A magia embaixo do piso bateu com a lateral do pote na parede. *O que deu nessa coisa?*, pensou Ned.

— Q... quieta! — gritou ele. — Quieta a... agora! — Para sua grande perplexidade, a magia silenciou. Era provavelmente uma coincidência. Ou talvez ela estivesse cansada. Soltou um perfume maravilhoso; úmido e espumante, exatamente como o Grande Rio no auge do verão. Ned sorriu, pensando no irmão, e juntou os pratos numa pilha que cheirava a cozido. Levou-os para fora, colocou-os na mesa onde lavavam a maior parte das coisas, e pegou um balde para tirar água do poço.

Ned deixou o balde cair no fundo do poço, levantando água com um som oco. Firmou o pé contra o muro de pedra e puxou o balde cheio de volta ao topo, com o esforço usual. Seus braços eram finos e fracos — não era de espantar que o pai recusasse sua ajuda. Ned puxou o balde por cima da borda do poço e apoiou o peso contra o peito.

Os bandidos se esgueiraram das sombras. Ned não viu.

Podia ouvir o pai cumprimentando alguém passando na estrada. Com que facilidade ele falava com os outros! Como a voz saía leve! Como se fosse uma pessoa totalmente diferente.

Até os cavalos deles andavam em silêncio, os cascos sem fazer qualquer som enquanto se derramavam, densos e rápidos, saindo de trás do celeiro.

Ned pensou no irmão.

Pensou na viagem onírica com aquela balsa frágil no Grande Rio. Seu coração se apertou ao pensar no irmão o deixando. Mesmo que fosse um sonho — Ned não era bobo a ponto de pensar que seus sonhos fossem *reais* —, adorava ter alguém com quem falar. Poder falar palavras sem o fardo da gagueira era um alívio profundo, ainda que não fosse em voz alta.

Não me deixe, pensou.

Virá da floresta, dissera seu irmão. *Virá da floresta*, disse a voz em seus sonhos. Ned se virou. Olhou para a floresta.

E viu.

Ned viu os bandidos se esgueirando em direção à casa, facas nas mãos, bocas abertas em risos.

E, no meio deles, andando num rio de bandidos, nenhum mais alto que seu ombro, estava...

Não.

O homem da loja do escrevente. O homem de olhar agressivo. O homem que *sabia* de coisas. O homem que roubava e mentia. O homem que mantinha o olhar fixo na...

Ah, não.

Na magia.

Na magia de sua mãe.

Você precisa protegê-la, tinha dito sua mãe.

Ned largou o balde e correu para a casa. Sentia-se como se o irmão estivesse correndo com ele. Sentia o corpo de Tam, a respiração de Tam, o coração de Tam batendo em seu peito.

VOCÊS NÃO SÃO BEM-VINDOS AQUI, pareceu dizer seu irmão de sonho, seu irmão dentro dele. Ned podia sentir as palavras vibrando na cicatriz imaginária. *Repita comigo*, disse a voz em sua cabeça.

— VOCÊS NÃO SÃO BEM-VINDOS AQUI — repetiu Ned, falando com o irmão dentro dele, como quando eram pequenos e corriam lado a lado, os passos batendo no chão no mesmo ritmo. Sua voz o deixou pasmo. Parecia vir dos pés, ondulando pelos músculos e ressoando no peito. As palavras vibraram através dos ossos. Esquentaram-se e soltaram fumaça em sua pele. E sem nenhuma gagueira. Era um milagre.

As palavras *fizeram* alguma coisa.

Ele não era capaz de fazer magia.

Nunca faria magia.

E, no entanto, de modo espantoso, o quintal estalou com magia. Ele podia senti-la no ar, como o sopro de calor saindo pela porta de uma fornalha.

Um choque reverberou a partir da casa, chicoteando o ar como trovão. Os ouvidos de Ned ressoaram, e seu corpo doeu, mas ele continuou correndo. Podia ouvir os bandidos chegando mais perto — muitos, e todos bem maiores que ele —, mas obrigou-se a não notar. Jogou-se dentro de casa, bateu a porta e a trancou com força. O fedor da magia quase o esmagou. Podia ouvir o pote de barro balançando para trás e para a frente em sua prateleira lá embaixo. E lá fora o som de gargalhadas.

Fechou as janelas e firmou os postigos com um cabo de vassoura. Empurrou o banco e depois a mesa contra a porta e recuou para o meio do cômodo, ofegando. Os homens não estavam batendo na porta. Nem estavam *tentando* entrar. Em vez disso Ned os ouviu do lado de fora, gargalhando tanto que ele achou que poderiam se partir ao meio.

Ned se esgueirou até uma janela fechada e espiou pela fresta. O homem de barba ruiva, olhos verdes e cabelos ruivos encaracolados para cima como uma fogueira ria no meio do crepúsculo. Ned estremeceu.

Você!, disse sua mente.

— Olá, filho da Feiticeira — disse o estranho ruivo. — Parece que você está bloqueando meu caminho. Que grosseria terrível!

— V... v... vão em... em... bora — gaguejou Ned, as palavras pesadas e densas. De novo sentiu um choque nos pés, e o pote de barro na oficina embaixo do piso chacoalhou na prateleira.

O rosto do grandalhão ficou tempestuoso e sombrio em reação ao chacoalhar (*será que ele sentiu também?*, pensou Ned; não fazia ideia), e seus olhos verdes se estreitaram até parecer que tinham pontas afiadas.

— O que vai fazer, filho da Feiticeira? Chutar nossos calcanhares? Vai nos desafiar para uma guerra de palavras? Brincar de pique-pega? Parece que você é um rato numa ratoeira, garoto. — O Rei dos Bandidos inclinou a cabeça para trás e uivou, e os outros bandidos uivaram com ele; um grito enorme, zombeteiro, aterrorizante. — Um rato numa ratoeira.

12

———

O PLANO DE ÁINE

OS BRAÇOS DE ÁINE DOÍAM, E SUAS COSTAS latejavam. A faxina depois da saída dos bandidos quase acabou com ela. O jardim estava arruinado. As cabras entraram num frenesi (até Musgo!, a querida Musgo, sua predileta das três), e até então, as galinhas estavam arrancando as próprias penas e escavando círculos fundos no chão, mas Áine não foi consolá-las. Em vez disso sentou-se num trecho ensolarado do quintal e esticou as pernas.

Precisava pensar.

Estava encurralada. Agora podia ver. E seu pai também, ainda que ele não pudesse ver nada disso. Seu pai estava mudando. O banditismo, o pingente. Eles o estavam *mudando*. A cada dia ele se parecia menos e menos com seu pai e mais com... Bem. Ela nem sabia. Alguma outra coisa.

E agora — agora! — ele tinha saído para roubar *mais* magia de uma feiticeira? Pelos céus. Quando ele mudaria tanto a ponto de ficar irreconhecível? De não ser mais seu pai? Nem alguém que ela pudesse amar?

O simples pensamento doeu tanto que Áine gritou. Ela apoiou a cabeça nos joelhos e, como costumava fazer nos momentos apavorantes da vida nova, pensou em sua outra vida. E em seu outro mundo.

Sua mãe, quando era viva, não permitia que se falasse em magia dentro de casa. *Nunca*. Até mesmo bobagens como cantigas de escola, músicas de pular corda, histórias de pescadores falando sobre maravilhas incríveis no mar, eram recebidas com olhares ferozes e uma batida forte no tampo da mesa.

— *Não existe* magia! — exclamava a mãe rispidamente, o olhar golpeando o rosto do marido. — Não existe magia alguma.

Sua mãe era uma mulher pequenina; a cabeça batia entre o cotovelo e o ombro do pai de Áine. Apesar disso assomava sobre o marido, que se encolhia diante dela. O amor transformava sua mãe numa gigante, e seu pai, com o chapéu na mão, não tinha escolha a não ser obedecer.

— Claro que não, querida — dizia o grandalhão. — Nunca existiu magia. Jamais.

Na época Áine acreditava na mãe. Por que ela iria mentir?

E no entanto. O pingente do pai. Como ele reluzia! Como aquilo o tornava um homem estranho! Se não fosse magia, *o que era*? E, mais importante, como ela poderia fazer com que ele abandonasse aquilo?

Pouco antes de adoecer pela última vez, a mãe havia deixado Áine aos cuidados do pai durante uma semana enquanto visitava sua família em Kaarna, outra cidade pesqueira, distante. Áine jamais estivera lá, nem conhecia a família materna. Jamais soube o motivo. Uma noite, quando a lua havia se posto e as estrelas no céu estavam nítidas como vidro quebrado, ouviu o pai sair da cama e se esgueirar até a porta da frente, abrindo-a com um rangido, apesar de ninguém ter batido. Áine saiu de baixo das cobertas, espiou através das sombras do seu quarto e viu o pai parado na soleira. Ele ficou de lado e deixou que um velho entrasse.

— Sentiu que eu estava chegando, é, filho? — A voz do velho era leve e seca como palha. Ele foi em direção ao fogo. O pai de Áine olhou para o homem, boquiaberto. Áine também olhou.

Filho?

Então esse homem é... ela se encolheu. O homem era uma visão chocante — velhíssimo e encolhido, e coberto de tatuagens. Não tinha cabelo, e os dentes restantes haviam sido afiados até formar pontas. Escancarou um sorriso à luz do fogo. O pai de Áine não sorriu de volta.

— Você tem algum dinheiro? — perguntou o velho.

— Para você, não — respondeu o pai de Áine. — E achei que você estava morto.

O velho deu de ombros.

— Poderia estar. Sua mãe morreu, mas tenho certeza de que você já sabe. Ainda tenho inimigos em número suficiente, e meus poderes estão... — Ele chiou. — Reduzidos.

O pai de Áine passou a mão pelos cabelos. Eles brilhavam à luz da lareira, vivos como carvão quente.

— Velho — disse ele. — Vou lhe dar minha comida. Vou lhe dar minha capa e um par de botas. Mas não vou lhe dar dinheiro. Você não pode dormir embaixo de meu teto. Você deve saber por que faço isso.

— Claro que sei, filho. Só fiquei pensando... Eu queria ver. — Sob à luz da lareira, a expressão de malícia tornou suas feições grotescas. — Você está com ele? Deve estar com ele, mesmo agora. — Ele pôs as mãos no peito do pai de Áine, tateando como um animal. O pai de Áine agarrou os ombros do velho e o empurrou com força para o chão, numa confusão de membros quebradiços. O velho gemeu feito uma criança.

Nas sombras, Áine dobrou os joelhos até o peito e os abraçou com força. Sua boca estava aberta e tensa num grito silencioso. Naqueles dias, antes de sua mãe morrer, ela nunca soube de seu pai ter machucado alguém. Nem sabia se ele era *capaz*.

— Não tenho nada que você queira — rosnou o pai de Áine com uma ferocidade que a chocou. — Tenho uma boa esposa, uma filha querida e uma vida honesta. Deixei tudo para trás. *Tudo.* Achei que você estava morto. Você deveria estar morto, velho.

O velho se levantou até ficar ajoelhado. Seus olhos brilhavam. (*Aquele brilho!*, pensou Áine enquanto lembrava. *Claro!*)

— Então isso quer dizer...

— Não — ofegou o pai dela.

— Ele ainda está aqui.

— *Não.*

— Nosso pequeno tesouro.

— *Não.*

— E como você não o quer...

— Chega! — rugiu o pai dela. Cambaleou para trás, segurando a cabeça com as mãos, o rosto numa máscara de dor. Parou, fechou os olhos e suspirou. Abaixou a mão e ajudou o velho a se levantar, firmou-o com a curva do braço enorme. Com a outra mão pegou uma bolsinha de moedas no console da lareira. Balançou-a na mão para que o dinheiro tilintasse dentro. A língua do velho saltou nos lábios secos.

— Escute. Você não pode ficar aqui — disse o pai de Áine. — Mas há um lugar, muito perto. Eles têm camas macias e bastante comida. Você não vai sentir falta de nada. Quando minha esposa voltar, vou levá-lo aonde você quer ir. Poderá ver o tesouro. Poderá tocá-lo de novo se isso tem tanta importância.

— Obrigado. — A voz do velho era cinzas e poeira. Ele inclinou a cabeça contra o peito do pai de Áine e soltou um grande suspiro. — Você é um bom filho.

Foram para a porta.

— Sua mãe e eu tínhamos orgulho de você, mesmo quando você foi embora. Tínhamos orgulho de você mesmo quando abandonou quem você é de verdade. Sinto orgulho de você agora.

— Obrigado, pai. — E a porta se fechou com um estalo atrás deles.

Áine saiu do quarto na ponta dos pés e foi para perto da lareira. Agachou-se no chão, puxando a camisola por cima dos joelhos e enrolando os braços em volta das canelas. Ouviu o som de dois pares de botas se afastando na rua de cascalho. Ouviu um som de couro raspando contra pedra, um ofegar e um grito abortado. Ouviu o som de alguma coisa pesada sendo arrastada para longe. Áine esperou e esperou, o olhar fixo na porta.

Quando seu pai voltou, quase gritou de surpresa ao ver a filha perto da lareira.

— Quem era aquele homem, papai? — perguntou ela.

— Não faça perguntas! — rosnou o pai, com o rosto subitamente louco e amedrontador. Áine começou a chorar. O grandalhão esfregou o rosto com as mãos e grunhiu como se sentisse dor. Atravessou a sala, pegou a filha no colo e a balançou como se ela fosse um bebê.

— Não era ninguém — disse, tranquilizando-a. — Foi engano.

— Sim, papai.

Ele carregou Áine para a cama e a acomodou com gentileza.

— Você sabe, minha flor, que eu faria tudo por você e por sua mãe. Você precisa saber disso.

— Sim, papai.

— Eu moveria montanhas e derrotaria exércitos. Entende?

— Claro que entendo.

— Mesmo se eu tivesse de fazer alguma coisa terrível. Se fosse para manter vocês em segurança, eu faria. Se isso deixasse vocês felizes, eu faria. Mesmo se precisasse salvar vocês de vocês mesmas, eu faria. Entende? Você e sua mãe são meus maiores tesouros, a única esperança verdadeira da minha vida. E vou proteger vocês até meu último suspiro.

— Entendo, papai — disse Áine.

Agora o sol deslizava por trás da linha das árvores, mergulhando Áine nas sombras. *Alguma coisa terrível*. Mas esse era o problema, não era? As coisas terríveis levam a mais coisas terríveis, com toda a certeza.

Não, decidiu Áine. *Isso não serve.*

Remexeu nos pés de físalis, arrancando os que tinham sido esmagados a ponto de não sobreviver, catando os frutinhos envelopados espalhados no chão e os juntando no avental. Descascou um do invólucro de folhas e o esmagou entre os dentes. Deixou a doçura se demorar na boca.

Seu pai tinha dito que faria qualquer coisa para mantê-la em segurança. Mas quem iria protegê-lo, protegê-lo de *si mesmo*?

Descascou outro frutinho e o colocou na boca. *A magia*, disse uma voz pequenina no fundo de sua mente, uma voz que se parecia demais com a da mãe. *É perigosa. Com consequências.*

Áine bufou com irritação.

— Obviamente — disse.

Seja prática, disse a voz que parecia a da mãe em sua cabeça. *O que você deve fazer?*

E, de repente, ela soube. Iria tirá-lo dele. Quando ele voltasse para casa. Iria tirá-lo e iria parti-lo em pedacinhos.

E depois? Bom, se sua mãe pôde convencer o pai a mudar, talvez Áine também pudesse. Ele não a amava também?

Olhou para a enorme quantidade de árvores que escureciam o caminho em todas as direções. Fechou os olhos e prestou atenção ao vento nos galhos e ao murmúrio das águas na corredeira; parecia muito com o vaivém ritmado das ondas na praia. Ela amava sua casa e amava a floresta, mas ansiava pelo céu aberto e pela vastidão do mar.

O mar!, pensou com uma dor no coração. Será que algum dia iria vê-lo de novo?

As cabras baliram no cercado perto do celeiro, desesperadas pela ordenha.

— Estou indo, Musgo — gritou Áine. Forçou um sorriso. Piscou os olhos repetidamente. Nunca mais veria o mar, isso estava claro. Mas chorar não ajudaria em nada, chorar não consertaria nada, e chorar certamente não faria seu trabalho.

E Áine era uma garota prática.

Levantou-se e olhou para o celeiro. *Toda aquela fortuna*, pensou. E seu pai ficaria longe durante dias — talvez semanas. Inclinou a cabeça de lado e esfregou a nuca usando os dedos.

E se...

Estreitou os olhos.

E se seu pai voltasse para casa e parecesse que tudo fora levado? Se parecesse que o ladrão havia sido roubado? Se ele pudesse acreditar que a magia fracassou com ele, que a floresta que o amava fracassou com ele, e que tudo que ele havia roubado se perdeu... bem, talvez ela pudesse convencê-lo a ir embora. Deixar a floresta, deixar o banditismo, deixar o pingente, deixar tudo para trás.

E se eles pudessem recomeçar a vida outra vez? Uma vida boa, honesta e verdadeira. Não valia a tentativa?

O *nada*, afinal de contas, havia mudado tudo uma vez. A palavra em si era uma espécie de magia.

Talvez, de novo, o *nada* fosse salvá-los.

E lentamente, cuidadosamente, avaliando cada questão prática e cada detalhe, Áine começou a formular um plano.

13

—

Encurralado

Ned sabia que nada poderia salvá-lo. Absolutamente nada. Enquanto os bandidos riam do lado de fora, ele se agachou no centro da casa de sua família, imaginando inúmeras mortes terríveis que provavelmente o esperavam. Ele poderia ser queimado vivo, furado por flechas ou fervido na própria sopa que ainda borbulhava no fogão.

— *Garoto* — cantarolou o ruivo. Ned sentiu os pelos da nuca se eriçando como alfinetes na pele. Sua respiração saía em grandes golpes de pânico. — Venha para fora e converse comigo, garoto. Você vai ver que não quero lhe fazer mal. — A voz era leve e rápida como a língua de uma cobra.

Em silêncio, Ned se esgueirou de volta à janela e olhou pelas frestas da veneziana. O estranho estava no quintal enquanto os outros bandidos cercavam a casa. Eram tantos! Alguns seguravam tochas, e Ned sentiu medo pelo jumento, pelas cabras leiteiras e pelas galinhas no celeiro. Piscou. O grandalhão piscou de volta e sorriu.

— Ah! — exclamou o Rei dos Bandidos, com os olhos brilhantes focalizados nos de Ned. — Nosso amiguinho voltou. — Ned resistiu a todos os instintos que gritavam para ele recuar. *Não*, disse a si mesmo com firmeza. *É melhor manter a posição, observar e aprender do que me encolher na ignorância.* Assim Ned ficou. Mas não falou.

— Herói silencioso, hein? — comentou o Rei dos Bandidos com um risinho. — Muito bem. Você sabe perfeitamente o que quero, garoto. Você não tem dúvida. Já a usou. Senti daqui. E ainda que, como um entusiasta falando para outro, eu deva mencionar que seu uso do "você não é bem-vindo aqui" carece do... como vou dizer?... da *teatralidade* necessária para fazer magia, sua autoridade foi inesperada. Devo admitir, estou impressionado. Na verdade, não achava que você era capaz.

Ned olhou o homem apertar o pingente preso ao pescoço. Notou a vermelhidão se aprofundando na pele do grandalhão e o brilho incomum de seus olhos. *Há alguma coisa errada com ele*, pensou.

— Q... quem é... é vo... você? — gaguejou Ned, o corpo tremendo com a voz. — Quem é vo... você de v... verdade? — Cada palavra tinha o peso e a resistência de uma pedra enorme.

— Eu? — O Rei dos Bandidos fez uma reverência. — Ora, sou seu salvador! — Alguns bandidos deram risinhos, mas o Rei dos Bandidos os silenciou com um olhar sério. Em seguida se virou para Ned. — Olhe para você, garoto. Tão apavorado. Com um fardo tão grande. Vou fazer com que tudo isso vá embora, *assim!* — Ele juntou as mãos enormes batendo palmas com um tremendo som. — Não precisa agradecer! Sou o que você poderia chamar de *humanitário*. — Os outros bandidos gargalharam. O rosto do Rei dos Bandidos reluziu.

O pote de barro no cômodo de baixo estremeceu e pulou. Chocou-se contra a parede e soltou um odor forte: sal, água e peixe. O bandido fechou os olhos e inalou profundamente pelo nariz.

— Não vejo motivo — disse finalmente — para não podermos fazer uma transação como amigos e nos separar como amigos. Não vejo motivos para sermos obrigados a machucar você. Sua mãe esteve em posse de um pouquinho de poder que jamais pertenceu a ela por direito... ou a ninguém da sua família amaldiçoada. Foi um acidente... um acidente que pretendo consertar. Imagine. A última reserva de magia em todo o mundo é mantida neutralizada e amarrada por uma família de pessoas de mente fechada que fazem *o bem*. — Ele estalou a língua. — Que ideia! É uma violação da ordem natural das coisas. O poder pertence aos poderosos. Qualquer outra coisa é *roubo*.

A boca de Ned se abriu.

— O que vo... você est... tá f... falando? — perguntou.

O Rei dos Bandidos descartou a pergunta.

— Bem — continuou ele. — Longe de mim chamar a família de outro homem de bando de ladrões, mas fatos são fatos. Já que a arte do roubo deve ser exercida por profissionais, sua magia roubada pertence a mim, por direito. Existem *regras* no banditismo, garoto. *Regras invioláveis.*

Ned não acreditou nem por um instante — nem a parte sobre sua mãe nem a parte sobre as regras que governam o banditismo. O homem ruivo não seguia regras; ele as *criava*. Ned podia ver isso. Notou como os outros bandidos inclinavam a cabeça para ele e curvavam os ombros. Tinha visto uma coisa semelhante com os cachorros, o modo como a matilha se encolhe diante do líder. Mas Ned sabia que precisava ser cauteloso com todos eles. Qualquer cachorro pode morder.

O Rei dos Bandidos riu, a barba ruiva reluzindo tanto quanto as tochas de seus seguidores.

— Bem, acho que talvez você precise ser convencido. Eu poderia ter queimado a casa, e ainda que me desse prazer ver perecer em chamas o garoto que atrapalhou o Rei dos Bandidos, isso poderia danificar a magia. *Minha magia*, você entende, e não posso permitir uma coisa assim. Eu poderia mandar meus homens o furarem com flechas, mas derramar sangue na casa onde a magia reside? Quem sabe como ela poderia reagir? Ela é, já ouvi dizer, uma coisa delicada. Como uma flor.

Será que Ned estava imaginando coisas ou o rosto do Rei dos Bandidos ficou um pouco pálido ao mencionar a palavra "flor"? O homem enorme estremeceu, sacudiu a cabeça e voltou ao seu riso.

Ned ficou parado junto à janela, os joelhos batendo um contra o outro como pratos de orquestra. Sentia falta da mãe. Sentia falta do pai. Qualquer um deles, certamente, saberia o que fazer.

O Rei dos Bandidos se inclinou sobre os calcanhares, enfiando as mãos nos bolsos, tal qual um aluno tentando encontrar a resposta para um problema particularmente difícil.

— O que precisamos — disse olhando para o céu, os dentes brilhando ao sol poente — é de um incentivo. Bert! — gritou. — Traga o prisioneiro!

Ned sentiu o coração afundar até as botas. A multidão de bandidos se dividiu, e um deles surgiu, segurando um prisioneiro pelos cabelos; uma faca apertava a garganta do homem, sem cortar a pele... ainda. Mas também sem ficar longe dela.

Era o pai de Ned.

O garoto caiu de joelhos, a cabeça entre as mãos.

— *Eu n... n... não sei o q... q... que f... fazer* — sussurrou em desespero. O pote de barro chacoalhou. Soltou cheiro de fumaça, depois de bolo, depois de bile. Não conseguia se decidir.

— Ora, ora — disse a voz zombeteira do Rei dos Bandidos. — Você está mesmo encrencado, meu bom amigo, sem dúvida alguma.

— Neddy — ofegou seu pai. A faca apertou mais fundo. — Neddy, escute. Não se preocupe comigo. Não deixe esses homens levarem *nada*.

E antes que ele pudesse pronunciar mais uma palavra, o bandido que o segurava levantou o punho e o baixou sobre o crânio do pai de Ned com um estalo.

Ned olhou num horror silencioso os olhos do pai se arregalarem enquanto a cabeça se inclinava para trás e o corpo tombava para a frente, caindo sem sentidos no chão.

Ned esperou. O pai não se mexeu.

14

A decisão de Ned

NED SOLTOU UM GRITO — UM GRITO LONGO, angustiado.

— Idiota! — gritou o Rei dos Bandidos para seu capanga. — Eu disse para não derramar sangue! Ainda não.

Ele foi até o sujeito que havia golpeado o pai de Ned e lhe deu um soco no queixo, empurrando-o para fora do caminho. Curvou-se junto ao pai de Ned e procurou algum ferimento, passando as mãos sobre a cabeça e o pescoço. Fechou os olhos e suspirou.

— A pele está íntegra. Sorte sua, Bert. Agora suma da minha vista.

O bandido chamado Bert baixou a cabeça. Seu rosto era coberto de tatuagens, os dentes limados até ficarem com as pontas afiadas, e faltavam três dedos na mão esquerda. Ele pareceria apavorante se não fossem os ombros curvados de modo lamentável, enquanto arrastava os pés para longe, e os olhos abaixados e solitários.

Ned viu o ruivo colocar uma das mãos na cabeça do pai de Ned e segurar o pingente com a outra.

— Acorde — disse ele.

Nada aconteceu.

O Rei dos Bandidos suspirou.

— ACORDE — repetiu. Ned sentiu os pelos do braço se eriçarem só um pouco. O pote de barro chacoalhou lá embaixo. Ainda não havia nada, até que...

— ACORDE! — Mais alto ainda. Um choque. Um tremor. E o pai de Ned se enrolou como uma bola.

— Neddy — gemeu ele.

Papai! O coração de Ned saltou.

— Ah — disse o Rei dos Bandidos. — Que gentileza sua se juntar a nós. Está vendo, filho da Feiticeira? Bem, sou um homem importante e minha generosidade tem limites, portanto vamos chegar a um acordo, certo? Revivi seu pai. Que bondade você pretende fazer para mim, em troca?

Ned olhou horrorizado o ruivo agarrar seu pai pela nuca — *seu pai*, corpulento e imponente como uma rocha — e obrigá-lo a ficar de joelhos.

— Não me faça esperar, garoto — disse o Rei dos Bandidos.

— Por favor — pediu o pai de Ned em voz rouca. — Meu filho... por favor, não machuque meu filho. Faça o que quiser comigo. Leve nossos jumentos e nossas cabras. Leve tudo que temos. Só não machuque meu garoto. Ele é tudo que temos.

— Tocante — disse secamente o Rei dos Bandidos. — Mas inútil. Se seu filho idiota tivesse me recebido no quintal, como *deveria fazer*, como era *o plano*, eu teria colhido o que necessito, tal qual uma fruta madura. Mas ele *recuou*, *se escondeu* na casa, como o cão covarde e mentiroso que é, então nosso serviço fica mais complicado. Se eu invadir a casa, a magia não virá comigo por amor nem por dinheiro. Ned, sendo o único morador na casa, precisa *dá-la* a mim. Mas você já sabia disso, não é, Ned? — O bandido quase rosnou as palavras.

Era verdade.

Ele sabia que o Rei dos Bandidos não podia *tomar* a magia. Isso tinha sido tentado antes, e o homem morreu. Horrivelmente. Mas ela poderia ser dada? Ned não sabia. Certamente ela pertencia a sua mãe. E nem mesmo sua mãe era exatamente a dona. Ela sempre cumprimentava a magia com uma reverência. "É de coração puro", dizia ela, "que peço humildemente sua ajuda". Em seguida jogava um beijo. Só então levantava a tampa do pote, permitindo que a magia subisse numa nuvem de ouro pálido. Ela era educada. E firme. Mas a magia não era dela, ela simplesmente a administrava. Ned fechou os olhos e pensou na mãe. *Por favor, venha,* implorou. Pensou nas esculturas que tinha feito, as que agora mesmo estavam flutuando no Grande Rio em direção ao castelo. Imaginou todas elas saindo da água, segurando-as pelas mãos e voando com ela para casa. *Por favor, venha.*

— Não sou um homem paciente — avisou o Rei dos Bandidos. — Mas não existe motivo para seu pai perder a vida. Me dê a magia, e ele vai ficar livre. Vá até onde ela está guardada, cerre os dentes e a traga para fora.

Você não tem coração puro, pensou Ned agressivamente.

Nem eu, admitiu consigo mesmo. Imaginou com que velocidade a magia iria matá-lo. *Muito depressa*, decidiu.

— Não! — gritou o pai de Ned. — É perigoso demais. Ele não sabe como fazer. E ele gagueja. Ela vai matá-lo se ele tocar nela — Ned ficou surpreso ao escutar a angústia na voz do pai.

— Talvez — disse o Rei dos Bandidos, com o olhar furando a pequena fresta na veneziana, onde Ned estava agachado e tremendo de terror. — Mas estou disposto a correr o risco. Porém o que é certo é que, se ele não tentar, vocês dois vão morrer. Isso é certo. — O Rei dos Bandidos abriu os lábios num sorriso lento e cruel.

Ned recuou para o centro do cômodo e tentou pensar.

A magia era sua por direito de nascença e responsabilidade de sua família. E tinha sido por... *um tempo longo demais*. Sua mãe disse para Ned protegê-la, afinal de contas. Ele precisava tentar.

Teria de falar com ela.

Ela poderia matá-lo. Provavelmente mataria.

Ned sentiu um suor frio escorrer pela coluna vertebral. Seus ossos tremeram. As palavras eram suas inimigas. Como poderia usá-las num momento assim?

Pensou no homem com moedas se derramando da boca. Pensou em como a magia fazia sua mãe tropeçar e cair.

É perigosa. Com consequências.

— O tempo está passando, Neddy — avisou o Rei dos Bandidos, dizendo o nome de Ned como se fosse sujeira. — Há duas opções, filho da Feiticeira: você me entrega o que é meu, ou eu alivio você e seu pai de suas vidas miseráveis. Nem por um momento vou deixar esse tipo de poder nas mãos de um zé-ninguém. Não admitirei que ele seja *reduzido*. Ele vai pertencer a homens com o vigor para usá-lo, ou eu próprio irei destruí-lo. É hora de escolher, garoto.

Lá fora um jumento zurrou, e as cabras baliram. Ned podia ouvir os gritos do pai.

— Podem me pegar, mas poupem meu filho! — Ned tinha uma lembrança, agora muito fraca, dos braços fortes do pai segurando-o pela cintura e o arrastando para fora do Grande Rio. Soube do medo e da tristeza que seu pai devia ter sentido ao ver o corpinho de Tam sendo levado pela água. Pela primeira vez entendeu a coragem do pai. Pela primeira vez percebeu que o pai o *amava*.

Respirou fundo e chutou para longe o tapete de lã, expondo o alçapão embaixo. Cerrou os dentes e pegou a lanterna. Abrindo a porta, desceu a escada estreita que dava no pequeno porão escuro embaixo da casa. A oficina da mãe. Seus livros, suas ferramentas, sua magia.

Sabia o que levava a magia a contra-atacar: o egoísmo, a ganância, o ganho pessoal. A questão na verdade era se Ned podia fazer a magia escutar e entender que, se seu coração não era puro, suas motivações certamente o eram.

Pôs a lanterna numa mesa pequena e tentou acalmar a respiração. Tremeu nas botas ao ver o pote de barro onde a magia morava. O pote zumbia e vibrava. O cômodo estava quente — quente demais —, e a energia ao redor do pote bambeou os joelhos de Ned. Ele sentiu ferroadas na pele do peito... como pontos invisíveis puxados por um fio invisível, esticando-se o tempo todo. Apertou o peito com as mãos e sentiu uma agitação conhecida dentro das costelas, como se tivesse engolido uma borboleta. O chão de terra começou a ondular como água.

Ela sabe que eu não sou minha mãe, pensou Ned. *E sabe que há alguma coisa errada.* Mas mesmo assim fez uma reverência.

— É... é d... de... c... co... coração puro q... que p... peço humildemente s... sua a... ajuda — disse Ned. O pote de barro estremeceu e pulou. *Estou fazendo errado*, pensou Ned em desespero. Mesmo assim não havia opção. Jogou um beijo para o pote de barro e tirou a tampa. Preparou--se. Seu corpo estava inteiro. Ele não estava morto nem tinha virado uma pilha de moedas, ou pedra, ou um lagarto, ou qualquer outro horror que atacava sua imaginação.

Suspirou e colocou a tampa na mesa. O pote de barro saltou da prateleira e vibrou descontroladamente no ar. Rachaduras minúsculas apareceram — começando na base e se ramificando até a borda. O pote guinchou, depois gemeu, em seguida, numa explosão, despedaçou-se. A lanterna estourou, e Ned foi soprado para trás, caindo agachado. Cacos minúsculos se chocaram contra as paredes, o teto e o piso. Ele protegeu o rosto com as mãos.

A magia estava toda errada.

Não era uma nuvem cor de ouro em forma de bola. E não tinha cor de tempestade, como antes. Era um tornado. Preto, verde e furioso. Chicoteou, virando mesas e se chocando em armários enquanto uma chuva fria voava em todas as direções. Livros saltavam das prateleiras e se rasgavam, as páginas se espalhando como folhas secas de árvores. Jarros e garrafas se despedaçavam. Ferramentas de metal se retorciam e se quebravam.

Ned se ergueu num salto.

— D... d... desc... culpe — hesitou. — Sei que não sou minha m...mãe e sei que n...não devo fazer magia. M... mas lá fora es... estão homens que q... querem matar p... para pegar você. Você p... precisa me ajudar a a... ajudar v... você.

A nuvem de tempestade no porão inchou e criou um redemoinho, levantando poeira em massas enormes e abrasivas, fazendo os olhos de Ned arderem e ralando suas bochechas.

— P... por f... favor — tossiu ele. — Se v... você se ligar a m... mim, eles n... não p... podem p... pegar você. E eu m... mante... nho v... você em s... segurança. — *E boa*, acrescentou Ned no fundo do coração.

A magia não respondeu. Pelo menos em palavras. Mas sua decisão não poderia ter sido mais clara.

Um relâmpago irrompeu da nuvem apontando diretamente para o coração de Ned. Ele não conseguiu gritar. Nem conseguiu *se mexer*. Só pôde sentir a magia penetrar na pele e se espalhar em cada centímetro do corpo, borbulhando, deslizando e cortando fundo, até que ele não sabia onde a magia parava e ele começava.

E ah! Ela queimava!

Queimava.

15

―――

Começa a viagem de Ned

NED SUBIU A ESCADA E CAIU ESPARRAMADO NO chão. A manga da camisa subiu acima do cotovelo, e Ned olhou para sua pele, espantado. As mãos estavam cobertas de palavras. E os braços. E os ombros, a barriga, as pernas e o peito. As costas e o rosto também, ao que parecia. Palavras em movimento. Palavras que se escreviam e se enrolavam, que se apagavam mutuamente e continuavam se escrevendo com fúria. As palavras envolviam cada dedo, embolavam-se nas articulações, cobriam os pulsos e subiam em redemoinhos pelos braços.

Ele não conseguia ler nenhuma palavra.

Mas *doía*. Ned cerrou os dentes e se obrigou a ficar de pé outra vez. Pesadamente se apoiou na mesa.

— O tempo está quase acabando, Neddy — avisou o Rei dos Bandidos lá fora. Mas Ned notou um tom de incerteza na voz do grandalhão. Sem dúvida ele viu a casa tremer. Sem dúvida escutou a tempestade. Que Ned não tinha ideia do que estava fazendo, isso não importava. A incerteza era o único aliado que ele possuía.

Sua pele queimava; não somente por fora, mas por dentro também. As mãos deixaram duas marcas pretas e fumegantes na madeira da mesa, e, de vez em quando, uma faísca de energia irrompia das pontas de seus dedos, das dobras dos braços ou dos fios do cabelo. Ele pousou a mão numa cadeira e reduziu a mobília instantaneamente a uma pilha de cinzas. Pôs a outra numa toalha de pratos, e esta se desfez num enxame de besouros brilhantes, afastando-se com rapidez — cada um deles explodindo em fagulhas um instante depois.

Ele era perigoso. Isso era óbvio. E não queria machucar ninguém.

Sua mãe costumava usar luvas quando trabalhava, e Ned decidiu fazer o mesmo. Enfiou as mãos num par de luvas de couro de trabalho e tocou a mesa. Não ficaram marcas de queimadura. Não houve transformações. Bom. Cobriu-se o máximo que pôde — um casaco pesado, um gorro de couro —, tentando manter o máximo possível da pele protegida. Sabia que a magia era perigosa. Conhecia as potenciais consequências. Deixou o rosto descoberto. Ned podia sentir o calor das palavras se irradiando da testa e das bochechas.

Pegou sua pequena e útil faca de esculpir, guardou com um estalo na bainha de couro e a enfiou na bota, colocando-a cuidadosamente embaixo da sola do pé. Era desconfortável, sim, mas estava *escondida*. Esperava que os bandidos sentissem medo o suficiente da magia, para não o revistarem em busca de armas, e que não notassem seu andar manco.

Nunca atrapalha ter uma faca boa e afiada.

Enfiou a mão no bolso e pegou a figura que tinha começado a esculpir de manhã. Não tivera tempo de terminá-la. Estava muito ocupado. Era um pequeno lobo, com olhos grandes e inteligentes, e o focinho levantado, como se farejasse o ar... ou se preparasse para uivar. Não era grande coisa, mas era o único pedaço de si que poderia deixar para trás. Esperava que o pai entendesse.

Deu alguns passos incertos até a porta.

Mantenha o equilíbrio, ordenou a si mesmo. *Mantenha o equilíbrio e ande.* Ned tentou pensar. Os bandidos iriam levá-lo (ele era mais útil vivo que morto), e esperava que nesse meio-tempo seu pai pudesse encontrar a mãe, e que a mãe pudesse pensar numa solução. Atravessou rapidamente a sala e escancarou a porta.

Olhou para a cena; era um caos de bandidos. Homens e mulheres pegando o que queriam no celeiro e na cabana. Agora havia cavalos — Ned presumiu que tinham sido amarrados em algum lugar próximo — e muitos bandidos já haviam montado nas selas.

O pai de Ned estava ajoelhado. Ele soltou um grito tenso, estrangulado, e a confusão de bandidos na frente da casa ficou subitamente silenciosa. Na escuridão que ia aumentando, Ned podia ver a luz das palavras quentes em seu rosto reluzindo diante dele, tremeluzindo e vibrando, movendo-se com urgência, dolorosamente, em sua pele.

Sentiu um tremor nos joelhos, mas se obrigou a permanecer de pé enquanto ia da segurança da casa em direção aos rostos sombreados dos bandidos.

— Ah, Neddy — sussurrou seu pai, com grandes lágrimas se derramando dos olhos e caindo na calça. — Ah, meu filho. Você está morto. Meu filho, meu filhinho. — Ele cobriu o rosto e deu vazão aos soluços.

Os olhos do Rei dos Bandidos se estreitaram ao voltarem-se para Ned enquanto uma grande nuvem passava sobre seu rosto.

Ele está com raiva, pensou Ned. *Bom.*

— Não, lenhador. O garoto não está nem um pouco morto. E é uma pena, porque ele merece isso tremendamente. *Não, meus amigos!* — Ele se virou para os outros bandidos, levantando as mãos para que eles parassem. — Agora nossos planos devem mudar, infelizmente, porque o garoto nos traiu. Ele pegou para si o que é meu por direito. Garotinho ardiloso, não é? Indigno de confiança, eu diria.

— Então ele vai ver o velho morrer — zombou uma bandida. Ela pegou um punhado dos cabelos do pai de Ned, puxando a cabeça dele para trás e expondo o pescoço. O pai de Ned não lutou, simplesmente deixou os ombros desabarem e o rosto relaxar. — Diga adeus ao seu pai, garoto verme.

— PARE! — gritou o Rei dos Bandidos, derrubando a faca da mão da bandida. — Nada de sangue. Olhem o garoto.

Os bandidos se viraram para Ned, e uma centena de queixos caiu imediatamente.

Ned viu que a luz tremeluzindo diante do seu rosto tinha mudado de cor. Ele levantou a manga da camisa. Os escritos na pele haviam mudado. As letras estavam menores, mais apertadas, mais malignas, e eram em maior número. As palavras se apinhavam umas contra as outras, movendo-se rapidamente pelo seu corpo como se puxadas por um barbante, ganhando velocidade e número até haver mais palavras que pele, tudo se movendo num borrão.

E mais ainda: as palavras reluziam em laranja, depois azul, depois branco. Calor borbulhava e estalava o ar ao redor dele. Os bandidos contraíam as pálpebras por causa da claridade. Murmuravam e olhavam furtivamente uns para os outros, como se procurassem orientação.

Só o Rei dos Bandidos não contraía as pálpebras, ou protegia os olhos. Ele encarava Ned, que notou, subitamente, como a pedra amarrada no pescoço do gigante ruivo tinha mudado de cor com as palavras. E mais: as bordas da camisa do homem estavam começando a soltar fumaça. Ned sentiu um golpe no rosto, como se o pingente tivesse lhe dado um tapa. E mais: o bandido se encolheu ao mesmo tempo.

Que negócio é aquele?, pensou Ned.

— Que garoto esperto e irritante. O sangue de seu pai é seu sangue, não é? Ou bem perto disso, para a magia. Veja como ela se esquenta e treme com o simples pensamento de seu sangue ser derramado. Veja como ela se acalma no momento em que sente que ele está em segurança.

O Rei dos Bandidos estalou a língua e pegou um grande saco de aniagem na anca de um cavalo. Entregou o saco ao bandido mais próximo e, num movimento hábil, saltou em seu próprio cavalo; um animal forte e raivoso, de crina aparada, rabo cortado e dentes fortes e brancos.

— Amarrem o homem — continuou. — Joguem-no na casa e fechem a porta. Amordacem-no. Deixem-no passar fome. Que ele fique sentado até que os exércitos de Duunin o arranquem daí — ordenou o Rei dos Bandidos, com seu cavalo empinando nas patas traseiras, balançando a enorme cabeça e bufando. — Ponham o garoto no saco. Usem luvas. Tratem de não encostar em sua pele. Há poder suficiente fluindo por esse garoto para matar qualquer um de vocês que não tenha cuidado. — Os olhos do Rei dos Bandidos se estreitaram ao encontrarem os de Ned. — Claro, garoto, isso provavelmente mataria você também. Portanto nada de brincadeiras.

O bandido que estava com o saco se aproximou dele.

— N... não! — gritou Ned. — V... você não p... pode! — Mas o saco foi jogado em cima da sua cabeça, abafando toda a luz. Suas mãos foram amarradas diante do corpo, e uma tira de couro foi passada pelo lado de fora, apertando os braços junto ao corpo. Ele desejou que a mãe estivesse ali. Ela saberia o que fazer. Fechou os olhos e tentou trazê-la para perto. *Por favor, venha*, disse nos lugares mais fundos do coração. *Por favor, venha agora.*

Sua mãe não veio.

Não viria.

Não fazia ideia do que estava acontecendo.

E Ned estava sozinho naquilo.

Sentiu um par de mãos ásperas levantar seu corpo, jogá-lo atravessado de qualquer jeito na garupa de um cavalo e amarrá-lo à sela. O animal gemeu quando o dono montou também.

— Por favor. — Ouviu seu pai dizer. Ouviu o som do pai sendo arrastado pelo quintal. — Por favor, não o levem. A magia é inútil para você. Você mesmo disse. E ele é só um garotinho.

Dentro do saco, Ned cerrou os dentes. *Não tão garotinho*, pensou com raiva.

— Talvez ela seja inútil para mim — disse o Rei dos Bandidos —, mas em nenhum momento eu a quis para mim. Acredite, serei bem pago, mais do que até mesmo meu patrão imagina. Eu sirvo ao rei do outro lado da montanha, que agora mesmo está juntando seus exércitos e marchará através daquela mesma floresta. A floresta que vocês temem. A floresta que vocês evitam. A floresta é meu lar, e eu mesmo vou guiar os exércitos através dela e mandá-los por cima das fronteiras malditas de seu país. Os fracos merecem ser controlados, e os fortes merecem... bem, merecem *tudo*. Os dias de sua rainha estão contados, velho. Os seus também.

— Mas... — Ned podia ouvir a voz do pai hesitando. — Mas lá é a beira do mundo. Não existe nada do outro lado das montanhas. Nada a não ser o céu. Todo mundo sabe.

— Se você e a sua gente acreditam nisso, merecem ser conquistados. — E para os bandidos: — Não se esqueçam de amordaçá-lo. Não podemos deixar que ele fique gritando por socorro, não é? Adeus, velho. Acho que nossa negociação terminou.

E, com isso, deu um chute maligno na barriga do cavalo, um chute que Ned pôde ouvir. Ned se encolheu em solidariedade ao animal. O cavalo relinchou, saltou e partiu do quintal trovejando, seguido pelos gritos e pelo som de cascos dos outros bandidos que montaram nos cavalos e os obrigaram a correr à custa de chutes e tapas. O cavalo de Ned deu um salto enorme e foi obrigado a girar com força, forçando o garoto contra o flanco.

Vou entrar na floresta, pensou Ned, o terror deixando-o entorpecido para as palavras ardentes que se moviam em sua pele. *Vou ser esmagado por gigantes. Ou vou cair da beira do mundo.*

— Ned! — gritou seu pai, e então soluçou. A voz foi interrompida subitamente pela mordaça presa em cima da boca.

E Ned teve certeza — tanto quanto tinha de que a magia percorrendo seu corpo acabaria se enrolando em seu coração e fazendo-o parar — de que jamais veria o pai outra vez.

16

A CLAREIRA

Áine estava sentada no sótão, olhando o tesouro de seu pai. *Queime-o*, sussurrou em seu cérebro a voz parecida com a da mãe. *Queime tudo: a casa, o celeiro, a vida de bandido. Salve-o de si mesmo.*

Áine não sabia se era capaz. Além disso, ouro não pega fogo. Nem espadas ou joias.

Havia tanta coisa.

E o que aconteceria se os bandidos se voltassem contra o líder? E se quisessem que os espólios fossem divididos igualmente?

E se seu pai não estivesse ali para protegê-la?

E se ela estivesse cara a cara com um bandido sedento de sangue?

Na verdade era apenas questão de tempo.

Áine precisaria se proteger.

Não tinha muita paciência para espadas. Achava-as desajeitadas e difíceis de usar. Mas era hábil com uma faca e mortal com um arco. Pegou facas e flechas, e as escondeu na casa atrás da pilha de lenha. Juntou as melhores joias que pôde localizar nas enormes pilhas de riquezas, amarrando-as em embrulhos e enfiando-as nos caibros, embaixo das pedras da lareira e na chaminé. Joias, dizia sempre seu pai, são úteis. Leves. Fáceis de esconder. E tremendamente valiosas. Uma única pedra poderia alimentar uma família durante um ano ou mais. Duas podiam comprar uma casa. Ou um barco de pesca. Uma bolsa cheia poderia manter pai e filha alimentados e confortáveis com um teto sobre a cabeça durante toda a vida. De que mais eles precisavam, afinal?

Quando chegasse a hora, ela montaria um ataque. Quando chegasse a hora, convenceria o pai a quebrar o pingente e deixá-lo para trás. Quando chegasse a hora, bastaria um golpe de seu isqueiro para fazer a maldade do pai sumir numa nuvem de fumaça.

Áine tinha certeza.

Enquanto isso, o estoque de carne estava diminuindo, e era hora de arranjar comida.

Enfiou o arco na aljava e seguiu pela trilha. Um coelho daria um belo jantar, pensou. Ou uma codorna. Até mesmo um faisão se fosse bem jovem.

O dia estava quente e luminoso, mas o sol parecia mais baixo no céu do que na véspera, e Áine podia ver, pelas leves sugestões de dourado, vermelho e marrom nas bordas das folhas, que os dias quentes chegariam logo ao fim. O inverno, atrás da esquina, afiava os dentes. Decidiu aproveitar o momento do melhor modo possível e penetrou mais fundo na floresta, explorando trilhas que jamais vira antes.

Não tinha medo de se perder. Seu pai havia lhe ensinado como explorar a floresta. Ela sabia ler as árvores, orientar-se pelo ângulo do sol e equilibrar uma agulha especial numa rolha flutuando dentro de uma panela d'água, para que apontasse o norte. E, de qualquer modo, Áine tinha um *sentido* da floresta. Conhecia-a tão bem quanto conhecia o próprio corpo. E os caminhos sempre a levariam para casa.

Mas naquele dia os caminhos estavam fazendo algo completamente diferente — como se *alguma coisa* estivesse embaralhando-os de propósito. Mas ela não sabia o que era. Enquanto o caminho serpenteava e penetrava nas partes mais profundas e densas da floresta, Áine jamais tropeçou e jamais se virou para voltar.

— *É esse?*

— *Espere.*

Ela não escutou essas palavras com os ouvidos. *Sentiu-as* embaixo dos pés, como se o próprio leito de rocha estivesse falando. *Curioso*, pensou.

Cerca de uma hora depois do meio-dia, a hora mais quente, ela se pegou chegando a uma clareira. A trilha era perfeitamente reta e livre de pedras, ainda que a floresta se embolasse e se adensasse, derramando-se como uma grande cortina dos dois lados — ela não conseguiria sair da trilha nem se *quisesse*. E mais: a floresta ficou subitamente silenciosa; os pássaros não cantavam; os insetos não zumbiam. Até o vento parecia prender o fôlego.

Silenciosa como uma pedra.

Onde estou?, pensou Áine.

— *Perto.* — Pensou ter escutado uma voz dizer. Mas não havia ninguém ali.

Entrou na clareira, protegendo os olhos por causa da intensidade da luz.

Ouviu um graveto estalar. Uma loba saiu silenciosamente de trás de uma grande árvore. Seus pelos não estavam eriçados, nem a cabeça abaixada de modo agressivo. Estava empertigada... e era *enorme*, quase do tamanho de um cervo jovem. Encarou Áine, inclinou a cabeça de lado e penetrou mais na clareira. Não estava se movendo em sua direção, como ela esperava. A clareira em si era comprida e curva, não era visível de imediato. A loba não pareceu nem um pouco interessada em Áine, andava em direção à extremidade mais distante e oculta do descampado. Andava com um passo intenso, à vontade com o próprio poder e força. Era uma loba saudável, uma loba rápida, uma loba bem alimentada. Uma loba com tetas cheias de leite. Uma *mãe loba*.

Áine fez o que lhe haviam ensinado.

(Sentiu o aperto de dedos no coração. A mão de sua mãe. Não pensou a respeito.)

Num movimento fluido tirou flecha e arco da aljava pendurada às costas e já estava com a arma pronta e retesada antes mesmo de respirar. O animal se imobilizou. Olhou para ela e não correu. Áine deixou a respiração sair, firme e tranquila como água. Manteve a loba na mira e firmou o arco.

— *Não* — pareceu dizer uma voz. Vinha de seus pés, das árvores, do céu. Fez pedras rolarem e seixos voarem da margem do rio. Era uma voz que *importava*.

Mas isso é impossível, pensou Áine, hesitando. *A floresta não fala.*

— *A loba não* — urgiu a voz.

Mas Áine era filha de seu pai. "Cuide de atirar antes que o lobo rasgue sua garganta", dizia ele repetidamente. "Jamais confie num lobo."

Ela nunca havia atirado num lobo.

Os pelos de seus braços se eriçaram como agulhas de pinha. Retesou o arco mais um pouco. O chão embaixo dos seus pés ribombou e soltou fagulhas. A loba não se mexeu. A flecha voou.

— NÃO! — O som veio da floresta, do chão e do ar. Veio da madeira, do capim e do silêncio pesado da clareira. *Não*, até mesmo da própria boca de Áine. Mesmo enquanto segurava o arco e via a flecha mergulhar no flanco da loba. Mesmo enquanto via a loba curvar o corpo em volta da ponta da flecha, abrir a boca e soltar um último uivo gorgolejado para o céu, mesmo *então* era a própria boca de Áine que gritava: — *Não, não, não!*

A loba caiu embolada no chão, estremecendo uma vez, duas, e depois ficando terrivelmente imóvel. O sangue espumava na boca. A expulsão do último suspiro entrecortado. Seus olhos ainda estavam abertos e espiavam Áine. Eram pretos e quentes, a luz da vida dentro deles começando a se esvair. Eram iguais aos olhos de sua mãe.

— Não — sussurrou ela.

("O garoto errado vai salvar sua vida. E o lobo...")

Ela jamais havia atirado num lobo. E então *atirou*. Nunca havia matado uma pessoa. E então... *será que poderia?*

Áine deu dois passos para trás, tropeçou e caiu. Sentiu o café da manhã se revirar na barriga e teve ânsias de vômito. A clareira estava silenciosa, a não ser pelo leve tremor no ar que sobrou do som da voz de Áine.

A floresta estava imóvel e era vasta, e não importando o que seu pai dizia, as árvores não podiam pensar nem falar, mas, para Áine, parecia que elas se curvavam sobre ela, que tremiam de fúria e acusação.

O que você fez?

Áine se levantou com dificuldade e correu para a floresta, penetrando em suas profundezas emaranhadas sem ao menos procurar uma trilha. Até que encontrou um leito de córrego seco — o solo era de uma irregularidade abominável, mas ela continuou indo para casa.

Tentou esquecer a clareira silenciosa e as acusações que vinham de... *algum lugar.*

Tentou esquecer a expressão gentil da loba, seu grito de tristeza e dor enquanto a flecha penetrava no corpo. Tentou esquecer que a loba não dera qualquer indicação de que desejava lhe causar mal.

Mais que isso, tentou esquecer o fato de que a loba estava com as tetas cheias, que o leite vazava e que, agora mesmo, Áine podia ouvir o som de um filhote de lobo perdido na floresta, uivando desesperado pela mãe.

Áine uivou de volta.

17

O PINGENTE

Ned não sabia para onde estavam indo — em sua prisão dentro do saco era impossível espiar o terreno por onde passavam, ou prever os movimentos irregulares do cavalo. Vomitou três vezes, e o saco estava fedendo. Podia apenas ficar satisfeito por ter sido posto virado para baixo e ter um pouco de espaço no saco. Também podia agradecer por não haver engasgado. Pelo menos por enquanto.

Depois do que pareceu uma eternidade, o cavalo parou abruptamente. Ned pôde ouvir os bandidos ao redor saltando para o chão com resmungos e gritos. Ouviu os estalos das costas e dos joelhos enquanto eles se espreguiçavam retornando à posição normal; nada entorta tanto uma pessoa quanto andar a cavalo.

— Desamarre o garoto — ordenou alguém, provavelmente o Rei dos Bandidos, mas era difícil ter certeza. — Ele vai acabar se molhando.

Passos se aproximaram, e um par de mãos tocou as costas de Ned e logo se recolheram.

— Eca — disse uma voz de mulher. — Ele já fez isso e coisa pior ainda. Não gosto desse fedor.

— Você vai fazer o que eu mando. — Soou o rosnado inconfundível do Rei dos Bandidos. — Ou vai se arrepender da falta de visão.

A mulher resmungou enquanto soltava as tiras que prendiam Ned à garupa do cavalo, resmungando ainda mais enquanto o empurrava da anca do animal para o chão. Ele caiu com força sobre uma pedra. A dor foi forte, luminosa e fria. Ned gritou.

— Pare de choramingar — disse a mulher, puxando o saco de cima do corpo de Ned e jogando-o de lado. A cabeça dela era raspada e coberta de tatuagens; símbolos diferentes cercados por espirais de ramos espinhentos. — Isso não matou você.

A magia na pele de Ned tinha se acalmado durante a viagem... ou pelo menos parecia ter se acalmado. Ele não sabia se as sacudidas do cavalo ou seu medo dentro do saco simplesmente a havia entorpecido. De qualquer modo, assim que ele caiu no chão, a magia voltou à vida. Ele viu fagulhas diante dos olhos enquanto um calor insuportável se movia pelo seu corpo em ondas. Grunhiu e cerrou os dentes para não gritar.

— Ande — disse a bandida, com a voz áspera feito cascalho. — Vá para lá e sente-se. — Ela apontou para uma clareira onde os outros bandidos se reuniam. — Você vai descansar enquanto nós descansamos. E não é muito.

Ela se afastou com o cavalo que havia carregado Ned, ronronando gentilmente no ouvido do animal e coçando seu pescoço. Ned se pegou desejando ser um cavalo. Levantou-se sem firmeza — era difícil se equilibrar com as mãos amarradas — e começou a andar, mas seus passos eram pesados e tortuosos por causa do tempo passado no saco. Além disso, ele estava com uma faca embainhada embaixo do pé.

Se pudesse enfiar a faca na manga da camisa... *mas como?* Não podia usar as mãos, e os bandidos estavam em toda parte.

Olhou ao redor. Estava cercado por árvores. Elas se emaranhavam, comprimiam-se e se apinhavam ao redor. Os bandidos tinham parado numa pequena clareira, mas à toda volta a floresta estava escura. *Viva.* E Ned, apavorado.

Diziam que havia fantasmas na floresta.

Diziam que havia monstros.

Diziam que havia gigantes — gigantes enormes feitos de pedras cheias de musgo, que podiam esmagar um homem e parti-lo em pedacinhos.

Ned tinha passado a vida inteira com terror da floresta. Sentia-se grato porque já havia esvaziado o estômago durante a prisão no saco, porque seu terror atual certamente iria enjoá-lo de novo.

Quando minha mãe souber, vai pensar num plano. Ela sempre tem um plano. Concentrou-se nessa possibilidade e forçou o medo para longe.

Sentou-se num tronco, e um dos bandidos lhe trouxe um trapo e um pouco de água suja numa bolsa de couro impermeável. As amarras nos pulsos de Ned apertavam as luvas nas mãos. Seus dedos estavam entorpecidos, por isso ele flexionou-os para dentro e para fora, para dentro e para fora, tentando recuperar um pouco da sensação. O trapo estava encharcado e sujo, e ele mal conseguia segurá-lo com as mãos, mas limpou o vômito do rosto, agradecido. Até usou o trapo — por mais imundo que estivesse — para limpar a boca; pelo gosto, era como se tivesse sido esfregada em esterco, areia e carne podre. Tentou cuspir, mas estava seca demais. Também não conseguia chorar.

A magia continuava a serpentear e chicotear sua pele; cada letra quente e luminosa como ferro em brasa. Mas havia *outra coisa*, também.

A magia estava falando. Cada amontoado de palavras, cada frase escrita, tinha sua própria voz — não uma voz que ele pudesse escutar com os ouvidos, mas uma voz que ele podia sentir.

Ned encostou a cabeça nos joelhos e tentou prestar atenção.

Onde está nossa feiticeira?, perguntou a magia. *Nós precisamos dela. Não estamos acostumados a brincar com criancinhas pequeninas. Por favor, chame sua senhora adulta instantaneamente, e agora mesmo. Já chega.*

— N... não tão p... pequeno — sussurrou Ned de volta.

A maior parte dos bandidos estava reunida no centro da pequena abertura entre as árvores. Comiam biscoito duro ou carne-seca de vitela, e bebiam água dos odres. Os bandidos no centro do grupo se agachavam no mato baixo ou descansavam apoiados uns nos outros. Os de fora encostavam as costas nos colegas e viravam o rosto para a escuridão da floresta, os olhos arregalados e atentos, e as mãos nas armas. Não falavam.

Bem, pensou Ned. *Até os bandidos têm medo da floresta.*

E simplesmente *saber* do medo deles fez o de Ned parecer um pouco menor.

Sentado num tronco caído, um pouco afastado dos outros, estava o Rei dos Bandidos. Apoiava os cotovelos nos joelhos, os dedos de ambas as mãos entrelaçados, com as pontas tocando o queixo. Olhava para Ned.

Ele vê a magia, pensou Ned. *Ele não me vê.* Por baixo da pressão do olhar do grandalhão, Ned podia sentir as palavras na pele começando a reluzir. E, à medida que elas reluziam, o mesmo acontecia com a pedra pendurada no pescoço do Rei dos Bandidos.

Por quê?, pensou Ned.

Tentou cuspir de novo, mas nada saiu.

— Bert — rosnou o Rei dos Bandidos. — Dê um pouco d'água ao garoto. Cuidado para não tocar na pele dele.

Bert hesitou.

— Senhor — disse ele, com a voz muito mais trêmula e fraca que a que usara no quintal de Ned. — Se não fizer diferença para o senhor, eu preferiria...

— Não me lembro de ter *pedido*, Bert — cortou o grandalhão numa voz rouca ameaçadora.

Bert se levantou e pegou seu odre de água. Olhou o garoto com cautela, deu um passo adiante e parou, como se achasse que Ned poderia explodir.

(*E quem sabe?*, pensou Ned, *Talvez eu exploda mesmo. Não tenho ideia do que toda essa magia pode fazer.*)

O Rei dos Bandidos não afastava o olhar de Ned, não afastava o olhar das palavras na pele de Ned, e seus olhos brilhavam estranhamente na penumbra. *Você consegue ler essas palavras?*, pensou Ned. Não sabia. De qualquer modo o Rei dos Bandidos estava fascinado por elas. A pedra pendurada no pescoço do grandalhão brilhava ferozmente, lançando uma luz estranha no rosto atento, e Ned percebeu que o pingente também estava sussurrando — um sussurro que ele não conseguia escutar com os ouvidos, mas que podia *sentir*. Era como se sua pele tivesse ouvidos.

Liberdade, disse a pedra numa voz dura, tensa, pétrea. *Liberdade é o que ofereço a vocês. Vocês são tão cegos a ponto de se ligar a eles para sempre? Não veem que essa família maldita manteve vocês amarrados por todos esses anos?*

Unificação, contrapôs a magia em sua pele, com as vozes reunidas soando ricas e carnudas como toucinho chiando numa panela. *Não existe liberdade sem totalidade; nem esperança, a não ser que a coisa que foi quebrada se restaure.*

Nós já estamos quebrados... e estamos assim desde um tempo inconcebível para a mente. E nunca seremos completamente restaurados. Mas ainda estamos aqui. Juntem-se a mim e sejam mais do que são.

Retornem a nós e sejam inteiros.

Ned olhou para o grandalhão e se perguntou se ele teria escutado as vozes também, mas não conseguia enxergar sinais de reconhecimento no rosto do homem.

— AGORA, BERT! — rugiu o Rei dos Bandidos. — DÊ UM POUCO DE ÁGUA AO GAROTO.

Bert foi arrastando os pés até Ned.

— Incline a cabeça para cima, seu sapinho — disse ele. — Eu derramo a água.

Ned obedeceu enquanto a guerra de palavras entre a magia em sua pele e a magia do pingente (porque aquilo *era* magia; Ned tinha certeza) continuava furiosamente.

Juntem-se a mim.

Retornem a nós.

A pedra relampejava. A magia na pele de Ned esquentava e ardia. Ned não afastava o olhar da pedra. O Rei dos Bandidos não afastava o olhar de Ned.

Deixem o garoto, disse a pedra pequena. *Venham comigo. O homem grande é fraco. Um animal de carga. Uma ferramenta útil. Nós podemos usá-lo para nos tornarmos muito mais do que somos.*

Mais, pensou a magia.

Não mais, pensou Ned. *Diminuídos. É um pingente numa tira de couro presa ao pescoço de um bandido. Vocês não poderiam ser mais diminuídos que isso.*

O garoto tem um bom argumento, disse a magia na pele de Ned.

Ned ficou pasmo. *Vocês podem me ouvir? Quando estou pensando?* Ele não tinha certeza de como se sentia com relação a isso. Seus pensamentos não gaguejavam, com certeza. Mas seus pensamentos também eram *seus*.

Claro que podemos ouvir, disse a magia. *Nós ouvimos vocês desde o dia em que nasceram. Os dois.*

Os dois *quem?*, pensou Ned.

Vamos ficar com o garoto, decidiu finalmente a magia. *Você pode se juntar a nós se quiser.*

A pedra pendurada no pescoço do Rei dos Bandidos ficou fria e preta e caiu de volta no peito dele.

Aquela pedra, pensou Ned. Era magia, com certeza. Mas como? *Como a magia pode se transformar numa pedra?*

E nesse momento, exatamente quando Ned pensou na palavra *pedra*, Bert — pobre Bert! — perdeu o equilíbrio e caiu, tombando na direção do garoto. Ned estendeu as mãos amarradas para se proteger da queda de Bert, no mesmo instante em que o homem estendia os próprios braços. Ele se agarrou aos braços de Ned — logo acima dos pulsos, e só por um momento. A manga da túnica de Ned escorregou para cima e o dedo mindinho de Bert tocou a pele de Ned.

Bert gritou.

Pedra, disse a magia. *Boa ideia. Obrigado, garoto.*

Não!, pensou Ned, já sentindo o coice da magia sacudir seu corpo.

Tarde demais, disse a magia. *O que está feito está feito.*

Ned teve uma sensação pétrea por dentro. Como se a essência de uma pedra — palavras, ideia, ser — atravessassem seu corpo como uma doença. A sensação de pedra se espalhou do pulso de Ned para o dedo mindinho de Bert e para o corpo de Bert. Ossos de pedra. Pele de pedra. Bert abriu a boca para gritar, mas nada saiu. Boca de pedra, língua de pedra, dentes de pedra. Olhos de pedra, mãos de pedra, coração de pedra. A transformação de Bert foi completa. Ele era absolutamente, absolutamente pedra.

A sensação pétrea abandonou Ned, e seu corpo parecia reduzido a líquido. Ele tremeu, ofegou e gritou.

Transforme de volta, pediu, mas nada aconteceu. Bert estava sem respirar, sem alma e sem vida.

Ele havia matado um homem, com toda a certeza. *O que eu fiz?* Ned sentiu que ia vomitar de novo.

Pronto, disse a magia. *Boa ideia. Ele virou uma pedra linda. Na verdade nunca levou jeito para ser bandido. Aquele homem pavoroso iria matá-lo cedo ou tarde. Você lhe fez um favor.*

Desfaça!, implorou Ned.

Impossível, respondeu a magia.

Por quê? Ele estava dominado pelo horror. *Sou um assassino. Não quero ser assassino. Não quero machucar ninguém.*

Sempre há um custo, sussurrou a magia numa voz única, unificada. A voz era fria como qualquer pedra. *Pergunte a sua mãe.*

O acampamento dos bandidos entrou em tumulto. Trinta flechas foram postas nos arcos, as pontas brilhantes apontadas direto para o coração de Ned. O Rei Bandido fez uma carranca, mas levantou a mão para impedir que disparassem as flechas.

— Então, garoto — disse ele. — Parece que fui mal informado. Parece que você pode matar com impunidade. Belo truque. Você me frustrou de novo. E eu esperava tanto que você perecesse.

— M... mentiroso — disse Ned.

O Rei Bandido ficou vermelho. Agarrou Ned pela camisa, com o cuidado para não tocar na pele, e o balançou no ar.

— Ainda há tempo — sussurrou. — E vai ser terrivelmente agradável. — Ele jogou Ned de volta no chão e girou nos calcanhares. — Ponham-no de volta no saco! — gritou para os seguidores. — E amordacem essa boca infernal dele. E chega de descanso. Vamos descansar quando estivermos ricos. Para os cavalos, seus patifes!

A cabeça de Ned parecia nadar, e ele demorou alguns instantes para recuperar o fôlego. Abriu os olhos e viu um tumulto de botas, cascos, armas, sacos e ferramentas. A bandida com tatuagens no couro cabeludo parou junto dele e balançou a cabeça.

— Teria sido melhor se você tivesse morrido imediatamente — disse ela. — Para todos nós. — Ela olhou para o bandido ruivo, com a ansiedade nítida no rosto. Segurou o saco acima da cabeça de Ned.

— P... pare — pediu Ned. — N... não q... quero m... mach... — Não conseguiu continuar. A palavra se prendeu na boca e não quis sair. Ela assentiu e jogou o saco por cima da cabeça do garoto, fechando-o embaixo dos pés.

— Eimon! — gritou ela para outro bandido. — Venha cá. É sua vez. Não aguento o fedor dele.

— Mas, principalmente — disse a Ned —, seria melhor para você, garoto. — Ela lhe deu um chute fraco nas costas. Ned não falou nada e ficou ouvindo os passos da mulher ao longe. Na agitação de dezenas de bandidos se preparando para uma viagem pela perigosa floresta, ninguém prestava atenção ao garoto no chão.

O que significou que, pela primeira vez, Ned tinha uma chance. Prendeu o fôlego.

Trabalhando o mais depressa possível dentro do saco, tirou a faca de dentro da bota com as mãos entorpecidas e amarradas. Segurou-a entre as palmas e tinha acabado de recolocar o pé de volta na bota quando foi posto na garupa de um cavalo e amarrado com firmeza. Ninguém notou.

Isso, pensou ele. *Isso, isso, isso*. Segurou a faca com fervor, como se rezasse.

Facas são uma chatice, bocejou a magia. *Nós podemos fazer coisas interessantes se você deixar.*

Uma névoa fria se acomodou pesada sobre a floresta, e, embora as amarras estivessem apertadas, Ned tremeu.

Quantas pessoas eu vou machucar?, pensou Ned, com as mãos pressionando a bainha da faca.

Mais provavelmente? Muitas, disse a magia, com um certo júbilo nas vozes reunidas. *Sabe? É mais divertido sem a feiticeira. Sua mãe é muito mandona. O que mais vamos fazer?* E as palavras na pele de Ned giraram e giraram como se estivessem seguindo loucamente os passos de uma dança selvagem. Estavam tão quentes que Ned sentiu cheiro de fumaça.

Por favor, pensou Ned.

Agradecemos, respondeu a magia.

E os cavalos empinaram e partiram de novo.

18

As Pedras

— Você fez aquilo? — perguntou a Pedra mais jovem, olhando de lado para as outras, até que pôde ver a Mais Velha. Era difícil enxergar nesse ângulo, mas ela se agarrou à imagem de seu eu de Pedra e tentou conjurar uma imagem de como ele era *antes*. Era bonito, lembrou-se ela. E forte. Era seu pai, talvez. Ou irmão. Ou seu marido. Era difícil lembrar com certeza. Fazia tempo demais. Quando tinham mãos, pele e olhos límpidos. Antes de serem aprisionados no frio de pedra entre a vida e a morte.

— Não sei a que você está se referindo — disse a Mais Velha, com ar carrancudo, e a Mais Jovem teve certeza de que ele *tinha* feito aquilo.

Era idiotice. Idiotice e medo. Por temer a morte eles haviam se prendido num lugar pior que a morte. É uma coisa terrível quando um idiota com poder faz idiotice com o poder. E agora estavam presos; não vivos, nem mortos, nem nada. Mas depois de todo esse tempo as Pedras ainda tinham um poder. Podiam sentir como as pedras sentem e ouvir como as pedras ouvem. Podiam *manipular* pedras de um lado e para o outro... torcer pedras de calçamento e fazer castelos desmoronar. Também podiam empurrar de lado as coisas que estavam em cima do leito de rocha — desviando estradas, trilhas e até rios. Era um poder vasto, ainda que pouco usado. Afinal de contas, de que serve para uma pedra derrubar castelos?

A Mais Velha estava movendo as trilhas da floresta. A Mais Jovem *sabia*.

— O garoto. É o garoto *dela*, não é? A última das Três?

A Pedra mais velha bocejou.

— Com muitas gerações de diferença, querida. Mas sim. Ele é dessa linhagem.

— E está vindo?

— Veremos.

Uma vez, muito tempo atrás, antes de Ned nascer, antes de seus pais nascerem e antes de os avós dos avós de seus avós nascerem, a floresta na fronteira da aldeia de Ned não passava de uma ampla campina, rolando gentilmente até os pés das grandes montanhas. Nesse tempo antigo, o país de Ned fazia parte do reino de Duunin.

No meio do caminho entre o lugar onde mais tarde seria construída a casa de Ned e a encosta da primeira montanha, as Nove Pedras Falantes ficavam em linha reta, arrumadas de acordo com a altura. A mais alta tinha mais ou menos o tamanho de um gigante mediano (nessa época os gigantes eram comuns), e a menor tinha mais ou menos o tamanho de uma pequena cabana.

As Pedras eram antigas como o mundo — mais antigas ainda, diziam as pessoas. As Pedras propriamente ditas não comentavam nada sobre isso. Ninguém entenderia e, mesmo se entendesse, não poderia ajudar.

As pessoas costumavam vir dos cantos mais distantes do mundo para sentar à sombra das Pedras. Os doentes punham as mãos em seus amplos troncos de pedra; assim como os temerosos, os perdidos e os que sofriam. As pessoas sussurravam seus problemas para as Pedras. Confessavam seus temores. E, se tivessem muita, muita sorte, as Pedras sussurravam de volta.

O que as pessoas não sabiam era que as Pedras trouxeram magia para este mundo. Magia de verdade. Magia poderosa. E, quando tentaram enganar a morte e a magia se despedaçou e se espalhou, elas convocaram uma certa família pobre, que vivia nas montanhas, para guardá-la e mantê-la em segurança.

A magia era caótica.

A magia era ardilosa.

A magia rolava, tremia e se contradizia.

Mas durante gerações essa família manteve a magia *boa*. E ela *era* boa.

Até que...

Era uma vez... um rei que ouviu dizer que três mulheres, moradoras de uma aldeia da montanha famosa por suas ovelhas — o rei tinha certeza de que eram pastoras sujas e taciturnas —, tinham posto as mãos numa provisão de magia.

Magia verdadeira.

Magia poderosa.

O tipo de magia que fazia os feiticeiros e magos do castelo parecerem apenas um bando de velhos babões, tentando — e não conseguindo — tirar alguma coisa pequena e peluda de dentro de um gorro.

Três mulheres pobres encarregadas da magia mais poderosa do mundo. Quem eram elas para controlar um poder tão grande? E por que não o davam a seu rei?

A magia delas alimentava os famintos; curava doenças; consertava chaminés e telhados, e tirava água borbulhando de uma pedra totalmente seca. A magia delas resolvia disputas, abençoava uniões e enchia barrigas.

Aquelas mulheres eram *amadas*.

E o rei não era.

Ele chamou seus generais, seus feiticeiros e seus estrategistas. Mandou seus exércitos subirem as encostas da montanha em busca das três mulheres e sua magia.

As Pedras alertaram as mulheres. Suas vozes trovejaram pelo leito de rocha. Partiram pedregulhos, provocaram avalanches e fizeram rolar seixos para os vales. Estradas mudaram de lugar, montanhas se moveram, castelos tremeram e racharam enquanto a rocha do mundo se dobrava com as palavras das Nove Pedras Falantes.

— Fujam — disseram as Pedras.

— Ele está vindo.

— Está mais perto.

— Está quase em cima de vocês.

A velha mulher, sua filha e sua neta ouviram as Pedras.

— Precisamos fugir — disse a filha. — Agora.

— Não podemos — argumentou a neta. — Não podemos levar a magia, e, se ele tentar usá-la, a magia vai abandonar o mundo para sempre.

— Talvez haja um modo — ponderou a velha fechando os olhos. Ela conhecia a magia por mais tempo que as outras e sabia existir nela mais coisas do que as Pedras tinham dito. Podia ver a magia por dentro e conseguia adivinhar alguns de seus segredos. — Mas é perigoso. E a magia precisa concordar.

Apesar de ser muito perigoso, a magia concordou em se dividir em três. E se atou à pele de cada mulher, escrevendo sua história no rosto, nas mãos, nos braços, nas pernas, na barriga e nas costas de cada uma delas. Doeu — *queimou* —, mas elas não gritaram.

Cobriram-se com capas pesadas e fugiram em três direções diferentes, para a noite.

Foi um desastre quase completo.

A velha, sendo a mais lenta das três, foi capturada primeiro. Os soldados a levaram diante do rei, obrigando-a a ficar de joelhos e tirando seu capuz.

— O que é isso em sua pele? — perguntou o rei, franzindo o nariz diante do cheiro de algo queimado.

— Não é para você, criança — respondeu a velha, calmamente.

— É a magia, senhor — sussurrou o feiticeiro do rei. O feiticeiro tinha sido uma fraude e um trapalhão durante toda a vida, e, diante da magia *real*, seus olhos brilharam. — Mate a velha. Vamos colher a magia como um curtidor tira o couro de uma vaca morta. E a magia será nossa! — Ele fez uma pausa e pigarreou. — Quero dizer, será *sua*, majestade — esclareceu. — Sua.

— Você — disse a velha ao feiticeiro — é um idiota. — E virando-se para o rei: — E o senhor, majestade, é um tolo. Já cavou a própria sepultura.

A um gesto do rei, um guarda cravou a espada no coração da velha, matando-a instantaneamente. O guarda também morreu instantaneamente, se bem que, a princípio, sua morte passou despercebida, e não foi lamentada mais tarde. Tudo que o rei e seu feiticeiro podiam ver era a magia.

— Depressa! — gritou o feiticeiro, com a voz se esganiçando até um berro agudo. — Tragam-me o corpo. Agora.

Mas era tarde demais. As palavras se soltaram da pele da mulher, quentes e brilhantes, fundindo-se numa nuvem dourada e pairando logo acima do corpo.

— Peguem! Peguem! — gritou o feiticeiro. — Peguem, estou mandando! — Mas a magia não queria ser capturada. Redes jogadas sobre a nuvem se reduziram a cinzas, enquanto os que tentavam tocá-la com as mãos eram transformados em pedra.

Acima do corpo da velha, a magia se estremeceu num lamento durante mais um instante, antes de disparar subitamente para o céu e desaparecer. Sumiu para sempre.

Longe, as Pedras gritaram de dor.

A filha correu para as montanhas, com um grupo de soldados em seu encalço. Ajudada pelas Pedras — que rolaram e ajeitaram rochas para formar um caminho liso diante dos pés dela, rolando-as em seguida no momento em que ela havia passado, para esconder seus rastros —, ela fez um progresso lento porém constante. E teria *continuado* escondida, não fossem os falcões mandados para segui-la. Eles a encontraram e voaram em círculos acima, crocitando o tempo todo.

Os soldados a alcançaram junto à Muralha — um penhasco alto e íngreme na face da montanha que dividia o reino.

— Desista — disseram os soldados, pegando os arcos. — Já capturamos sua mãe.

— E ela está morta — declarou a filha. Podia sentir isso nos ossos. Podia sentir o choque de sofrimento da magia quando parte dela abandonou o mundo com a morte de sua mãe. *Fracassamos*, pensou. E se desesperou.

— Não sabemos nada disso — responderam os soldados, mas um deles, um homem de ombros largos e olhos gentis, hesitou e baixou ligeiramente o arco. A filha notou isso e, com um movimento rápido da mão direita, lançou uma descarga de coragem para a barriga deste, e com a mão esquerda um feixe de gentileza no coração. Estava chegando a hora em que ele precisaria de uma abundância das duas coisas, ela sabia. O homem deu um passo atrás, atordoado.

Os outros soldados não notaram. Chegaram mais perto, e a mulher começou a falar rapidamente; não com os soldados, e sim com a magia.

— Por favor. Não quero machucar ninguém. Por favor, me transforme em uma pedra viva e você estará em segurança. Não suporto que se ausente do mundo, na verdade o próprio mundo não pode suportar isso.

A magia hesitou. *Não creio que vá funcionar*, sussurrou a magia.

— Agora! — gritou a mulher. — Faça isso agora!

A magia cedeu e a mulher foi transformada.

Os soldados ficaram olhando horrorizados quando a pele castanha da mulher passou subitamente a ser coberta de veias azuis. Ela empalideceu, depois branqueou, depois reluziu. Não era mais uma mulher, e sim um pedaço de mármore polido em forma de mulher — ocultando um coração que batia no centro. Os soldados ficaram boquiabertos. A estátua de pedra com o rosto da filha da velha chorou; grandes lágrimas humanas crescendo naqueles olhos de pedra, escorrendo pelas bochechas de pedra e caindo no chão. E os soldados ficaram com medo.

Mesmo assim tinham um serviço a fazer, por isso quatro deles colocaram a estátua de mármore nas costas e se afastaram do penhasco. Um — o homem que recebera o fluxo de coragem e gentileza — andava à frente, com uma sensação esquisita no estômago por causa da descarga de magia.

Longe dali, as Nove Pedras gritaram.

— Não — disseram. — Vocês não ficarão com ela.

O penhasco começou a tremer, depois a tombar, depois a se dobrar. Os soldados que seguravam a estátua perderam o equilíbrio e caíram no vale. A estátua se despedaçou numa poeira fina que se espalhou nos ventos fortes da montanha, voou pela face do mundo e penetrou no espaço mais profundo, e a magia desapareceu com ela.

Só um pequeno pedaço redondo permaneceu intacto. E um dia esse pedaço foi encontrado. Mas somente muitos anos depois.

A neta — uma menina de 13 anos — correu direto para as Nove Pedras. Enquanto descia aos tropeços pela montanha e atravessava o pântano traiçoeiro, ouviu as Pedras gritarem, sentiu a terra estremecer e soube que sua avó havia partido. Mais tarde, ao atravessar o rio com água até os quadris, ouviu o grito pela segunda vez — um longo suspiro de angústia — e soube que sua mãe também havia morrido.

Correu até encontrar a Pedra maior e se ajoelhou diante dela, segurando as mãos cobertas de escritas diante do rosto. Suas lágrimas chiavam quando tocavam as palavras ardentes na pele, desaparecendo quase instantaneamente em nuvens minúsculas.

— Por favor — disse. — O que devo fazer?

— Os soldados estão chegando, criança — avisou a primeira Pedra. — O que você quer fazer?

— Não posso deixar que me peguem. E se eles roubarem a magia? E se eles a *mudarem*?

— Eles não saberão como fazer isso — garantiu a segunda Pedra. — Vão cometer o mesmo erro. Vão matar você, criança, e a magia vai abandonar este mundo.

E nós também, pensaram as Nove Pedras como se fossem uma só, com uma grande esperança aquecendo seus núcleos.

— Não quero morrer — disse a menina se ajoelhando. Estava com frio, apavorada e sentindo uma dor terrível. As Pedras sentiram pena.

— Também não queremos isso — disse a terceira Pedra, mas sua voz não tinha convicção.

— Mas talvez seja para o bem — emendou a Quarta.

Porque as Pedras perceberam algo que antes não sabiam. Se a magia abandonasse o mundo através da morte, elas morreriam também. Sentiram o primeiro puxão da morte quando a avó pereceu, e sentiram o segundo quando a mãe foi despedaçada. Sentiam que estavam mais leves, mais fracas, menos substanciais que antes. Será que sua prisão — a imobilidade entre a vida e a morte — poderia finalmente acabar?

Mesmo assim olharam para a menina. Tão jovem! Tão linda! Tão cheia de esperança! Ela acreditava na magia. Acreditava na capacidade da magia para o bem. Elas não podiam ficar sem fazer nada enquanto ela era morta, só para permitir sua própria viagem para a outra vida. Simplesmente não podiam ser tão egoístas assim.

— Não pode ser. Preciso proteger a magia. Vocês iriam querer que a morte de minha mãe e de minha avó fosse em vão?

As Pedras resmungaram e suspiraram. Não havia o que fazer. Não podiam ter esperança e não podiam desejar. Só podiam esperar. Sacudiram a terra sob os pés da garota.

— Então use a magia para criar uma floresta para nós — disseram. — Faça com que ela seja profunda, grande e *aterrorizante*. Dê-lhe estradas que não levem a lugar algum, e trilhas que desapareçam no escuro. Dê-lhe galhos que suspiram, musgos profundos, fendas impossíveis e sombras escuras, a ponto de provocar o medo no coração dos soldados mais endurecidos. Dê-lhe árvores que se *movam*, árvores que *se alterem*, árvores que tenham *raiva*. Faça da floresta uma arma. Um exército de árvores. Rasgue o castelo do rei com o verde. Liberte as pedras do calçamento, e as muralhas de suas amarras. Faça cada pedra desmoronar. Cubra a maior parte possível do reino com a floresta. *Não demonstre piedade*.

A garota — com fúria, sofrimento e terror — obedeceu. Levantou as mãos, falou as palavras, sentiu o poder da magia empolar e queimar. As Pedras ribombaram, o céu escureceu, e a terra se transformou.

O castelo do rei foi o primeiro a ruir. Raízes brotaram como tentáculos, agarrando os alicerces, soltando pedra de pedra. Grandes troncos irromperam do chão, fazendo os móveis voarem, arremessando cortesãos e soldados como se fossem bonecos. O rei se pegou preso em galhos. A árvore curvou o tronco para trás, depois se partiu, catapultando o rei para o céu. A pobre garota tremeu, encostada na quinta Pedra para se equilibrar, gritando em sofrimento as palavras para a magia. Sua pele estourava em bolhas e sangrava, e sua visão ficou subitamente escura.

— Não pare — sussurraram as Pedras. — Não pare.

As árvores, árvores gigantes com troncos enormes e galhos retorcidos, esmagavam casas, viravam carruagens, apagavam estradas e destruíam fazendas. Aldeias foram submersas em mofo de folhas, cidades foram cobertas de musgo. Só os que pensaram em *subir* nas árvores sobreviveram — e às vezes nem mesmo esses.

A garota, ensanguentada, ferida e queimada pela corrente de magia, caiu desmaiada no chão. O mundo ficou em silêncio. Na tranquilidade das árvores que agora sonhavam, só algumas chaminés e uma ou outra parede em ruínas davam qualquer indicação da prosperidade de um grande reino.

Havia sumido. Tudo, tudo havia sumido.

Quando a garota acordou, dias depois, pegou-se enrolada num cobertor pesado e segura nos braços de um homem de ombros largos, que a carregou gentilmente pela floresta. Ele se vestia como soldado, mas não carregava espada.

Outros vinham atrás dele — um grupo de refugiados maltrapilhos e exaustos. Estavam feridos, famintos e abalados. Olhavam para as árvores cheios de terror.

— Aonde nós vamos? — perguntou a menina.

— Para longe — respondeu o homem. — Para longe desta floresta amaldiçoada.

— As Pedras Falantes vão nos salvar — disse uma mulher. — Precisamos consultar as Pedras antes de fazer alguma coisa impensada.

— As Pedras não podem nos ajudar. E, mesmo se pudessem, jamais poderíamos encontrá-las.

— Mas... — começou a garota.

— *Não!* — sussurraram as Pedras, de longe. A garota sentiu as vozes em seus ossos. — *Não! Não diga nada. Eles só pedirão para retornar a*

Duunin, mas naquela direção está a subjugação. Nós mudamos o leito de rochas, movemos rios, drenamos os pântanos e preparamos uma terra boa para eles, rica e abundante. Eles vão construir, plantar e serão felizes.

Pedregulhos tremeram; seixos rolavam pelo chão como água. Os refugiados em frangalhos gritaram de medo.

— Está vendo? — disse o soldado, sério. — Aqui não há segurança. Quanto antes escaparmos desta floresta, melhor.

E foi assim que os sobreviventes da província destruída de um reino vasto chegaram à borda da floresta e começaram a reconstruir a vida. Não podiam retornar a Duunin, e a lembrança das famílias e dos amigos deixados do outro lado (ou pior, mortos pelas árvores) era dolorosa demais para suportar. Por isso nunca falavam sobre eles. As pessoas fizeram com que o soldado que os levou à segurança se tornasse o novo rei, e, como rei, ele fez um ótimo trabalho. Era justo, gentil, cumpria com o dever e era honrado. Ofereceu à garota um lugar em sua casa como filha adotiva, mas ela recusou. Em vez disso, viveu numa cabana que ela própria construiu na borda da floresta. Desenrolou a magia da pele — filamento por filamento — e a guardou num pote de barro, dando continuidade à obra de seus antepassados, oferecendo intercessão mágica aos necessitados. Apesar de a magia estar tremendamente reduzida — só com um terço de seu poder original — ainda era *magia*, e muito poderosa. A garota dedicou a vida a realizar boas obras e atos de gentileza para com os vizinhos. Com o tempo passou a tarefa ao filho, que passou à filha, e assim por diante, através das gerações.

Durante anos depois disso, a garota permaneceu atenta a sinais da voz das Pedras. Chamava-as toda noite, esperando uma resposta. Mas as Pedras estavam em silêncio. E ficaram em silêncio.

Com o tempo, a garota se esqueceu delas completamente.

19

O FURO NO SACO

ENTÃO POR QUE NÃO ESTOU MORTO?

Ned não sabia. No momento em que a magia se escreveu em seus braços, costas e rosto, Ned estava pronto para morrer. *Presumiu* que iria morrer. Afinal de contas, ele não era mago. Não conseguia controlar a magia, assim como não conseguia controlar o clima. Não tinha palavras; não sabia ler; estragaria o primeiro feitiço que tentasse.

Mesmo assim, *ainda* não estava morto. Era por causa do *ainda* que Ned podia sentir esperança. As palavras do Rei dos Bandidos — aquelas coisas terríveis que ele tinha dito que aconteceriam com a aldeia de Ned, sua nação e sua rainha — gelavam-no até os ossos. Mas *ainda* não tinham acontecido. E talvez não acontecessem.

A palavra *ainda* era poderosa, decidiu Ned. Muito poderosa mesmo.

E talvez ele pudesse pensar num plano enquanto esperava o *ainda*. Avaliou a situação: suas mãos estavam amarradas, certo, mas ele tinha a faca. Não somente isso, mas agora ela estava em suas mãos. E isso era alguma coisa. Mesmo que não pudesse alcançar as amarras para cortá--las, era satisfatório ter uma faca boa e afiada. Simplesmente saber que ela estava ali.

Mordeu as tiras em volta dos pulsos, tentando restaurar a circulação do sangue até as pontas dos dedos e reduzir o entorpecimento, mas isso não adiantou. No entanto, se pudesse esticar as cordas o bastante, talvez conseguisse tirar a faca da bainha sem se cortar por acidente.

A lâmina era muito afiada. E a última coisa de que precisava era de uma veia cortada, para complicar as coisas.

— P... por favor, ajude — ofegou Ned, para ninguém em particular.

Você deveria sair daqui, garoto, sussurrou a magia. *Agora mesmo.*

— Como? — perguntou ele. — Es... estou a... amarrado. — *E num saco. E em cima de um cavalo. Para onde iria?* A ideia era insana. O cavalo se sacudiu, e Ned engasgou.

Nós poderíamos ajudar, disse um sussurro, leve e suave como poeira.

— O quê? N... não, não p... podem. Não é p... per... permitido.

Queremos ajudar você, disse a magia em sua pele. *Nós vivemos para servir. Dê-nos a palavra e vamos lhe dar asas. Ou fazer com que você desapareça. Ou transformar esses bandidos em pó.*

— Não, isso é... — disse Ned, antes de soltar um grito de dor quando o calor da pele ficou demais para ser suportado. — V... você não p... pode ser usada p... para g... ganho p... pessoal.

Ah, não venha nos incomodar com esses pode e deve. Isso é muito chato. Há uma oportunidade chegando. Vamos ajudar você a aproveitá-la.

— M... mas você d... deveria s... ser boa.

A mãe sempre lhe dizia isso. E ela jamais estava errada. Imagine a magia ao menos sugerindo uma coisa dessas. A simples ideia era absurda!

— Cale a boca, garoto — rosnou uma voz de bandido.

Os bandidos são grosseiros e perigosos. Mesmo que não tentem matar você, podem acabar fazendo isso por acidente. E nós vamos morrer com você, o que, francamente, é pavoroso. Os sussurros da magia eram afiados e urgentes. Ned ansiava por coçar as palavras e afastá-las. *Nós fizemos muita coisa para evitar a morte, garoto. Você não faz ideia.*

— Eu... n... não sei do q... que vocês est... tão falando — ofegou Ned. — Es... tou p... preso.

A magia suspirou, passando sobre a pele como se fosse água.

Sempre há uma abertura. Um toque vai bastar. Você pode se salvar e salvar seu país.

Ned sentiu um tremor súbito zumbindo na pele, chacoalhando os ossos, ressoando no crânio como um sino. A sensação era poderosa. Seria possível usar toda aquela magia, todo aquele poder terrível para salvar a si mesmo... e ainda por cima alertar seu país? *Bem*. Ele estremeceu. *Será que poderia?* Não tinha ideia. Pensou no homem com as moedas na boca e o ouro no coração. O homem tinha tentado subverter a magia por motivos egoístas, e veja o que aconteceu.

Estavam descendo um morro. Ned podia sentir. Precisava sair dali. *Precisava*. Remexeu-se do melhor modo possível dentro do saco. Era verdade. Havia várias aberturas, deixando entrar a luz e o ar — pequenos rasgos, lugares onde o pano havia se desgastado até sumir —, mas nenhum era grande a ponto de permitir a passagem de um dedo. Ele apertou a faca com mais força. A faca seria inútil contra os bandidos, presumindo que ele escapasse. Então como conseguiria fugir? Como poderia evitar ser capturado de novo?

A abertura, sussurrou a magia com a voz mais quente, mais insistente, mais dolorosa.

Havia mesmo uma abertura. Agora ele podia vê-la. Um buraco minúsculo, do tamanho de uma ervilha. Se ele conseguisse rasgar as luvas com os dentes e passar o dedo mindinho pelo buraco, só o bastante para tocar as costas do...

Do cavalo.

Podia ver a pele nua do cavalo, onde a sela do bandido havia desgastado os pelos. Aquele não era um cavalo *amado*.

— N... n... não — sussurrou Ned em voz alta. — Não vou m... matar um cavalo. Ele não fez nada errado.

E, mesmo se tivesse feito, Ned não achava que poderia matá-lo.

Matar, não, disse a magia em seu milhão de vozes unificadas. *Atordoar. Você transformou aquele bandido idiota em pedra porque pensou em PEDRA. Nós ouvimos e fizemos. Sempre vamos fazer o que você disser. Vivemos para servi-lo, Tam. Desculpe. Queremos dizer, Ned. Vivemos para servir você, Ned.*

Ned sentiu a cicatriz invisível em seu peito começando a coçar de novo.

— N... não sei — disse.

Decida, insistiu a magia. *Decida* ATORDOAR *e você vai* ATOR-DOAR. Ned sentiu as palavras na pele começando a ficar mais frias; não eram mais chamas, e sim água gelada.

— Mas... — começou.

Confie em nós, disse a magia.

Ned fechou os olhos, conjurando na mente o rosto de pedra do bandido. Era quase mais do que podia suportar. Abriu os olhos e forçou a imagem a ir embora.

Seria possível controlar a magia em seu corpo? Sem palavras? Não teria acreditado nisso. Mas, afinal de contas, não teria acreditado que a magia deixaria sua mãe e se ligaria a ele.

Ela é perigosa, dissera sua mãe. E com consequências.

Um zumbido na pele. *Diga a palavra. Diga a palavra e faremos qualquer coisa.* As vozes estavam ampliadas. Insistentes. *Desesperadas.* E apesar de como isso o fazia se sentir bem, e da possibilidade de *tanto poder*, Ned não confiava na magia.

A faca. Usaria a faca. Deu um puxão forte nas cordas em volta dos pulsos. Os nós escorregaram. Um milagre! O sangue correu de volta para os dedos, substituindo o entorpecimento por uma dor que pinicava. Isso não tinha importância. Pelo menos podia usar as mãos sem o medo de se cortar.

Trabalhando rapidamente, tirou a bainha da faca e a segurou nos dentes. Com grande cuidado ajeitou o cabo até segurá-lo com firmeza entre os dedos médios, curvando os mindinhos e os anulares para guiar a lâmina. Firmou a lâmina entre a garupa do cavalo e as cordas em volta dos pulsos. Por baixo do corpo podia sentir os músculos, o calor e a força do cavalo, levando-os para sabe-se lá onde.

Você está ficando sem tempo, disse a magia. Ela estava quente. E mais quente ainda. O saco começou a queimar e soltar fumaça.

— D... desculpe — sussurrou Ned para o animal. — Desculpe. — E, apertando o cabo para firmar a lâmina, Ned passou as cordas para lá e para cá por cima do gume, sabendo bem demais que a ponta estava se comprimindo contra o cavalo.

Agora, ordenou a magia. *A hora é agora. Esqueça a faca. Toque no cavalo. Nós faremos o resto.*

Ned se concentrou na faca. Concentrou-se no que *queria*.

Não morra, insistiu sua mente, enquanto a faca cortava a lateral de sua luva. Ned não notou.

Me liberte, implorou seu coração. Me ajude a impedir esse plano terrível do Rei dos Bandidos. A faca cortou as cordas e continuou, cortando o saco. E a mão sangrenta de Ned tocou as costas sangrentas do cavalo.

A magia zumbiu e estremeceu. Ronronou e suspirou.

Ah, sussurraram as vozes em êxtase. *Agradecemos.*

— N... não! — gritou Ned. — N... não é isso q... que eu q... queria!

Com um tremor súbito, o cavalo tropeçou e corcoveou uma, duas, três vezes, antes de cair de lado. O saco se rasgou, as cordas que o amarravam se desenrolaram, e o garoto e o bandido estavam subitamente no ar, caindo num grande emaranhado de membros para dentro de uma fenda enorme e enevoada.

E Ned entendeu.

Estávamos numa ponte, pensou enquanto caía nas nuvens densas lá embaixo. *É por isso que a magia queria que eu me apressasse.*

A magia queria ser usada. Queria ser usada naquele momento. *Mas por quê?*, pensou Ned ao cair girando no meio da névoa, enquanto o chão — ainda invisível no borrão brando de nuvens — gritava em silêncio, aproximando-se.

Pronto, disse a magia num coro de vozes satisfeitas. *Não foi difícil, foi?*

20

A RAVINA

O BANDIDO GRITOU FEITO CRIANÇA, CAINDO ATRAVÉS DAS nuvens. Chamou a mãe. Implorou pela vida.

Sinto muito, tentou dizer Ned, mas sua voz foi forçada corpo adentro pela força do vento.

Ned notou que o bandido caía muito mais depressa que ele. Ouviu o som entrecortado de galhos sendo partidos por um grande peso, seguido por uma pancada súbita e aterrorizante. E, então, tudo ficou em silêncio. O homem havia batido no chão, Ned teve certeza.

E, no entanto, eu não bati, maravilhou-se ele.

E, mais espantoso ainda, ele parecia estar desacelerando.

Por quê?

Não se preocupe, zombou a magia.

Sua descida ficou mais lenta, e mais ainda, até que ele pairava delicadamente como uma bolha de sabão em meio ao topo das árvores.

Agora podia ver que estava no vale de um rio profundo, contido por dois íngremes penhascos rochosos, que ficavam separados pelo equivalente a meio dia de caminhada. O rio em si era sombreado por uma grossa cobertura de árvores, mas ele podia ver o brilho da água através dos galhos. Era uma água leitosa devido ao derretimento da geleira, densa como creme. A floresta enchia o piso do vale, fechada e impossivelmente antiga. Grandes galhos se cruzavam e se entrelaçavam, com o peso enorme estalando e suspirando ao vento fraco.

A queda dele perdeu mais velocidade ainda.

As palavras na pele de Ned se moviam como água, as letras rolando e escorregando umas sobre as outras, como um riacho sobre pedras. Agora estavam claras — um azul pálido, fresco e brilhante.

Mão firme e vontade de ferro. Era o que sempre dizia sua mãe. E agora Ned entendia. A magia era capaz de fazer as coisas acontecerem sem que fosse preciso dizer. Ned pensou no modo forte da mãe ao falar com a magia, como ela costumava firmar o rosto parecendo que era feito da pedra mais dura. Ele teria que fazer o mesmo. *Mão firme*.

Desacelerou até parecer uma pluma, flutuando para baixo entre as árvores, e chegou à terra sem nenhum som.

Girou, tentando se orientar. A floresta se comprimia contra ele em todas as direções, o mato baixo se enrolando aos pés. Não havia caminho à vista, nem mesmo uma abertura no meio do verde.

Mesmo assim ele podia ouvir o rio, o rio que iria levá-lo para casa. (Também iria levá-lo ao mar. *O mar!* E o pensamento o rasgou ao meio, como uma agulha se cravando na alma.)

Foi andando pelo mato baixo e passou por cima de três troncos caídos. Mas, antes de completar cem passos, parou, pressionando as mãos contra a boca.

O bandido estava encostado num tronco caído. Suas pernas se esparramavam diante do corpo em ângulos impossíveis, nauseantes. O rosto e o pescoço estavam feridos, e uma espuma de sangue borbulhava da boca.

Ned o olhou, pasmo. Ele estava vivo, mas por pouco.

— Se você tem alguma compaixão, garoto — disse o bandido num chiado —, vai me matar agora. — O homem se encolheu, como se o esforço de falar o cortasse até o âmago. — Por favor — implorou, com lágrimas brotando nos cantos dos olhos e pingando na túnica. — Ninguém deveria ser obrigado a se ver morrendo pouco a pouco. Ninguém deveria ver o próprio corpo ser devorado por lobos. Porque, acredite, eles virão.

— Eu... — Ned sentiu a gagueira despedaçar suas palavras antes mesmo que elas chegassem à boca. — Eu n... n... — Ele fechou os olhos. "Não quero matar ninguém", queria dizer, mas não disse.

O homem soltou um suspiro trêmulo.

— Já estou morto — disse ele. — É gentileza.

A floresta os comprimia, um cobertor verde, grande e quente. Com vida a toda volta. Ned olhou as pernas arruinadas do bandido. Não mataria o sujeito, mas não iria deixá-lo morrer, também. Encontraria outro modo.

Nem pense nisso, sussurrou a magia em sua pele.

— Por favor, garoto — pediu o bandido, com a voz já mais fraca que antes. — Um homem olhar a própria vida esvair é terrivelmente doloroso. Daqui a pouco vou gritar chamando minha mãe, e eu jamais gostei muito dela, para começo de conversa, nem ela de mim. Basta um toque, e eu morro. Já vi você fazer isso.

Como se em resposta, a magia estalou e chiou dentro das luvas. Ned se sentiu como um pedaço de lenha posto no fogo antes de secar totalmente — seu corpo chiava, estalava e zumbia. Sentiu-se como se estivesse lançando fagulhas.

O homem no chão se encolheu. Sua pele ficou verde, depois cinza, depois cor de osso, com manchas cinzentas sob os olhos.

Ajoelhando-se perto do bandido, Ned tirou as luvas e as colocou no chão. O bandido fechou os olhos.

— Isso — gemeu ele. — Obrigado.

Ned estendeu a mão. A língua estremeceu na boca.

Cure, instigou Ned, com os pensamentos diretos e claros.

Perdeu a cabeça?, contrapôs a magia. *Está esquecendo o que esse homem é?*

Cure, pensou Ned outra vez, com a vontade se fortalecendo. E notou que a forma como sentia a magia mudava. Não era mais um zumbido, e não era uma sacudida. Em vez disso, era como se o topo de sua cabeça e o núcleo da terra estivessem conectados numa única linha esticada. Um poste central pesado, segurando o teto do mundo. Ou uma corda de harpa retesada sustentando uma nota longa e linda. Uma vontade de ferro, dissera sua mãe, mas ela nunca havia descrito isso. Era assim a sensação?

Temos certeza de que você quis dizer "morte indolor". Podemos dizer juntos: "morte indolor". Ou dolorosa se você preferir. Você é quem sabe. Por favor, diga que você simplesmente falou errado.

Ned cerrou os dentes e apertou as mãos contra o peito do homem.

Cure, pensou de novo.

Por quê? Uma coleção petulante de vozes, como uma sala cheia de crianças mimadas.

Cure.

Como quiser, respondeu a magia, irritada. *Mas não vai ser agradável.*

E durma, acrescentou Ned. *Um dia inteiro. Não, dois. Durma e se cure.*

As palavras em sua pele aceleraram o fluxo. Correram pelos braços, retorceram-se nas palmas das mãos e passaram por cima de cada um dos dedos, penetrando no peito do bandido.

Houve um clarão, um choque. Que jogou Ned para trás com força, contra um tronco de árvore. Num instante ele sentiu cada ferimento, cada osso quebrado, cada tecido machucado que o bandido havia experimentado ao bater no chão. Ned sentiu as costelas se partindo, os pulmões sendo perfurados, e as entranhas ficando em carne viva, quebradas e sangrentas. Viu estrelas, chuva e um céu despedaçado. E depois não viu mais nada.

Quando acordou e abriu os olhos, não soube por quanto tempo tinha ficado inconsciente. Estava dolorido, mas inteiro e sem ferimentos. E estranhamente energizado, notou. Os efeitos devastadores da magia que tinha testemunhado em sua mãe ainda não haviam acontecido. *Estranho*, pensou. Não conseguia explicar o motivo.

O bandido estava deitado, dormindo pacificamente junto a um tronco. Os ferimentos estavam curados; as pernas, esticadas num ângulo normal; e a respiração, tranquila e fácil como leite.

Vá, disseram as vozes em sua pele.

Vá agora.

Ned se levantou, mas não foi embora. Andou até o bandido, ajoelhou-se gentilmente ao lado dele e o olhou com atenção. Ele dormia profundamente e com a tranquilidade de uma criança. Pelo jeito iria dormir horas. Ele tirou as luvas do homem e deixou as suas para trás. Aquele buraco minúsculo o apavorava. Seria necessário apenas um instante com a magia fazendo coisas sem o controle dele para um terrível... *algo* acontecer. Ned não sabia o quê, mas não iria correr o risco.

Trocou seu casaco pesado pela capa com capuz do homem, que seria mais fácil de carregar nos dias quentes, mas ainda seria útil como cobertor nas noites frias. Também pegou o saco de comida do homem e sua bolsa com o isqueiro de pederneira, enfiou-a dentro do saco e passou a alça pelos ombros. E pegou a faca do bandido, que era maior que a sua. Poderia precisar.

O bandido sentiria falta dessas coisas, claro. Mas Ned havia deixado o arco e as flechas, afinal de contas. E, de qualquer modo, o bandido era adulto e tinha alguma prática em cuidar de si mesmo. E Ned era só um garoto. E estava sozinho. E perdido. E, além do mais, estava com fome. Tentou não se sentir mal por causa disso.

Deixou o bandido dormindo no chão e foi andando pelo mato baixo, à procura do rio. O terreno era difícil; seu progresso, lento. Se Ned tivesse tempo de olhar para cima, se tivesse um momento para respirar e avaliar o ambiente, talvez pensasse em acelerar o passo.

E talvez visse os dois falcões circulando no alto, com olhos brilhantes examinando o vale. Assim que avistaram um movimento hesitante, amedrontado e desajeitado no chão, apertaram o círculo, crocitando enquanto espiralavam no céu.

Ele poderia ter se perguntado *quem* tinha mandado os falcões. E quem estava vigiando.

— O desgraçado continua vivo — disse o homem ruivo. E ainda podemos pegar a magia. Venham, amigos, vamos visitar *nosso querido rei Ott.* — Ele quase cuspiu o nome. — Chegou a hora de uma mudança de planos. E, ah, amigos. Eu tenho *planos tremendos!*

E, acima do vale, o Rei dos Bandidos inclinou a cabeça para trás e gargalhou.

21

Um infeliz encontro com a rainha

A mãe de Ned deveria ter percebido no momento em que a magia foi ameaçada. Deveria ter percebido nos ossos. Mas seus ossos — na verdade cada centímetro dela — estavam mais cansados do que seria possível, e não lhe disseram nada.

Havia chegado ao castelo bem depois da hora de dormir (tão lentas eram suas viagens! Tão árduas! Por acaso seu marido estava certo: ela continuava fraca demais, isso era evidente) e estava totalmente pronta para se deitar. Mas, assim que foi alimentada, tratada e posta num aposento de hóspede para passar a noite, pegou-se perturbada por sonhos apavorantes.

Cavalos.

Homens e mulheres violentos. Rostos e corpos marcados, as profissões violentas gravadas na própria pele.

As vozes sussurradas num mar de árvores ficando mais e mais próximas e...

Acordou ofegando na escuridão do quarto.

Um sonho, pensou a mãe de Ned, acordando no quarto frio, de pedra, e indo na ponta dos pés até a janela. *Certamente foi só um sonho.* E talvez tivesse sido. *Mas por que ela tremia tanto?*, perguntou-se. E por que seu estômago estremecia e se agitava? Virou-se para o céu, mas não viu respostas ali. As nuvens se desenrolavam num lençol opaco, bloqueando as estrelas. A lua não passava de uma mancha pálida pairando sobre a borda do mundo.

Fechou os olhos e pensou no marido.

E no filho. No filho vivo.

Um menino tão pequeno. Tão frágil. Tão triste. Lembrou-se com algum desconforto da prática *pouco ortodoxa* que lhe havia feito. Francamente, tinha ficado surpresa por aquilo ter dado certo. Se bem que, devia ser dito, não sem consequências. A gagueira. A dificuldade com as palavras. Às vezes a Irmã Feiticeira achava que o próprio *eu* de Ned era feito de cinzas; aparentemente sólido ao olhar, mas com a possibilidade de se desfazer ao menor toque. Apesar de seus esforços para reforçá-lo — para torná-lo mais *ele mesmo* —, Ned permanecia fraco. Ela duvidava que algum dia ele se tornasse forte.

A alma de Tam, necessária a princípio, parecia ter sumido. Ela não via sinal dele. Dizia a si mesma que a alma encontrara seu caminho para o próximo destino, que não estava presa dentro do corpo do gêmeo frágil. Tentava se convencer de que isso era verdade. Que tinha agido do modo certo. Que não havia machucado ninguém. Às vezes acreditava.

Mesmo assim, Ned estava *vivo*. E era isso o importante.

— Fiquem em segurança, meus filhos — sussurrou para o céu escuro. — Por favor, fiquem em segurança.

Na manhã seguinte a Irmã Feiticeira acordou com uma serviçal batendo à porta. A jovem fez uma reverência desajeitada e lhe entregou um bilhete selado com a Insígnia Real.

— Descanse — dizia o bilhete da rainha. — A cerimônia acontecerá amanhã. Enquanto isso, aproveite a paisagem. Você recebeu os Direitos do Castelo, por isso pode se movimentar livremente e sem escolta. Sinta-se à vontade para atacar a cozinha, já que meu chefe de pastelaria é mágico... ainda que de um tipo diferente.

A Irmã Feiticeira tentou afastar a sensação incômoda da noite anterior. Estava simplesmente com saudade de casa, disse a si mesma.

Vestiu-se e saiu para o mercado, olhando a qualidade das ervas que costumava usar nas curas e os vários apetrechos e curiosidades para o marido e o filho. Mas não comprou nada e desceu os degraus meio desmoronados, esculpidos no muro de proteção contra enchentes, chegando à beira do Grande Rio. A cada passo, o som da cidade agitada ia diminuindo. Só havia o barulho de água ecoando contra pedra.

A Irmã Feiticeira precisava do silêncio.

Havia um ancoradouro na base da escada, e no ancoradouro havia um banco. Ela se sentou na sombra e abanou o rosto, olhando os barcos deslizando de um lado do rio para o outro, transportando pessoas e mercadorias de casa para o mercado e vice-versa. Todos estavam *em segurança*. A rainha os mantinha em *segurança*, mas com relação a quê, ninguém sabia. E ninguém se importava em saber. A floresta era traiçoeira; o mundo terminava depois das montanhas. E era só.

A Irmã Feiticeira tinha uma intuição de que o mundo era muito maior, muito mais perigoso, muito mais *complicado* do que a maioria das pessoas imaginava, porém guardava essa teoria para si mesma. Ninguém acreditaria, de qualquer modo.

Além disso, o que importava se houvesse um mundo inteiro depois das montanhas? O que importava se o mundo *não* terminasse? Ninguém poderia atravessar a floresta sem magia. Por isso era como se estivessem mesmo sozinhos.

Mesmo assim. *Aquele sonho!*

Não foi real, disse a si mesma. Forçou a mente a esquecê-lo. Fechou os olhos bem apertados e obrigou as imagens a irem embora. Quando os abriu, notou um pequeno objeto flutuando no rio, apanhado entre a corrente e a ponta do ancoradouro. Levantou-se, enfiou a mão na água e o pegou.

Era uma pequena escultura de madeira. Uma figura pequena com cabelo encaracolado, um casaco com botões grandes e as botas altas de um lenhador. Se não fosse o sorriso, seria exatamente igual a...

O simples pensamento do nome do filho provocou um choque que a atravessou, tão forte quanto qualquer magia. Seus ossos estremeceram. Vibraram e zumbiram como se ela fosse uma corda de um alaúde muito grande e grave. Comprimiu o corpo contra o muro de pedra úmido e ofegou. O conhecimento que tinha evitado, a verdade que ela pisoteava repetidamente, veio borbulhando até a superfície de seu pensamento.

A magia estava *se movendo*. Não havia como negar.

Mas não podia ser, disse a si mesma. Não havia ninguém para movê--la. Ninguém a não ser...

Balançou a cabeça. Não. *Impossível*. Muito tempo antes, ela pensava — *teve esperança* — que o filho fosse capaz de seguir seus passos, mas, infelizmente, isso não aconteceria. Sem palavras, a magia não podia ser contida. Sem palavras ela era *mortal*. Iria matá-lo se ele tentasse.

Mesmo assim, o tremor em seus ossos era inconfundível. Ela sabia que a magia estava em movimento — e com grande velocidade. Sabia que ela estava na floresta. E sabia que ela ia na direção das montanhas. Subiu rapidamente a escada e voltou ao castelo, correndo o mais depressa que pôde.

Encontrou um guarda que fez reverência para ela.

— Irmã Feiticeira — disse o guarda em tom amigável.

Ele não notou o rosto vermelho da Feiticeira nem sua expressão alterada (se bem que testemunharia as duas coisas, e mais ainda, nos próximos dias).

— Preciso falar com a rainha — disse ela, ofegando.

— Creio que ela estará esperando a senhora aman...

Ela balançou a cabeça.

— Amanhã não. *Agora*. Preciso falar com ela agora. Aconteceu uma coisa terrível.

Essas foram suas palavras, mas seus pensamentos disseram algo totalmente diferente.

Meu Ned está correndo perigo!, gritou seu coração.

Meu filhinho tão pequeno, agitou-se sua alma preocupada.

Enrolou os dedos em volta da escultura e a apertou junto ao peito.

O guarda bateu na porta, anunciando a chegada da Feiticeira ao capitão da Guarda, que anunciou a chegada ao secretário do Castelo, que anunciou a chegada ao ministro do Protocolo, que entrou correndo no escritório da rainha.

A rainha estava sentada à mesa, escrevendo em seu caderno de anotações. Era bem sabido que a rainha possuía uma mente brilhante, grande perspicácia, uma curiosidade sem limites e um coração complacente. Era uma mulher culta, erudita, de grandes planos e era muito, muito amada. Mas também era sabido que ela jamais havia se casado nem tinha herdeiro direto. O herdeiro do trono estaria citado no testamento da rainha quando esta morresse; o que não poderia demorar muito, agora. A velha, ainda que possuindo seu entusiasmo e sua inteligência, já tinha vivido mais de cem invernos. Quantos outros poderia durar? Certo, a Irmã Feiticeira adiou a morte da rainha no Jubileu, mas nem mesmo a magia pode adiar a morte para sempre.

O ministro do Protocolo fez uma reverência intensa e se curvou com um floreio na direção do ouvido da rainha.

A rainha fez pouco-caso.

— Ora, claro, seu bobo! Mande-a entrar imediatamente! Eu a teria chamado antes, mas achei que ela talvez estivesse cansada. — Ela olhou por cima do ombro dele. — Minha querida — chamou, acenando. — Por favor, não faça cerimônia. Faça-me uma visita neste instante! Estou ansiosa para conversar com você.

O ministro do Protocolo fez uma reverência diante da rainha, ignorou os outros ocupantes da sala e se afastou lentamente, abrindo a porta para que a feiticeira entrasse.

Vinte parentes se encontravam no escritório. Não estavam lendo, escrevendo nem conversando com a rainha. Cada um estava enfeitado com fitas, acabamento de arminho e outros adornos inúteis, e tinham passado ruge nas bochechas e, com lápis preto, delineado os olhos. Estavam sentados em suas poltronas, os braços esparramados, as bocas abertas, o tédio tão grande que parecia capaz de matar todos eles. Um cavalheiro tinha um baralho pousado na barriga distendida, fazendo um jogo de ases, embora sem oponente. Deste a Irmã Feiticeira se lembrava. Ele esteve com a rainha na carruagem.

(E, como Ned, ela se lembrava da carranca de sapo do sujeito, o que era estranho porque ele tinha sido tão rápido em acusar a Feiticeira de ter fracassado em curar a rainha. Algumas pessoas, ela sabia, nunca ficam satisfeitas. *Homem odioso*, pensou.)

— Maldição — disse ele, quando virou uma carta. — Maldição — repetiu. E ainda que sua atenção às cartas fosse verbal e pública, a mãe de Ned notou que o olhar do homem estava fixo na xícara de chá pintada com elegância, que repousava num pires ao lado da rainha.

— Maldição — disse o homem virando outra carta, com o olhar apontado para a xícara. — Maldição de novo. — Sua voz estava áspera.

— Irmã Feiticeira! — exclamou a rainha, levantando-se e abraçando a feiticeira como se fossem velhas amigas.

— *Majestade!* — O homem do baralho soltou um grito engasgado, e suas cartas se espalharam no chão. — A senhora perdeu os sentidos?

A mãe de Ned notou que os olhos dele brilhavam perigosamente.

A rainha, no entanto, pareceu não notar.

— Por favor, um de vocês quer avisar ao nosso querido sobrinho Brin que, como sua rainha e soberana, podemos abraçar qualquer indivíduo que desejarmos, seja ele nobre ou plebeu? — Ela sorriu para a feiticeira. — Sente-se, querida. Meus velhos ossos não suportam ficar muito tempo de pé. — E ela se dobrou de novo na cadeira, com os joelhos estalando.

— Mas... — balbuciou o homem das cartas

— Calado, Brin — ordenou a rainha rispidamente. Em seguida, revirou os olhos e se voltou para a Feiticeira. — Meus espiões na cozinha disseram que está sendo preparada uma refeição maravilhosa para amanhã, algo como nunca vi. O que quer dizer alguma coisa, já que vi um bocado.

— Obrigada, majestade — disse a mãe de Ned, fazendo uma reverência —, mas não é por isso que vim. Eu notei uma... perturbação. — A mãe de Ned hesitou. Como seria possível explicar o funcionamento da magia para pessoas que jamais lutaram com ela? Jamais precisara explicar isso a ninguém. Simplesmente ajudava quando era necessário e ouvia os agradecimentos.

— Uma perturbação? — perguntou a rainha, perplexa. — Meu povo está infeliz?

— Não, majestade. Seu povo dorme pacificamente à noite, seguro no conhecimento de que seu destino está nas mãos de uma rainha boa e cheia de consideração — disse a mãe de Ned. *Mas não por muito tempo*, pensou séria.

A rainha viu o olhar da Irmã Feiticeira percorrer brevemente o grupo de parentes desimportantes e assentiu.

— Sei — ponderou, com uma sombra pousando no olhar.

Então, pensou a feiticeira. *Ela não gosta dos parentes. E como poderia gostar? Eu também não gostaria de ser parente dessas pessoas.*

— Como a senhora sabe, ofereço ajuda e cura aos necessitados, administrando uma pequena quantidade de magia...

A sala irrompeu numa agitação.

— Que *absurrrrrdo!* — exclamou uma mulher mais ou menos da mesma idade da mãe de Ned, mas com o dobro do tamanho e com as dobras do pescoço cobertas de joias.

— Ela ousa falar de traquinagens de classe baixa diante da rainha! — gritou um rapaz indignado, vestido da cabeça aos pés em sedas verdes, adornadas com penas de pavão.

— A senhora faz *alguma* ideia... — começou o homem das cartas, mas a rainha levantou as mãos.

— Brin. Já chega. Você é o mais velho, e espero que mantenha seus primos na linha. — Ela olhou para os parentes ruborizados. — Todos vocês. Para fora!

— Mas minha rainha! — disse Brin, perplexo. — Quem vai cuidar de seus interesses se não estivermos presentes? — Ele foi para a porta com passos lentíssimos, a mão tremendo ao lado do corpo. — E olhe! Seu chá está esfriando!

— Não me obrigue a me repetir, primo — disse a rainha, levantando-se, com os joelhos e os tornozelos estalando enquanto se movia. — Você certamente vai se arrepender.

A mãe de Ned se maravilhou. A rainha não passava do ombro de qualquer dos homens ou mulheres reunidos na sala, mas eles se encolhiam à sua frente como se ela fosse uma gigante. Pararam um segundo, dois, depois três, antes de sair correndo em massa para a porta.

A rainha suspirou e sentou-se novamente.

— Eu deveria fazer isso com mais frequência. — Ela sorriu e avaliou a mãe de Ned antes de se inclinar para ela. — Sabe — disse em tom de conspiração —, eles só estão por aqui porque acham que vou morrer logo.

A mãe de Ned hesitou. Ela limpou a garganta:

— Infelizmente — comentou a feiticeira por fim —, eles são muito... *óbvios*.

A rainha soltou uma gargalhada.

— Exatamente do que eu gosto — disse. — Uma mulher que fala o que pensa. Sua reputação é muito maior do que você imagina, querida. E sempre achei que gostaria de você, caso nos conhecêssemos melhor. Nossa última conversa foi breve demais. E, infelizmente, em circunstâncias desagradáveis. — A rainha pegou sua xícara, levou-a à boca, mas a recolocou no pires sem beber. — É bom demais ver que estou certa. De qualquer modo, Irmã Feiticeira, você está perturbada. E agora, sem meu séquito de idiotas, podemos falar livremente.

A mãe de Ned apertou a escultura do filho contra o coração, a ansiedade correndo sobre a pele como fogo.

— Minha rainha — disse. — Tenho sido guardiã e operadora da magia desde que era pequena, assim como meu pai antes de mim e a mãe dele antes dele, e assim sucessivamente desde o nascimento do reino. Não sei de onde a magia veio originalmente. Meu pai dizia que veio das montanhas na fronteira do reino. Talvez até de ainda mais longe.

— Presumindo que exista um *mais longe* — observou a rainha. — Sempre me perguntei...

— Foi a conclusão a que cheguei. Acredito que exista um *mais longe*, mas o caminho é bloqueado pela floresta maligna. Ela foi formada por magia, e só a magia pode atravessá-la. Ou pelo menos era o que eu pensava.

— Por que você nunca disse isso a ninguém?

— Minha missão é proteger a magia. E a magia é... complicada. E instável. Eu a mantenho boa, e isso não é fácil. Ela matou quem tentou roubá-la, quem tentou subverter seu objetivo em direção à maldade ou à cobiça. Essa magia não é *segura*. Nem um pouco.

— Um trabalho ingrato — constatou a rainha, levando a xícara aos lábios. — Temos muita coisa em comum, minha querida.

A mãe de Ned deu um passo adiante, o rosto tenso e ansioso.

— Mas é por isso que estou aqui. A magia. Ela está *em movimento*.

A rainha recolocou a xícara no pires.

— Como assim, está em movimento?

— Não sei como. Eu não achava que fosse possível. Mas se ela está se movendo, alguém descobriu um modo de fazer o impossível. E, se for verdade, talvez qualquer outra coisa também seja possível.

— Quer dizer, usar a magia para obter ganho pessoal.

— É — respondeu a mãe de Ned.

— E poder.

— É. — Ela tremia.

— Até como arma.

— Até isso — sussurrou a Irmã Feiticeira.

A rainha assentiu, séria, e se empertigou, parecendo poderosa outra vez.

— Nossos recursos estão à disposição, Irmã Feiticeira. Como podemos ajudá-la?

— Soldados — respondeu ela. — Para proteger minha família se eles já não estiverem mortos. Alarmes. Se pretendem usá-la como arma, devemos nos preparar para a guerra.

— Que as Pedras nos protejam! — disse a rainha. Ela tomou um longo gole de chá e pousou a xícara com barulho.

— Não — contrapôs a mãe de Ned. — *Nós* devemos nos proteger. Se for de seu agrado, majestade, eu gostaria de acompanhar...

Mas a mãe de Ned não terminou a frase.

Os lábios da rainha ficaram de um vermelho vivo, depois roxos, depois azuis. Ela olhou para a xícara horrorizada, depois para a mãe de Ned, com os olhos arregalados e temerosos. Levou as mãos à boca e tentou se levantar.

— Sente-se senhora! — disse a mãe de Ned, pondo a mão na testa da velha e buscando seu pulso para medir-lhe os batimentos. Mesmo sem a magia a Irmã Feiticeira era, dentre outras coisas, uma curandeira excelente. A rainha estremeceu, os olhos se reviraram para trás, e seu corpo se sacudiu de lado, fazendo a xícara rolar para o chão. A Irmã Feiticeira passou um braço pelas costas da rainha e a colocou suavemente no chão, apoiando a cabeça em almofadas.

— O... o... — tentou dizer a rainha.

Foi então que a mãe de Ned viu... o chá derramado soltando fumaça e chamuscando o tapete de seda, e uma borra alaranjada brilhante grudada no fundo da xícara. *Veneno.*

Ela não desperdiçou um instante.

— Guardas! — gritou. — Veneno! A rainha foi envenenada!

Ela enfiou a mão na sacola que mantinha por perto — sempre, mesmo quando dormia. Remexeu até encontrar um pesado frasco de vidro com lacre de cera preta. Abriu o lacre com os dentes e levantou a cabeça da rainha.

— Vamos. Abra — disse suavemente a mãe de Ned, enquanto virava o frasco na boca da rainha. — Sei que o gosto é terrível e vai fazer a senhora se sentir ainda pior, se é que dá para acreditar, mas vai impedir que o veneno se espalhe, com certeza.

— B... — tentou dizer a rainha. — B-b-b-b.

— Calma, minha rainha, e beba. Haverá tempo para falar quando o veneno sair de seu corpo. Por favor. Por mim.

Falava com gentileza, como se acalmasse um bebê, mas o tempo todo seu coração martelava e gemia no peito. A rainha engasgava e se sacudia.

— Isso. Engula. — Será que ela havia engolido alguma coisa? A Irmã Feiticeira inclinou o frasco e fez pingar mais um pouco.

Um trovão de passos.

— O que você está fazendo? — disse uma voz. — PARE! — Ela levantou os olhos. — ASSASSINA! REGICIDA! — Brin, o homem das cartas, estava parado junto à porta, flanqueado por guardas. Seus olhos se estreitaram, e um sorriso cruel fez curvar os cantos de sua boca. — Peguem-na! — ordenou aos guardas.

— Não! — gritou a mãe de Ned, tentando desesperadamente colocar mais um pouco do antídoto na boca da velha. — O chá! O chá estava envenenado. Eu tenho remédio. Vou curar...

A rainha continuou a estremecer e se sacudir no chão, mas ainda consciente. Olhou em desespero para lorde Brin, com os olhos temerosos e arregalados. — N... n... n... — Seus lábios estavam frouxos, a língua inchada pendia na boca feito uma pedra. O sorriso de seu sobrinho se achatou numa linha dura e cruel.

— Amordacem a feiticeira! — gritou lorde Brin. — Amarrem os braços dela. Levem-na para a masmorra. Se a rainha viver, você vai ser enforcada; se ela morrer, você vai ser enforcada. Mas tenha certeza, feiticeira, você vai ser enforcada. Chamem os médicos! Cuidem da rainha!

E, enquanto era arrastada, lutando, a mãe de Ned notou lorde Brin parado junto ao corpo convulsivo da rainha, com uma expressão de júbilo no rosto.

Ao sentir as mãos serem presas pelo metal frio das algemas, a mãe de Ned só teve dois pensamentos na cabeça.

Será que ela engoliu o antídoto?

E: *será que foi o suficiente?*

22

O LOBO

HAVIA UMA TRILHA ESTREITA — PROVAVELMENTE CRIADA PELAS patas de cervos, linces e algum lobo ocasional —, que acompanhava o caminho do rio, curvando-se com o curso d'água, para lá e para cá, na borda da margem. O rio em si (que ainda nem era propriamente um rio, notou Ned, e sim um córrego largo e pedregoso) enchia a floresta silenciosa com um som suave, ondulante, calmo. Mas, enquanto andava, Ned passou a ter uma percepção cada vez maior de passos em algum lugar atrás dele. Quando Ned andava, os passos o acompanhavam. Quando se apressava, os passos se apressavam. E, quando parava, não havia nenhum som — a não ser o da água borbulhando.

Alguém o seguia. O bandido? Talvez. Talvez a magia não tivesse feito o homem dormir por mais que algumas horas.

Não era o bandido. Ótimo. Mas quem era?

Parou.

Os passos pararam.

Continuou.

Os passos continuaram, fora de vista, fora de alcance.

O suspense o estava matando. Ou talvez fosse a fome.

E então escutou.

Um ganido. Agudo, leve e desesperado. Ned se imobilizou. As palavras em sua pele aceleraram, um redemoinho pelos braços, pernas, barriga e costas, como se soprado por um vento forte.

Corra, pareceu dizer a magia em sua cacofonia de vozes. *Corra*, num milhão de vozes desesperadas tropeçando umas nas outras.

Perigo, disse uma voz.

Corra!, gritou outra.

Nós avisamos.

Garoto idiota, ridículo.

Você deveria ter ficado com o ruivo.

Deveria ter morrido quando teve chance.

Por que não escuta o que dizemos?

Por que não está correndo?

Correr para onde? Não havia para onde ir, a não ser em frente. E quem o estava seguindo já sabia que ele se encontrava ali. Não adiantava fingir. Gago ou não, ele falaria.

— Eu... — hesitou ele. — Eu e... estou s... sozinho. — Sua voz estava seca, quase tão fraca quanto um sussurro. — S... sou só um g... garoto. N... não p... posso machuc... car nada.

Pode sim, protestou a magia. *Nós estamos loucos para servir você.* E num instante ele pôde sentir as palavras na pele soltando fagulhas e brilhando. A magia estava irrompendo, e ele era perigoso de novo. Ned cerrou os dentes.

Espere, pensou para a magia.

O ganido se aprofundou até virar um rosnado grave, e o mato baixo se agitou e estremeceu.

O que quer que fosse, estava chegando mais perto.

E mais perto.

Dois olhos amarelos espiaram através da folhagem. Ned sentiu o coração se arrastar para a garganta. Seus ossos chacoalharam e sua carne esfriou. Os olhos amarelos estavam ligados a um focinho comprido e a dentes que pareciam agulhas. Era um lobo — pequeno, verdade, e muito jovem. Mas mesmo assim era um lobo.

Ele repuxou os lábios pretos e rosnou outra vez. Ned recuou dois passos apressadamente e caiu com força no chão, perdendo o fôlego. Sua pele ardia; o coração martelava no peito. *Corra*, disse a magia. *Salve-se.* Mas era impossível. Ninguém pode correr mais que um lobo. Mesmo um lobo novo. Ned fez esforço para se levantar e encarou o animal.

O lobo saiu cuidadosamente do mato baixo e olhou para Ned. Inclinou a cabeça para o lado e ganiu. Seus olhos estavam arregalados, selvagens e famintos. Ele não saltou e não tentou morder. Cambaleava um pouco nas patas bambas.

Ah, pensou Ned, com a percepção acendendo a mente num clarão súbito.

— Você está com fome — disse em voz alta, com as palavras momentaneamente livres da gagueira usual. E as palavras eram verdadeiras: o animal estava mesmo morrendo de fome.

Como se em resposta, o jovem lobo lambeu os beiços. Soltou outro rosnado, mas era sem força e parecia implorar.

Ned enfiou a mão na sacola, deixou os dedos roçarem um pedaço da carne-seca que tinha roubado do bandido. Era o bastante para ele comer — não com fartura, certo, mas o suficiente para aquietar o estômago pelos quatro ou cinco dias que certamente levaria para seguir o Grande Rio até em casa.

(Presumindo que conseguisse chegar tão longe.)

(Presumindo que não morresse.)

(Ned nada presumia.)

Também havia um pouco de queijo, algumas maçãs secas e um pedaço duro de biscoito, mas, no total, isso mal bastava para saciar um garoto em fase de crescimento por um dia. Para a jornada, meramente manteria suas pernas em movimento.

Mesmo assim. O lobo. *Coitadinho.*

NÃO!, gritou a magia em sua pele. *Você precisa disso. Salve-se primeiro.*

Não é assim que deve funcionar, pensou Ned, teimoso. *Minha mãe diz que o egoísmo é a raiz da tirania. Que o egoísmo é pecado. Quer dizer que ela estava errada?*

A magia ficou em silêncio, como se hesitasse em contradizer a mãe de Ned.

— Foi o que eu p... pensei — disse Ned em voz alta. Em seguida, pegou a carne, o pedaço inteiro, e estendeu a mão com a comida, as palmas abertas para o céu e os dedos separados.

— A... aq... aqui — avisou, com a voz pouco acima de um sussurro. — P... pegue.

O lobo se imobilizou. Suas narinas se abriram. A voz mudou de um ganido para um rosnado e voltou ao ganido.

Pelo menos pegue um pedaço para você primeiro, insistiu a magia, mas Ned balançou a cabeça. Não se pode pegar de volta um presente, argumentou. Especialmente de um lobo. Ned baixou a mão e deixou a carne cair no chão. Recuou devagar.

O lobo continuou sem se mexer, mas Ned não ousou dar as costas à criatura. Sua única chance, pensou, seria quando o lobo estivesse comendo. Isto é, comendo algo que não fosse *Ned*. O lobo focalizou os olhos pretos em Ned. Não piscou. Não olhou para a carne, mas seu nariz parecia bebê-la mesmo assim.

Vou esperar, pensou Ned. *Vou esperar até ele comer. Então eu corro.*

Muito lentamente o lobo levou o focinho até a carne e cheirou, saltando para trás como se tivesse sido beliscado. Passo a passo se aproximou da carne outra vez. Farejou de novo. Relaxou os ombros e se inclinou. Repuxando os lábios para trás, o animal pegou a carne e saltou para o mato, desaparecendo sem deixar vestígios.

Ned quase desmoronou no chão.

Agora. Vá agora, instigou a magia.

Ned apertou as mãos nas coxas, inclinando o peso à frente. Não podia ver o lobo, mas isso não significava que ele teria ido embora. Respirou fundo e recuou o mais depressa que ousou, tendo o cuidado de fazer os pés tocarem o chão levemente, tendo o cuidado de impedir que o coração disparasse, a respiração tremesse e os pés pisassem em qualquer coisa que pudesse estalar, partir-se ou farfalhar.

O lobo não o seguiu.

Ned foi até o rio e o atravessou, mantendo a sacola acima da cabeça e ofegando por causa do frio. Esperava que a água corrente lavasse seu cheiro e despistasse qualquer animal que quisesse encontrá-lo. Emergiu, meio engasgando, do outro lado, e seguiu correndo, junto ao curso do rio, até que a luz enfraqueceu, diminuiu e sumiu totalmente, e ele não pôde ir mais longe.

Ao anoitecer Ned decidiu fazer uma fogueira. Estava com frio. E molhado. E com medo. Certo, ela podia atrair os bandidos, mas uma névoa densa havia baixado sobre a floresta e Ned decidiu se arriscar. Além disso, havia um lobo por perto. Se o bicho pretendesse comê-lo durante a noite, Ned gostaria pelo menos de vê-lo chegando.

Ele juntou pedras chatas e pesadas, e as arrumou num círculo para conter o fogo. Empilhou capim seco, folhas mortas e pedaços de casca no círculo de pedras, abriu o isqueiro, bateu o aço na pederneira e soprou nas fagulhas. Acrescentou gravetos minúsculos, depois gravetos maiores, depois paus com a grossura de seu braço até que o fogo estivesse quente e forte. Tentou não pensar na comida que restava na sacola do bandido — certamente iria precisar dela à medida que a viagem continuasse. Era melhor fazê-la durar. Em vez disso, cortou cogumelos dos troncos das árvores (eram cogumelos amarelo-limão que seu pai chamava de *orelhas de anjo*) e os comeu, mastigando bem devagar. Eles entorpeceriam as bordas da fome. A noite foi esfriando aos poucos, e a névoa pesada desceu para o chão, envolvendo Ned como uma mortalha. Ele tremeu e chegou mais perto da fogueira.

O lobo saiu da escuridão, os olhos amarelos reluzindo com a luz refletida da fogueira.

Estranhamente, Ned não ficou surpreso.

Prendeu o fôlego.

Corra, disse a magia.

Não posso, pensou Ned. *Está escuro demais. E os lobos podem sentir o cheiro da presa no escuro.*

O lobo deu um passo à frente. Ned só conseguia ver a silhueta das orelhas e o brilho dos olhos na névoa densa.

O lobo inclinou a cabeça e piscou. Deu mais um passo. Havia algo em sua boca. Alguma coisa peluda. O lobo deu mais seis passos hesitantes até estar completamente iluminado pela fogueira. Ned sentiu o fôlego engasgar. O lobo tinha grandes olhos escuros, e seu pelo não era cinza, como ele havia presumido a princípio, e sim multicolorido. O pelo tinha tons de castanho terroso, argila vermelho-escura e um branco quente como creme denso. Era a coisa mais linda que já havia visto.

O lobo parou e largou a coisa peluda no chão. Olhou para Ned, soltou um latido agudo e curto. Não era *uma* coisa peluda, percebeu Ned, e sim *duas* coisas peludas. Dois coelhos, com o pescoço partido, estavam no chão. O lobo pegou de volta com as mandíbulas o coelho que estava mais perto dele e recuou. Abaixou-se nas patas de trás e começou a comer o jantar, mantendo o olhar fixo em Ned.

— P... para mim? — perguntou Ned em voz alta, apontando para o outro coelho.

Em resposta o lobo abriu as narinas. Fez um som baixo, fungado.

Você não quer me fazer mal, pensou Ned. *Obrigado.*

Ned tirou sua faca da sacola e a colocou no chão. O lobo rosnou em resposta, mas não se mexeu. Continuou a comer, porém mais devagar.

Ned deu de ombros.

— M... mesmo se eu t... tentasse, acho q... que não po... poderia fazer mal a v... você. — Tentou sorrir. Seu estômago roncou. — N... não sou t... tão rápido c... como um l... lobo.

Ned sabia perfeitamente como esfolar um coelho e cozinhá-lo. Pegou o coelho, cortou-o do pescoço até a barriga e tirou a pele, com a mesma facilidade como se estivesse ajudando-o a tirar o casaco de inverno. Lamentou apenas um instante a falta de suprimentos da cozinha de sua mãe. Não havia sal, nem alecrim, nem um pouquinho de vinho para amaciar a carne. Nem cebolas com um rubor arroxeado no centro. O estômago de Ned começou a roncar. Tirou as tripas do coelho e colocou-as ao lado da pele, com a cabeça da criatura, que ele havia separado facilmente. Enfiou um espeto afiado na carne e a segurou acima do fogo. Em instantes a gordura e o sumo começaram a borbulhar, caindo nas pedras aquecidas pelo fogo, quase derrubando Ned com o perfume. Era o melhor cheiro que ele já havia sentido na vida. Tirou um pedaço de carne da ponta do espeto e enfiou na boca. Não estava totalmente pronta e queimou seus dedos e a língua, mas Ned não se importou. Estava deliciosa.

O lobo o olhava com ar interrogativo.

— É a... assim q... que a gente co... come — explicou Ned. Por dentro estava maravilhado com a quantidade de palavras que tinha dito ao lobo. Muito mais do que havia falado com a própria família no último mês.

O lobo não notou sua gagueira.

O lobo não se encolheu quando ele falou.

O lobo não o culpou, nem sentiu pena, nem achou que ele era burro.

Em vez disso tinha comido sua comida e trazido mais. O lobo tinha vindo até *ele*.

Ned pousou o queixo nos joelhos e deixou o calor da fogueira esquentá-lo até o âmago. Olhou para o lobo. O lobo olhou de volta. A magia em sua pele ficou mais lenta e mais calma, com os movimentos reduzidos a um giro de palavra atrás de palavra, indo preguiçosamente dos dedos até os ombros e descendo pelas costas. Mal doíam. Ele se obrigou a não pensar no pai amarrado, no bandido de pedra ou no ruivo que, agora mesmo, estava na floresta à sua procura. Não pensaria nos avisos da mãe nem no morto com as moedas escorrendo da boca ou nos terrores que o estariam esperando na floresta.

O lobo terminou a refeição, afastou-se da luz da fogueira e se enrolou feito uma bola, para dormir. Ned sentiu os olhos começando a se fechar.

Não estou mais sozinho, e minha barriga está cheia, pensou. Estava abismado. *Escapei dos bandidos e sobrevivi à magia. Não sei quanto tempo mais vou sobreviver, mas posso continuar andando até não conseguir mais. E ainda não morri.*

23

O SONHO

NAQUELA NOITE, NED SONHOU COM O IRMÃO OUTRA vez. Normalmente, nesses sonhos, os dois estavam de volta à infeliz jangada, em direção ao mar. Mas, dessa vez, Ned sonhou que acordava perto de uma fogueira se extinguindo, o corpo doendo por causa do frio, e que seu irmão estava deitado junto ao lobo adormecido, o corpo apertado contra as costas do lobo, os braços em volta do pescoço peludo. Sua cabeça repousava numa coisa dura e terrosa. Um pote de barro. Ned franziu a testa. Não poderia ser... Poderia? O irmão de Ned captou o olhar dele e piscou.

— Já não era sem tempo, irmão — disse Tam, sentando-se e colocando o pote de barro no colo. O pote estremeceu e se sacudiu. Gritou palavras que Ned jamais ouvira, mas tinha certeza de que não eram muito gentis. — Achei que você não acordaria nunca.

— Esse pote — disse Ned, apontando. — Você não deveria tocá-lo. É perigoso.

Seu irmão balançou a cabeça e gargalhou.

— Estou morto, irmão. Lembra? Além do mais, esse é só o pote de barro do sonho. O verdadeiro está lá em casa. E está quebrado. De qualquer modo o pote de barro é só uma ferramenta. A magia fica atada quando acredita que está atada. Tudo o que você precisa fazer é convencê-la. Você é mais perigoso para ela do que ela para você. E você nem de longe é tão perigoso quanto eu. — O rosto de Tam se abriu num riso maligno. — Sou o mais perigoso de todos. Você vai ver.

Ned estremeceu. Agachado nos calcanhares, começou a acrescentar pedaços de pau à fogueira, tentando avivar o fogo. Porém, quanto mais lenha colocava, mais frio sentia.

— Você devia vir para cá. Para perto do lobo. Ele não vai morder. E vai manter você aquecido.

— Não posso. Se eu encostar nele, o lobo morre. — Ned levantou as mangas da túnica para que o irmão visse as palavras mágicas gravadas em sua pele.

— Não vai, não.

— Mas já vi isso acontecer! — protestou Ned, com a culpa pesando feito pedra no coração. — Aquele homem morreu! Eu o fiz morrer!

— E o outro viveu. Você o fez viver. Não vê?

Ned ficou em silêncio. Era verdade. Ele tinha mesmo feito o bandido viver. E tinha feito o outro morrer. Quanto controle possuía *de verdade*?

— Você tem mais poder do que acha. Seu medo é um problema, portanto, perca-o. Seja homem, irmão. Chegou a hora.

— Mas eu não sou homem. — Ned pôde sentir um soluço golpeando sua garganta. — Sou um garoto. Você também.

— Quanto a mim, isso é verdade — disse o irmão. A silhueta de seu corpo já estava ficando turva. Logo o sonho acabaria e Tam iria embora. — Morri quando era garoto e vou continuar como um garoto para sempre. Você era um garoto até que pegou a magia de nossa mãe. E agora não é. Não é mais. — O corpo de Tam ficou translúcido. — Você está em transição. — O rosto do garoto morto pareceu triste.

— Não vá embora — implorou Ned. — Não posso fazer isso sozinho.

— Você não está sozinho. Nunca esteve. — O corpo de Tam começou a perder contorno e desaparecer, deixando apenas o rosto flutuando no ar. — As Pedras estão vigiando você. Estão esperando sua chegada.

— Isso é só uma história. Não é de verdade.

— Você vai ver. —Tam sumiu. Apenas a voz permaneceu: — Você
tem amigos chegando, e amigos dentro de você também. Mas tenha
cuidado.

— Com o quê? — perguntou Ned ao vazio escuro.

— *Com as coisas que mentem.*

24

A GAROTA

NED ACORDOU MUITO CEDO NA MANHÃ SEGUINTE, COM os braços em volta do lobo. Quase gritou alarmado, mas se conteve a tempo. Se houvesse uma lista de criaturas que não se deve assustar, um jovem lobo amedrontado estaria no topo. Ned ficou imóvel e avaliou a situação.

Suas mãos estavam sem as luvas. (Quando ele as havia tirado? Não fazia ideia.)

Suas mãos nuas estavam no pelo do lobo.

O lobo estava vivo. Não somente isso, mas a magia na pele de Ned estava completamente imóvel e fria ao toque. Espantosamente, a magia parecia dormir.

O lobo se remexeu ligeiramente. Sua respiração era suave, tranquila e pesada de sonhos. O toque de Ned não lhe havia causado mal. Seriam os pelos? O sono? O fato — inacreditável, mas Ned sabia que era verdade — de o lobo ser seu *amigo*?

Ned não sabia, mas não estava disposto a arriscar. Afastou-se lentamente do lobo, notando com alguma tristeza o cheiro de folha, terra e carne do animal. Engatinhou pelo chão até estar à distância de um braço em relação ao bicho, e puxou os joelhos para o peito. Então o lobo acordou, levantou a cabeça, olhou Ned por um momento e esticou o corpo, espreguiçando-se longa e luxuriosamente.

Ned olhou para o céu pálido. O sol ainda não havia nascido, mas os dois podiam continuar andando. Abrindo a sacola, cortou um pedaço de queijo e se preparou para comer. O lobo o encarou.

— Os l... obos c... comem q... queijo? — perguntou.

Em resposta, o lobo ganiu. Ned enfiou a mão na sacola, pegou outro pedaço e jogou para o lobo, que o pegou no ar. O animal segurou o queijo na boca, movendo-o na língua antes de engolir com um som raspado. Em seguida uivou, censurando.

— N... não p... precisa ser gr... grosseiro — gaguejou Ned. — Q... queijo é b... bom. — E balançou a cabeça.

É uma criatura selvagem, disse Ned a si mesmo.

O lobo não era um cachorro, claro que não. Ned sabia que a criatura era destinada a uma vida selvagem. E mais ainda. Ned não estava em segurança. Havia bandidos procurando por ele. E *eles* também não estavam em segurança. O lobo devia ir embora. Não devia seguir Ned.

E no entanto...

— V... vá embora — disse Ned, sério. — Ob... obrigado pelo jan... jantar de on... tem à noite. Não vou esquecer. — E, com isso, Ned deu as costas para a criatura e foi andando pelo mato baixo.

Forçou-se a olhar adiante. Firmou o rosto e cerrou os dentes. Dez passos. Cinquenta. Cem. *Não vou me virar*, disse a si mesmo. A cada passo sentia uma perda terrível se abrindo no coração, como um grande abismo escuro.

O lobo ganiu. Ned sentiu vontade de ganir também, um ganido profundo, silencioso, *visceral*.

Não pôde evitar. Virou-se e encarou o animal. Ele esticou as patas à frente, achatando o corpo no chão. Inclinou a cabeça com expectativa.

Ned soprou o ar entre os lábios franzidos. Sabia que o lobo estava dizendo que queria ir junto.

— Venha, então — disse, com o coração se expandindo subitamente com um surto de alegria inesperada, e o lobo saltou adiante. Andou ao seu lado, com o ombro peludo roçando na túnica e na calça de Ned, os dedos enluvados do garoto passando nas costas da criatura.

Seguiram o rio, que cresceu muito além das águas borbulhantes que ele havia atravessado no dia anterior, imerso até a cintura. Agora era mais silencioso, ainda rápido, porém mais largo e muito mais fundo. Ilhas rochosas se projetavam da água, às vezes com árvores retorcidas se agarrando corajosamente às margens, e mais frequentemente como monólitos, altos e silenciosos na pressão insistente da correnteza. Ele mantinha o olhar nessas pedras.

As Pedras estão vigiando você, tinha dito seu irmão. O simples pensamento o fez estremecer.

Enquanto prosseguiam, mais e mais pedras se erguiam da água escura e espumante. Estavam imóveis. Não tinham vida. E no entanto... À medida que os pedregulhos aumentavam em frequência e número, as palavras na pele de Ned aumentavam em número e velocidade. Era como se a magia estivesse se multiplicando. Ned esfregou os braços com as mãos enluvadas, tentando diminuir a velocidade das palavras, mas nada ajudava. Em vez disso, frases grandes, longas, enrolavam-se nos pulsos e corriam pelos braços — espalhando-se, rearrumando-se, dobrando-se para trás e se desenrolando em padrões sempre mutáveis na pele. Coçavam e pinicavam.

O que você está fazendo?, pensou Ned para a magia. Mas a magia cantarolou uma música sem palavras e sem melodia, e não disse nada.

Ao meio-dia Ned ouviu a cachoeira. Abruptamente as árvores pararam e a terra sumiu, e Ned se pegou na beira de um penhasco alto e íngreme. Com cuidado, com muito cuidado, olhou para baixo. O fundo ficava *muito longe*, como se a terra simplesmente tivesse se esquecido de se segurar e tivesse caído, caído, caído. Viu que a cachoeira se esvaziava num poço oval lá embaixo, tão fundo que a água parecia preta. Depois disso, o rio se curvava para dentro da floresta, aumentando de tamanho e de força enquanto corria para os limites da floresta e para seu país, mais além.

Não dava para ver sua aldeia, mas ele sabia que estava lá. Sabia que ela o esperava. Sentia tanta saudade de casa que a garganta se apertou e os músculos se retesaram, como se fossem se despedaçar a qualquer momento.

Sentia saudade deles, percebeu com um susto. De todos. Dos pais, dos trabalhadores da serraria, de Madame Thuane, do escrevente lamuriento, dos aldeões que nunca diziam obrigado, das crianças que o chamavam de burro e até do professor que se recusou a ensiná-lo. Sentia saudade, preocupava-se com eles e não queria que sofressem.

Existem lugares melhores, você sabe, sussurrou a magia.

Lugares mais bonitos.

Você poderia ser poderoso.

Belo.

Rico.

Ned começou a assobiar — em tom agudo e animado — para abafar as vozes. A magia estava ficando ousada. *Isso é um problema*, pensou Ned.

O lobo, que também estava olhando por cima do penhasco, ganiu. Ned deu um tapinha nas costas dele, mas sentiu os pelos eriçados e os ombros tensos do animal. A criatura mostrou os dentes. Ned acompanhou o olhar do lobo.

Se não estivesse procurando, certamente não veria: uma casa minúscula, longe do poço fundo, embaixo de uma área com árvores mais esparsas. As paredes eram de pedra e cobertas de trepadeiras, e o teto estava pesado com um musgo denso. E ao lado — também ligeiramente escondida —, uma pequena horta. Meio pisoteada e espalhada, mas mesmo assim era uma horta. Dada a má condição, era difícil dizer se a casa estava ocupada. Talvez as pessoas tivessem saído às pressas. Ou sido expulsas por bandidos. Ele podia ver pés de feijão, arbustos de frutinhas e fileiras de verduras. Também havia plantas escuras, verdes, baixinhas no chão e prometendo tubérculos, e um grande trecho com pés de melão perto dos fundos. O estômago de Ned roncou.

— Olhe — disse ao lobo. O que parecia um trecho de terra revolvida na pedra era na verdade o início de uma trilha escavada na lateral do penhasco.

O lobo ganiu, mas Ned o ignorou e começou a descer a comprida trilha. Afinal de contas, se a casa estivesse ocupada, talvez o dono sentisse pena dele, um garoto magricelo e pequeno, longe de casa, e oferecesse comida, segurança e um plano para sua volta ao lar. E, se estivesse vazia, talvez Ned pudesse descobrir alguns suprimentos, não roubar *exatamente*, mas *usar*, com a intenção de devolver algum dia.

— N... não tenha m... medo! — gritou para o lobo. O animal uivou uma reprovação, mas começou a acompanhá-lo pela trilha íngreme.

A cachoeira trovejava no vale, e ainda que o céu acima estivesse começando a clarear com o sol nascente, grandes nuvens de névoa pesada pairavam nas árvores abaixo. Ned mantinha o olhar na casa minúscula, memorizando a localização, para o caso de a névoa ficar densa demais para se enxergar. A chaminé e o telhado já estavam começando a ficar turvos. Seria fumaça ou nuvem que se enrolava sobre o telhado de musgo? Ou algo totalmente diferente? Ned não sabia. De qualquer modo a opção de passar alguns instantes na segurança das paredes bastava para que ele quase chorasse de ansiedade. Mantinha os pés firmes na trilha rochosa e continuava andando.

Embaixo, o lobo saltou à frente do garoto e rosnou para as árvores.

— Não se preocupe — pediu Ned, tentando tranquilizá-lo. — Estamos embaixo. Estamos em s... s... see...

Ele ia dizer "segurança", mas foi interrompido por uma flecha cortando o ar à sua frente e fincando-se no chão, perto de seu pé.

— PARA TRÁS! — gritou, pondo o corpo entre o lobo e a direção das flechas. O lobo agarrou a túnica de Ned nas mandíbulas, puxando-o para trás. Ned perdeu o equilíbrio e caiu justo quando outra flecha acertou o chão. Em seguida uma terceira flecha raspou em sua coxa, cortando a calça e um pouquinho da pele.

A magia gritou.

Ned gritou.

O lobo rosnou.

Ned tirou as luvas e apertou as palmas das mãos no ferimento, fazendo o sangue parar.

Uma garota — cabelo preto, olhos pretos, pele cor de madeira envernizada — saiu correndo do mato baixo. Segurava um arco na frente do corpo e, correndo, levou a mão atrás e pegou outra flecha.

Ela está tentando me matar?, pensou Ned.

Pelo jeito, sim, respondeu a magia. *Por favor, fuja agora.*

— Você é idiota? — gritou a garota para Ned. — Estou tentando salvá-lo do lobo comedor de gente! — Ela firmou a flecha na corda e retesou o arco, mirando no lobo. Uma camada de suor cobria sua testa. Ela hesitou.

— Por que ele não está fugindo? — Ela falava de modo estranho. Sua língua era a mesma de Ned, mas o ritmo e a textura eram diferentes. Como um casaco que parece um casaco, mas na verdade é feito de espinhos de ouriço. Ele tinha ouvido esse modo de falar antes: era o sotaque da horda de bandidos. Olhou em volta. Não havia bandidos à vista. Talvez a floresta faça as pessoas falarem de modo estranho, pensou.

Ajoelhou-se e pôs o corpo de novo entre a garota e o lobo. As palavras em sua pele reluziam quentes e brilhantes no rosto e nas mãos. Ned grunhiu de dor e comprimiu as mãos no chão.

A garota ficou pálida. Relaxou a pressão na corda do arco e baixou a flecha ligeiramente.

— O que é você? — sussurrou ela, com os olhos arregalados e temerosos.

— N... ninguém — gaguejou Ned. — Um n... ninguém. Não vou machucar você, p... prometo.

Mas, ao dizer isso, a magia desceu pelos braços e irrompeu das mãos. Ele gritou e afastou as mãos. Uma pilha de cinzas e carvões estava no lugar que sua mão direita havia tocado. Onde a mão esquerda havia tocado estava uma poça d'água.

— O que, em nome de... — começou a garota. — Como você fez isso? O que há de *errado* com você?

Vamos transformá-la em pedra?, perguntou a magia.

Ou talvez num bosque de espinheiros.

Eu diria borboletas — adoro borboletas —, mas acho que não daria certo. Essa aí é eriçada demais.

— S... silêncio!

— Não vou ficar em silêncio. Diga por que está aqui, ou a próxima flecha vai direto para seu coração. — Ela mirou de novo, puxou a corda até perto do ouvido, apontando diretamente para Ned. Ele não tinha dúvida de que ela era certeira.

— O l... lobo é m... meu amigo. Eu p... prometo não m... machucar v... você. Por favor, b... baixe a fl... flecha. — Em nome da honestidade ele não disse especificamente que o *lobo* não iria machucá-la. Não podia dizer isso com certeza. Manteve os olhos firmes e esperou o melhor.

— Os lobos e as pessoas *não* são amigos. Os lobos são *inimigos*. — O olho dela estremeceu.

Como em resposta, o lobo pôs a cabeça na coxa de Ned que não estava ferida e ganiu. A garota inspirou o ar com força.

— Ele m... me s... salvou — disse Ned. — N... nós s... salvamos um ao outro.

Engolindo em seco, a garota baixou o arco, repuxando a boca de lado, em concentração. Estreitou os olhos.

— O que é isso em sua pele? — perguntou. — E por que está se mexendo?

Ned não respondeu.

— É brilhante — disse ela, e Ned conseguia ver o brilho da magia nos olhos da garota. Ela franziu as pálpebras. — Isso são palavras? Que língua é essa?

— N... não s... sei — respondeu Ned. Não gostava da expressão faminta e curiosa da garota. Arrastou-se um pouco para trás.

Ela estendeu a mão.

— Posso tirar uma?

Ned se encolheu.

— N... não. É p... perigoso. — Ele levantou as mãos. Estavam inchadas, sangrentas e queimadas. — N... nem sempre c... consigo c... controlar. N... ninguém p... pode encostar em mim. — Ele sentiu a preocupação se endurecer no fundo da garganta. E se ele ficasse assim? E se permanecesse mortífero para sempre? A solidão de seu estado lhe parecia palpável como uma febre. Ned engoliu em seco e olhou a garota com intensidade. — Um homem m... morreu. Eu n... não q... queria. — Lágrimas brotaram. — M... minha p... pele. — Não disse mais nada. O que poderia dizer? A magia havia se concentrado em letras minúsculas que corriam em frases inumeráveis por seu corpo, brilhando tanto que a garota precisou franzir os olhos.

O rosto de Ned havia se comprimido numa máscara de dor.

Ela se agachou só um pouquinho, pousando o arco e a flecha nos joelhos, e franziu a testa, como se lutasse com o que iria falar em seguida. Estreitou os olhos espiando as palavras.

— Isso é... — hesitou ela. — Isso é... magia?

Ned ficou quieto.

De repente o rosto dela estava chamejando e tempestuoso.

— Não existe essa coisa de magia. — Havia tanta ferocidade em sua voz que Ned teve medo de que ela lhe desse um soco.

— Ah — disse Ned, tornando a voz o mais suave que pôde. — C... certo.

A garota suspirou e enfiou o arco na aljava pendurada às costas. Cruzou os braços e lançou um olhar duro para Ned.

— Está com fome? — perguntou.

Em resposta o estômago dele roncou.

— E... estou.

Ela girou nos calcanhares e voltou pelo mato baixo coberto de névoa, deixando Ned sozinho. Ele hesitou. O lobo se encostava em sua perna, com um rosnado ainda ribombando através dos ossos.

— Você não vem? — gritou a garota de dentro do mato. Ned achou que iria. Com muito cuidado levantou-se e verificou o ferimento na perna. Não estava tão ruim quanto havia pensado; mais ou menos do tamanho do dedo indicador, mas não era fundo. E vinha se curando depressa. Aparentemente a magia tinha escrito uma única palavra sobre o ferimento, que agora mesmo o mantinha fechado.

Que palavra é essa?, pensou Ned.

Ah, agora você está interessado, sibilou a magia. Um som parecido com o de uma vespa.

Nós sabemos costurar.

Ah, as coisas que nós já costuramos, meu garoto. Se você ao menos soubesse!

Bem, pare com isso, pensou Ned intensamente para a magia. *Pare com isso agora mesmo. Não preciso da sua ajuda. Estou bem, sozinho.* A magia fez um som irritado, e a palavra se desfez. Imediatamente o ferimento começou a sangrar.

Ned ignorou isso e foi mancando para o mato emaranhado, na direção em que supunha que a garota havia ido. O lobo ganiu um pouco, mas logo o seguiu.

Finalmente Ned saiu da floresta para uma clareira. Ali estava a casinha que tinha visto de cima do penhasco. A garota abriu a porta e se virou para Ned.

— Você não pode entrar — disse ela num tom inexpressivo. — Vou pegar as coisas de que precisa para cuidar do ferimento e encher sua barriga. Mas não pode passar pela porta. Está claro?

Ned parou.

Entre, disse a magia.

Queremos entrar.

Ela estava reagindo a... *alguma coisa*. Ned não sabia o que era. Mas zumbia, estalava e chiava. E mais, a agitação da magia penetrava no corpo de Ned também. Ele se sentia... energizado. Como se a dor e o esforço de segurar a magia tivesse subitamente ido embora. Ele se sentia mais leve, mais ágil. Imaginou se sua mãe já havia sentido a mesma coisa.

Quem se importa com o que ela diz? Vamos entrar.

Esse lugar é interessante.

Mas a magia não dizia *de que modo* o lugar era interessante.

— N... não p... podemos entrar — disse Ned.

A garota lhe lançou um olhar confuso.

— Foi exatamente isso que eu disse.

— Ah. Certo — respondeu ele, encolhendo os ombros, envergonhado. Em seguida se sentou na beira da varanda e o lobo se acomodou ao lado. Ned estava mais embrenhado na floresta do que qualquer pessoa que ele conhecia; e mais embrenhado que qualquer pessoa sequer acharia *possível*. Esperava que os bandidos tivessem parado de procurá-lo, esperava que eles tivessem suposto que ele havia morrido na queda, mas não tinha certeza. E sabia que a guerra, quer eles tivessem sua magia ou não, estava pairando feito uma tempestade, preparando-se para se mover pela Floresta em direção ao seu país.

E mesmo não gostando de pensar nisso, ele sabia que talvez já fosse tarde demais.

25

O REI DO OUTRO LADO DA MONTANHA

O REI OTT, GOVERNANTE BENEVOLENTE DO REINO DE Duunin (claro que ele era benevolente! Isso estava escrito nos estandartes, nas placas dos estabelecimentos e até no dinheiro! Ele até exigia que seus generais tatuassem isso no antebraço com uma silhueta de seu rosto risonho acima), estava meio irritado. Ele limpou a boca com as costas da mão e fez uma carranca.

— Sumiu? — disse ao ruivo ajoelhado diante dele. Sua voz, infelizmente, tomou a direção de um gemido petulante. Ott ficou furioso. Sabia que os reis jamais são petulantes. Pigarreou e tentou um rosnado.

— Eu não disse que *sumiu*. Disse que está *perdida*. — O bandido examinou as próprias unhas. Passou os dedos pela barba. E os deixou descansar sobre um pingente horrível pendurado no pescoço por uma tira de couro.

Um olho! Quem usa joias em forma de olho? Ott estava perplexo. E apesar de o homem não sorrir — ele não *ousava* —, seu rosto ainda tinha a sugestão de um riso ardiloso. Era como se o riso estivesse esperando *do lado de dentro.*

O rei Ott não admitia ardileza, a não ser que fosse sua, e somente sua. Não admitia a maioria das coisas que não fossem suas e somente suas. E por que admitiria? Ele possuía o controle absoluto de um império tão vasto, tão poderoso, que a mente ficava transtornada só de pensar.

E no entanto...

Aquele país minúsculo do outro lado da grande floresta maligna. *O que estava fazendo lá?*, ele se perguntava todas as manhãs, antes do desjejum, e três vezes a cada tarde, e repetidamente a cada noite. Conhecia a história, claro. Sabia que tinha direitos justificados sobre aquela terra. Mas a história era antiga demais. Por que o erro não tinha sido consertado? Era tão minúsculo aquele país ilegal! Tão insignificante! No entanto estava lá, com independência desaforada. Isso o deixava louco.

Na verdade, "louco" era uma palavra sussurrada com frequência nos escritórios dos membros do Gabinete, dos parlamentares e das Pessoas Importantes. "Louco" era uma palavra que cavalgava as línguas dos que caminhavam pelos corredores do castelo. A terra pertencente ao império era tão impossivelmente vasta que os conselheiros do rei ficavam pasmos com a obsessão do monarca por aquele pequeno pedaço de terra separado do resto do mundo pelas montanhas e pela floresta. Uma floresta povoada somente por árvores amaldiçoadas e um bando de bandidos maltrapilhos. E o número deles era pequeno.

— Um nada! — exclamavam os conselheiros. — Um lugar atrasado!

Entretanto, era um lugar atrasado que não pagava impostos. Um lugar atrasado que não lhe jurava aliança. Um lugar atrasado que jamais teve qualquer motivo para se curvar diante do poder de seus exércitos.

Era um país independente, totalmente separado, e o rei Ott não suportava isso.

Quando o líder dos bandidos da floresta informou a ele sobre a existência da magia — magia real, como a das lendárias Pedras Falantes que eram mais velhas que o próprio mundo —, o rei Ott soube que não descansaria até que a magia e o país estivessem sob seu domínio.

Portanto, era um rei furioso esse que fazia carranca diante de um gigante envergonhado explicando como a magia tinha escapado por entre seus dedos. (Só que ele *não estava* envergonhado, estava? Deveria estar, mas, ah! Aquele riso escondido por trás do rosto! Que audácia!)

O rei estava empoleirado sobre uma plataforma improvisada, num lugar que se chamava Campina do Céu, onde uma abertura nas montanhas se achatava formando um enorme campo verde, cheio de flores, limitado por altas paredes rochosas. Havia um garoto ao lado dele, para abanar um leque junto a seu rosto, uma menina do outro, oferecendo goles de vinho fresco, e um par de gêmeos aos seus pés, para lhe coçar entre os dedos sempre que estes precisassem ser coçados. Tinha serviçais segurando pratos de doces e frutas descascadas, favos de mel, bolinhos em forma de pássaros e delicados globos de glacê. O rei era jovem, ainda não tinha 20 anos, mas ocupava o cargo desde os 10. O rei Ott esperava ser rei para sempre.

Mas, então, nem mesmo os bolinhos, nem o glacê, as coçadas nos pés ou as frutas descascadas o animavam. O bandido tinha fracassado com ele. O rei Ott sentiu a fúria borbulhar entre os dedos que coçavam, borbulhar no estômago cheio demais e disparar da boca feito chamas.

— CARRASCO! — gritou. — Corte a cabeça desse homem imediatamente!

Em geral, essas palavras tinham um maravilhoso efeito calmante no jovem rei. Nas noites em que se pegava incomodado por sonhos pavorosos, levantava-se, dizia isso a ninguém em particular e voltava a dormir, contente como um bebê bem alimentado.

Mas agora...

O rei Ott levantou uma das mãos.

— Espere um momento, lorde Carrasco. — Ele olhou para o bandido ruivo, que o encarou de volta. — Acabei de ordenar que sua cabeça fosse cortada — disse, numa voz cheia de exasperação. — *Por que, diabos, você está sorrindo?*

E era verdade. O riso escondido, insolente, se desenrolou aos poucos no rosto do gigante.

— Ah, o senhor não tem intenção de remover minha cabeça — argumentou o bandido.

— O quê? Que INSOLÊNCIA! Tenho toda a intenção de remover sua cabeça! Além do mais pretendo desfrutar disso. Tremendamente. Sua morte vai me permitir prazeres e diversões por anos seguidos, portanto não vamos demorar. Lorde Carrasco? Seu machado... POR QUE DIABOS VOCÊ ESTÁ SORRINDO?

— Se o senhor quisesse que eu fosse morto — continuou o bandido, olhando o céu —, já teria feito isso.

As pessoas reunidas ficaram boquiabertas. Dois soldados obrigaram o bandido ruivo a se ajoelhar. O grandalhão não pareceu incomodado.

O rei Ott quase berrou de fúria.

— Já estou chegando lá!

— Ah, tenho certeza de que sim — disse o bandido. — É uma pena que, sem mim, o senhor perca toda a esperança de conquistar os caipiras que procriaram do outro lado da floresta.

O rei levantou uma das mãos para o carrasco, e este, bem treinado, parou imediatamente.

— Já perdemos essa chance, e não graças a você — disse o rei Ott.

— Não perderam, não. O senhor não deixou que eu terminasse. E eu tinha mais coisas a dizer.

— Você disse que a magia se perdeu. Foi o que você disse. O que significa que esse empreendimento é inútil.

O bandido se sentou no chão, esticando as pernas à frente. Apoiou-se nos cotovelos e manteve o olhar fixo no céu. Parecia que estava descansando depois de um piquenique particularmente satisfatório.

Que desplante! O rei Ott sentiu as bochechas começando a arder. O bandido não se incomodou.

— O senhor já treinou falcões?

O jovem rei ficou de pé.

— Claro, *patife*. Sou hábil em todas as artes régias *há muito tempo*.

— Claro que é — admitiu o bandido. — Então deve saber o significado de eu ter agora mesmo dois falcões seguindo o ladrão de sua magia. Ele está acompanhando o rio. *O idiota* está voltando ao *exato lugar* onde o senhor gostaria de usá-la.

— Por que não o prendeu?

— Ele está numa região inacessível da ravina.

O rei Ott se recostou na cadeira com as bochechas vermelhas. Estalou os dedos algumas vezes, e a garota com a taça de vinho molhou seus lábios.

— Mais depressa da próxima vez — exigiu severamente. — Eu só deveria ter de estalar os dedos uma vez. — A garota assentiu aterrorizada e recuou um passo. O rei Ott encostou o queixo nas pontas dos dedos.

— Mas quanto à floresta... — continuou ele. — Como meu exército vai achar o caminho sem magia? As estradas se movem, as árvores também. Aquela floresta é amaldiçoada. É amaldiçoada há mil gerações.

O bandido sorriu.

— A floresta é minha amiga. Sempre foi meu lar, e seus muitos caminhos jamais complicaram minha passagem. Os caminhos conhecem meus passos, e as estradas ficam retas à minha frente. Nunca deixei meus companheiros se perderem e não farei isso com Vossa Majestade. Juro.

— E a magia?

— É uma mera pausa no caminho. — Ele se levantou. O jovem rei tremeu. O bandido tinha uma presença forte, sem dúvida. Ele abriu os olhos como se pudesse segurar o mundo inteiro nas mãos enormes. — O garoto vai se perder. Vai andar sem rumo. Uma criança chamando a mãe é um tesouro bem fácil de achar. Mas é melhor pegá-lo antes que ele retorne ao seu povo e abra a boca. Não vai ser divertido se os caipiras do ocidente souberem que estamos a caminho. Por que estragar a surpresa? Não, meu rei. É uma pequena mudança de planos, mas muito pequena. Vamos preparar o exército e partir hoje. Pegamos o garoto, tomamos o que me pertence... quero dizer, o que pertence ao *senhor*, majestade, e nossos amigos do outro lado da Floresta terão um novo governante, um chefe que sempre, e para sempre, jure aliança ao senhor, ó glorioso e *querido rei Ott*.

O jovem rei suspirou e levou as pontas dos dedos às têmporas, esfregando-as suavemente.

— Esse negócio é desagradável para mim. O fato de eu me ligar a um homem do seu nível. Que tem companheiros como os seus. Não é... — ele fechou os olhos — não é o *modo* certo.

— É o modo certo, senhor, já que não existe outro. — A voz do bandido se ampliou agradavelmente, como uma canção profunda e acalentadora. — É o modo certo se o senhor *o escolher*. Como rei do império mais poderoso que o mundo já conheceu, *o senhor é o modo*.

O rei assentiu devagar.

— É verdade — sussurrou. Em seguida, piscou com força e piscou de novo. Sentia uma tontura agradável. Sentia-se quente. Sentia-se *maravilhoso*.

— Aquela criança insignificante roubou um poder que foi roubado há muito tempo, um poder que, por direito, pertence ao senhor. — O bandido era grande, reconfortante, luminoso. Era iluminado por dentro. O rei se agarrava às palavras dele. — E aquela nação atrasada não tem direito de manter a autonomia diante de um inimigo tão poderoso. É um ultraje! Um escândalo! Os dois erros podem ser corrigidos com uma marcha de quatro dias e uma batalha de um dia. E então o mundo estará... — o bandido sorriu — *correto*.

— Sei — disse o jovem rei falando devagar, como se tivesse um sonho agradável. — O mundo está desequilibrado.

— É — concordou o bandido.

— E meu dever é consertar as coisas.

— É, meu rei.

E com isso os batalhões do rei Ott se reuniram e começaram a juntar as provisões. Em duas horas estavam prontos para iniciar a marcha de quatro dias pelas montanhas, descendo ao vale e entrando na boca da floresta.

O bandido observava a mobilização das tropas com um interesse distanciado. O terreno seria problema. E as copas das árvores turvariam o caminho. Mesmo assim, a floresta iria levá-lo ao garoto, com tanta certeza quanto o verde vem depois da chuva.

Era do garoto que ele precisava. Do garoto e de sua linda magia. A magia que ele daria ao rei Ott. Ou talvez não. Afinal de contas a magia era uma coisa cheia de truques.

Corra, Neddy, pensou. *Corra enquanto pode. Vamos estar com você daqui a pouco.*

26

A ESCOLHA

O GAROTO NÃO QUIS CONTAR A ÁINE COMO chegara no meio da floresta, nem como havia ficado coberto com aquela estranha magia móvel, nem por que era tão importante voltar para casa.

Ele não é um feiticeiro. Nem é poderoso. Não pode ser a mesma coisa. Não pode ser a mesma coisa. Ela repetia essas frases o tempo todo. Enquanto isso, seu sentimento de pavor havia se concentrado num calombo duro e pesado, que se acomodou no fundo das entranhas.

O garoto queria voltar ao lar, mas Áine não podia imaginar que alguém ficaria feliz ao vê-lo. Ele era claramente um imbecil; não tinha senso de direção, nenhum instinto para a vida na floresta, e tinha uma obsessão por um animal que poderia — e certamente *iria* — comê-lo. Era bom o fato de que ela o tiraria da floresta. Ele *não tinha nada que estar ali.*

E o pai dela... Ela não deixaria que ele visse o garoto.

(*O modo como os olhos dele brilhavam!*)

E certamente não o deixaria ver aquela magia estranha percorrendo a pele do garoto.

(*O modo como ele segurava o pingente com as mãos! Como cantarolava para aquilo!*)

As coisas já eram ruins como estavam.

Áine fechou a porta da cabana e se encostou nela, tentando recuperar o fôlego. E como fazia frequentemente, quando o mundo ficava apavorante, começou a trabalhar. O garoto precisava comer. Também precisava que as calças fossem remendadas e o ferimento tratado. E depois precisava voltar para a floresta e não aparecer nunca mais.

Ela já estava com uma pequena panela de cozido quente no fogão, mas só havia o suficiente para si mesma. Derramou água da chaleira e cortou raízes que apanhou no porão, e cogumelos secos dos caibros, jogou um pouco de sal e pôs tudo para ferver sobre os carvões. Esquentou a cidra, cortou o queijo e tostou o pão, e o tempo todo o garoto ficou sentado na varanda do lado de fora com aquela... *criatura*. E eles esperaram.

O garoto errado vai salvar sua vida, tinha dito sua mãe. *E você vai salvar a dele. E o lobo...*

Mas então ela morreu, não foi? E, de qualquer modo, sua mãe não disse nada sobre um garoto gago ou sobre um garoto que amava lobos, ou sobre o garoto *burro* e sem senso de direção, de modo que certamente não havia motivo para achar que a situação atual tivesse a ver com as estranhas palavras de uma mulher agonizante.

Áine pôs o cozido numa tigela de madeira e a levou ao garoto. Ainda não sabia o nome dele. Disse a si mesma que *não queria* saber.

Mas *queria*. Áine comprimiu os lábios e tentou ser prática.

O lobo a encarou e rosnou.

Você, parecia dizer o rosnado. *É você.*

Áine fixou o olhar no lobo e levantou os ombros. Não conseguia rosnar feito um lobo, mas podia *pensar* um rosnado.

Sou eu, disse seu rosnado de imaginação.

Eu matei sua mãe?, pensou ela.

Provavelmente.

Eu faria isso de novo?

Provavelmente.

Áine colocou depressa a tigela diante do garoto e recuou, como se ele também fosse uma coisa selvagem que poderia morder. Olhou para as marcas na pele dele e estremeceu.

— Posso lhe dar alguns cobertores para passar essa noite. Você não pode entrar na casa, e eu não posso deixar que entre no celeiro também.

Mas, se você se deitar junto ao lado sul da casa, vai ficar bem quente. As pedras guardam o calor do sol durante a maior parte da noite, e você vai estar bastante protegido do vento. Mas vai ter de ir embora assim que o dia clarear. Você é do país das terras baixas, certo?

— Do q... quê? — perguntou Ned. Nunca ouvira ninguém descrever seu país assim. Sempre acreditou que só existia seu país. E para além do país ficava a floresta, depois as montanhas e depois o céu. Pergunte a quem quiser.

— Não estou espionando você nem nada — disse Áine. — Já falei com pessoas das terras baixas. — Na verdade ela só tinha *ouvido*, e não *falado* com pessoas das terras baixas: um ou outro bandido das terras baixas que era ligado ao seu pai. Eles nunca duravam muito. — Vocês falam como se estivessem chacoalhando xarope na boca. Se bem que, para dizer a verdade, sem gaguejar. Sem querer ofender.

Ned a encarou. Áine notou a confusão dele:

— Em primeiro lugar, preciso saber o seguinte: você vai para o oeste, para as terras baixas, ou para o leste, para o reino de Duunin? Você está fugindo *para* ou *de*?

Ele nunca tinha ouvido aquele nome.

— O quê? — perguntou. — O que é Duunin?

— O reino do outro lado da montanha — respondeu Áine, pasma com a pergunta. — Somos súditos do rei Ott, mas estamos fora das terras dele, ou pelo menos das terras que ele controla. Ninguém controla a Floresta. Todo ano pagamos tributos e taxas, o que nos mantém em boa situação. (*Relativamente*, pensou, enquanto um tremor sombrio passava sobre seu rosto. Todo aquele ouro enterrado no celeiro! Sem dúvida seu pai não era totalmente honesto com as contas prestadas ao rei.)

— Do outro lado da m... montanha? — perguntou o garoto, incrédulo. — Não existe r... reino! Não existe n... ada do outro lado da m... montanha. O m... mundo acaba. Todo mundo sabe.

Áine inclinou a cabeça para trás e soltou uma gargalhada.

— Ouvi dizer que as pessoas de seu país atrasado acreditavam nesse tipo de coisa, mas nunca achei que fosse *verdade*.

— Eu...

— Ah, qual é. Só porque nenhum dos seus parentes ridículos passou pela montanha não quer dizer que o mundo simplesmente *para*. Você não viu os pássaros voando por cima da montanha? Não viu as nuvens indo de um lado ao outro? Pense bem!

— N... nós se... sempre ach... ach...

— Acho que vocês também acreditam que há monstros de pedra na floresta, capazes de esmagar um homem e fazê-lo em pedacinhos, não é?

— Eu... — O garoto a encarou de olhos arregalados e sério. Lambeu os lábios. — Eu a... achava que havia m... monstros. Agora sei que a floresta é cheia de b... b... — sua voz ficou tensa e diminuiu tanto de velocidade que pareceu engasgá-lo. — B... bandidos — terminou finalmente.

O lobo rosnou. O garoto deu um tapinha na cabeça do animal com a mão enluvada. Áine notou que ele não o tocava com a própria pele.

— Os bandidos são piores que monstros — sussurrou o garoto. — M... muito piores.

Áine se encolheu como se ele tivesse lhe dado um tapa. Não havia mais como negar. Não fazia ideia de como a magia da feiticeira havia se enrolado no garoto, mas não tinha dúvida do que estava em risco.

O pai.

Sua sanidade.

Seu próprio *eu*.

Ela se sentou numa pedra, abraçando os joelhos. Encarou o garoto.

— Bem, é verdade que existem bandidos na floresta. Mas não são muitos. As pessoas do meu reino têm medo da floresta. Dizem que ela é amaldiçoada. Os caminhos mudam de lugar.

— Eu sei.

— E as árvores não gostam de visitantes.

— Eu sei — repetiu o garoto.

— O que você viu? — Áine estreitou o olhar.

— N... nada — respondeu o garoto, e voltou à tarefa de enfiar comida na boca.

O silêncio entre eles foi longo e desconfortável.

— Esse reino — perguntou o garoto enfim. — O r... reino d... depois do fim do mundo. V... você já o viu?

— Claro — respondeu Áine. — Eu nasci lá. Morei lá. E depois viemos para cá. Para um reino de árvores.

— Por quê?

— Não é da sua conta.

— Você é b... bandida?

— Hoje não — disse Áine com uma voz inexpressiva. — Qual é seu nome? — Não perguntou o que queria perguntar. *O que é isso em sua pele? Como chegou aí? E por que meu pai quer tanto isso?* Porque seu pai é que havia agarrado aquele garoto e feito com que ele se perdesse na floresta. Ela sabia disso no fundo dos ossos. E era a magia na pele do garoto... *essa* magia... que tinha posto seu pai e os bandidos em ação. Bem, ele não a teria, por Deus. Não se Áine pudesse interferir.

— Ned — respondeu o garoto. Enquanto ele falava, as palavras em sua pele relampejaram e tremularam. O garoto se encolheu e gemeu.

Ele não consegue controlá-la, pensou Áine. *Interessante. E ela não quer que eu saiba o nome dele. Isso também é interessante.*

— Bem, Ned — de novo as palavras relampejaram —, coma e descanse. Vou arrumar um saco de comida e um mapa, e você vai embora de manhã. Meu pai está fora, a negócios, e você não vai querer estar aqui quando ele voltar. Papai não gosta de estranhos.

O garoto a olhou de forma estranha, mas ela deixou o rosto inexpressivo e implacável, sem nada revelar. As palavras na pele dele relampejaram pela terceira vez. Áine as olhou intensamente. E soube — com tanta certeza quanto sabia que o musgo nas árvores sempre apontava para o norte, que as folhas caídas dos arbustos de Rangar sempre escondiam víboras, e que as frutinhas venenosas tinham as cores mais intensas — que aquilo percorrendo a pele do garoto era traiçoeiro. E que tinha tudo a ver com o pingente em forma de olho pendurado no pescoço de seu pai. A coisa que o deixava *selvagem*. A coisa que o tornava *perigoso*.

E soube que a magia na pele do garoto tornaria seu pai *mais* perigoso ainda.

E soube que precisava mandá-lo embora. Para longe dali. Para longe de seu pai.

Mas também sabia que, se tivesse de escolher entre o garoto e o pai, escolheria o pai.

E mataria Ned se fosse preciso.

27

O BANDIDO DESGARRADO

E LE DEVERIA ESTAR MORTO. NA VERDADE, ACORDOU SE sentindo tão bem, tão *inteiro*, que teve certeza de que *estava* morto.

As articulações, pontos de fogo e dor nos últimos 15 anos, estavam ágeis e perfeitas como as de um bebê. As costas, uma ruidosa e enferrujada coleção de alavancas soltas, ferramentas quebradas e pedaços de madeira lascada, pareciam borracha; totalmente em forma.

O bandido ficou de pé num salto. Poderia ter dado cambalhotas se sentisse vontade.

Olhou ao redor. Não havia sinal do garoto. Ele pedira ao garoto que tirasse sua vida. Em vez disso, ganhou uma vida *nova*. Nova em folha. Não estava somente vivo, mas *curado*. E não somente curado, e sim *melhorado*. Era *impossível*. Ia *contra as regras*.

O bandido resmungou e cuspiu.

— Não lhe devo nada, garoto. *Nada*.

A floresta estava silenciosa. As árvores farfalhavam. Elas não gostavam de sua presença. O bandido levou os dedos à nuca e olhou em volta. Sua faca maior havia sumido. Assim como a sacola. Mas o arco e a aljava continuavam com ele.

"Pense em três coisas para agradecer, Eimon", costumava dizer sua velha mãe, antes de ser morta por bandidos, antes de ele próprio virar bandido e deixar seu nome para trás. "Três coisas, e então todo o resto não parecerá tão ruim."

— Não tenho nada que agradecer — disse o bandido Eimon em voz alta. — Está vendo? O maldito pegou minha comida. Que tipo de pessoa faz isso? Não uma pessoa boa.

Uma pessoa que o curou sem motivo.

Uma pessoa que não o matou, mesmo tendo todos os motivos para isso.

Uma pessoa que lhe deixou a faca menor, o arco. Que o deixou curado, armado e perigoso. Ou o garoto era idiota ou...

— Ou nada — disse Eimon em voz alta. Como se estivesse tentando se convencer. — Só um idiota burro faria uma coisa assim. Não devo nada a ele.

Pendurou a aljava no ombro e, tirando a faca da bainha, cortou alguns pedaços grandes de pão-de-lenhador, um fungo que crescia em árvores, comum naquela parte da floresta. Seria melhor se o cozinhasse, ou, melhor ainda, se o enrolasse num pedaço de carne de lobo, mas, como estava, aplacaria a fome do bandido e o deixaria pensar por um minuto.

Seu líder iria querer que ele encontrasse o garoto.

Seu líder iria querer que ele levasse o garoto ao ponto de encontro na borda das montanhas.

Disso ele tinha certeza.

Seus companheiros achavam que ele estava morto, isso era certo, mas ele provaria seu valor.

O velho Eimon encontraria o garoto.

— Vou mostrar a eles *quem deve a quem* — prometeu o bandido. — Vou mostrar a todos.

28

O QUE ÁINE VIU

ÁINE USOU A PÁ PARA TIRAR OS CARVÕES do fogão e os carregou num balde até o quintal, jogando água em cima. Varreu as migalhas e lacrou o barril de farinha, o de gordura de urso, o de cevada, e pendurou as carnes e queijos nos caibros.

A casa se manteria no lugar.

Mas Áine partiria. Para a floresta. Com um garoto estranho e um lobo comedor de gente. Era o único modo, decidiu.

Pôs o velho casaco do pai, forrado de pele, e tremeu ao fechar a porta depois de sair. O casaco se estufou rigidamente em volta dela, deixando entrar grandes sopros de vento a cada passo.

Foi na direção do pequeno celeiro atrás da casa, com boa parte do tesouro secreto ainda escondido no sótão embaixo do capim seco e do feno selvagem que ela e o pai tinham colhido nas campinas. Áine conseguira levar uma parte dele para a floresta, mas havia muito mais a fazer.

O que ele faria com todo aquele ouro?

Ah, meu pai, pensou Áine. *O que mamãe diria?*

Ela já havia mandado as cabras embora. Elas ficariam bem. Eram todas de raça montanhesa e eram enviadas regularmente para as colinas, a fim de encontrar companheiros para acasalar. Voltavam quando chegava a hora do nascimento dos filhotes. Eram cabras inteligentes, suas boas meninas, e Áine já sentia falta delas.

Com as galinhas era outra coisa. Áine varreu o abrigo perto do galinheiro e espalhou camadas de semente e capim, esperando que elas fossem espertas a ponto de só bicar o que fosse necessário e guardar o resto para mais tarde. Os ovos seriam um problema, mas não havia o que fazer. Colocou seis baldes d'água, mantendo dois ao ar livre para coletarem chuva — sem dúvida choveria enquanto ela estivesse fora. E torceu pelo melhor.

Infelizmente não poderia soltá-las. Estariam mortas ao meio-dia, por causa de falcões, raposas ou da própria falta de senso. Eram burrinhas, coitadas.

Ela voltou para casa e trouxe para fora uma panela de ferro quente, pesada de comida.

O garoto de pele reluzente estava deitado no chão, dormindo a sono pesado. Áine havia arranjado algumas peles de animais para ele usar como colchão, e mais algumas para que se cobrisse — uma grande pele de urso, uma de cervo e (Áine escolheu essa especialmente) uma de lobo.

O lobo rosnou para ela.

Ele não parava de rosnar.

Áine rosnou de volta.

A magia na pele do garoto girava e girava, as letras se recombinando e se refazendo repetidamente. Se diminuíssem a velocidade, Áine tinha certeza de que poderia lê-las, mesmo sendo numa língua que ela não conhecia. Mesmo assim. Ainda agora podia sentir o puxão das palavras na língua, o conhecimento se comprimindo na mente, como se a própria magia quisesse que ela as dissesse. Áine forçou o olhar para outro lado.

O lobo se remexeu no sono, aninhou a cabeça perto do garoto. O garoto tinha dito que as palavras em sua pele eram perigosas; e Áine acreditava. O fato de o lobo poder tocá-lo não era prova de que o garoto mentia, e sim de que o pai dela estava certo com relação aos lobos. Eles eram mesmo criaturas malignas, malignas. E não eram de confiança.

Deveria ter atirado nos dois quando teve chance. Mas agora... ah, agora! Agora era tarde demais. Não conseguiria atirar em nenhum dos dois. Não depois de terem comido sua comida e dormido em seu quintal. Nem mesmo ela havia se tornado tão cruel.

A não ser que *fosse necessário. Faria isso*, disse a si mesma, *se fosse necessário.* Se seu pai voltasse. Se seu pai visse o garoto e o poder terrível no corpo dele. Se seu pai — *ah, o simples pensamento!* — tentasse pegar o poder para si.

Por enquanto ela iria levá-los embora. Para longe. E faria isso pessoalmente.

Um pássaro piou acima. Áine não levantou os olhos, olhou o garoto se remexer e acordar. Ele ficou deitado um momento, de olhos abertos, girando-os cuidadosamente de um lado para o outro, como se tentasse lembrar onde estava. Por fim seu olhar pousou em Áine, que suspirou com desdém.

— Já está claro há mais de uma hora — disse ela. — No lugar de onde você vem as pessoas são preguiçosas?

— Não — respondeu Ned, rouco. Sentia-se como se tivesse engolido um bocado de areia. Tossiu, mas isso só piorou a coisa.

— Fiz o café da manhã — disse ela. — Mas agora está frio.

Ned se sentou, e Áine lhe entregou a panela de ferro. Não estava fria. Estava quente e convidativa. Havia legumes, carnes salgadas e frutinhas, tudo frito em gordura de urso e salpicado com um pouco de queijo duro. Ned segurou a panela, agradecido. Pegou a comida com os dedos e a enfiou na boca. Comeu os legumes e um pouco da carne, guardando o resto para o lobo. Áine suspirou de novo.

— Você não deveria perder tempo com esse animal — disse ela. — Não é natural. Afinal de contas ele é uma coisa selvagem. E feroz. E certamente não faria o mesmo por você.

— Está errada — respondeu Ned, enfiando o resto de legume na boca e lambendo a gordura dos dedos. — Ele fez... faz a mesma coisa por mim. O lobo m... me t... trouxe comida.

— Mentiroso.

Ned deu de ombros e passou o braço em volta do lobo. As palavras em sua pele giraram mais rápidas, e a expressão do garoto mudou. Ele parecia estar ouvindo alguma coisa — algo do qual não gostava. Balançou a cabeça e acenou para coisa nenhuma.

O que você quer?, pensou Áine. *E qual é seu problema?*

— Arrumei a bagagem para você e para mim. Vamos carregar pouca coisa, é o melhor modo. A floresta nos dará tudo de que precisarmos.

— N... nós?

Áine o ignorou.

— Já perdemos luz do dia. Acho que vamos levar três, talvez quatro dias para chegar ao limite da floresta a pé. Não vou levá-lo até o final, tenho uma casa para cuidar. Mas posso acompanhá-lo a maior parte do caminho.

Sem dúvida, pensou ela, *os bandidos vão achar que ele está vagando perdido. O garoto vai ser mais rápido do que eles preveem. E, quando ele voltar para aquela feiticeira, vai ser defendido. O plano será frustrado. E meu pai vai voltar para casa.*

Era um bom plano, decidiu.

— V... você não p... precisa me mostrar — disse Ned de boca cheia. — Já ch... cheguei até aqui.

Áine cruzou os braços diante do peito.

— Seguindo o rio? Essa era a estratégia?

O lobo eriçou os pelos das costas e rosnou para ela. Ned não respondeu.

— É um bom plano — disse Áine —, para um idiota.

Ned se encolheu. Continuou sem dizer nada.

Áine suspirou.

— Está vendo aquela cachoeira ali? — Ela apontou. Ned mal reagiu. Ela grunhiu alto e jogou o embrulho que tinha preparado para a viagem. — Bem, nós chamamos aquilo de a cascata *pequena*. Estamos nas últimas encostas das montanhas antes que as árvores deem lugar a campinas e os penhascos se lancem para o céu. As coisas ficam mais íngremes à medida que vamos para as terras baixas. Existem áreas de avalanche, penhascos e encostas mergulhando em pântanos de onde você não vai encontrar a saída. Está vendo aquela escadinha bonita por onde você desceu... sem permissão, devo acrescentar? Se quiser seguir o rio, não pode seguir o rio. Precisa conhecer as trilhas, e não conhece, por isso precisa de um guia. — Ela lançou um olhar ríspido. — Então vamos.

Ned pôs a bagagem em sua sacola e se levantou. Enfiou as mãos nos bolsos.

— V... você vai m... me ajudar? — gaguejou. — As... assim?

Áine olhou para o céu. Acima da crista da montanha, três falcões apareceram, depois desapareceram, depois apareceram outra vez. Eram os falcões do pai. Ela sabia que acabaria os avistando, mas tinha esperado que não fosse tão cedo.

— Precisamos sair da clareira — disse. — Quem está procurando você não o verá se você estiver escondido pelas árvores.

— Vou f...ficar b...bem, soz... — Ned engasgou com a palavra "sozinho".

Áine balançou a cabeça.

— Isso obviamente não é verdade. — Ela cerrou os dentes e balançou a cabeça. *Ah, meu pai*, pensou. *Onde isso vai parar? E o que mamãe diria?* — Não pode ficar aqui e, se andar sem rumo na floresta, vai acabar morrendo. Eu poderia deixar você fazer isso, mas, francamente, seria mais gentil cravar uma flecha em seu coração. Pensei nisso, claro, só que essa opção não existe mais.

Ned ficou pálido.

— Ob... obrigado, a... acho — disse.

— Não fique lisonjeado. Não é porque você seja especial nem nada. As leis da hospitalidade proíbem isso. — Essas eram leis, como todos os outros tipos de lei, que seu pai violava. Rotineiramente.

(*O homem que visitou a casa. Quando sua mãe ainda era viva. O som de briga no cascalho, a pancada e o ruído de uma coisa pesada sendo arrastada para longe. E isso havia sido antes que a magia o dominasse; até mesmo a* lembrança *daquilo era perigosa.*)

Mas Áine não era seu pai. Gostava dele, cozinhava para ele e se preocupava com ele, mas era filha de sua mãe e pronto.

— Como não posso matar você, e não posso deixá-lo morrer, tenho a obrigação de honra de ajudá-lo. — *Enquanto puder*, pensou. *Até não poder mais.* Seu olhar subiu e agora os três falcões estavam sobre a crista da montanha, examinando o chão. *Vão embora!*, pensou. — Está pronto? — Ela jogou um odre de água, e Ned o pegou.

— Estou — respondeu Ned, se bem que, para ser honesto, não recusaria outro bocado de cozido, e talvez um pouco de pão. O lobo comprimiu o peso contra a perna de Ned.

— Para começar vamos pegar o caminho da floresta. Fora da trilha, veja bem. Vai ser mais lento que a trilha principal, mas a cobertura vai ser boa. — E ela penetrou no mato baixo e denso no meio das árvores, com Ned junto a seus calcanhares.

Sob as copas, onde os falcões não podem nos ver.

Pelos terrenos rochosos onde não deixaremos rastros.

Porque se meu pai nos encontrar, você estará perdido. E ele estará perdido. E eu também.

29

NA PRISÃO

A RAINHA SE AGARRAVA À VIDA, MAS POR POUCO. E a nação caiu em orações e em luto prematuro.

Se fosse como Brin queria, os guardas teriam cortado a garganta da feiticeira ali mesmo. Mas havia regras a seguir. Os soldados seguraram a feiticeira gentilmente e com os braços esticados. Falaram com deferência, como se ela fosse uma dignitária. Ou uma princesa.

Nunca antes haviam prendido uma feiticeira. E eram amplamente conhecidas as histórias sobre sua magia (milagres, na verdade, dizia o povo). De fato, a história de como ela havia salvado a rainha no jubileu a transformou numa espécie de tesouro nacional.

Na prisão, a Irmã Feiticeira não carecia de nada.

Era alimentada frequentemente e comia bem. Recebeu cobertores tricotados a mão, travesseiros de plumas e odres de vinho.

A cada presente, a mãe de Ned agradecia e dava bênçãos. Não pedia a coisa de que mais precisava (*Tirem-me daqui*) nem verbalizava as preocupações mais profundas (*Alguma coisa está vindo. Alguma coisa terrível. Na verdade já está aqui*). A Irmã Feiticeira escutava os ventos, lia as estrelas e esperava.

Não podia receber visitas nem entrar em contato com o marido; também não recebia pena, papel, carvão ou madeira. Nada que pudesse receber uma marca. Nada que pudesse receber uma mensagem.

Do lado de fora da janela os carpinteiros começaram a construir um cadafalso.

Ah, não, pensou ela. *Isso não vai servir.*

— Devagar — sussurrou a Irmã Feiticeira. — Terrivelmente devagar, amigos. — Ela não tinha acesso à magia, claro, mas, mesmo assim, com ou sem magia, a Irmã Feiticeira sabia pressionar o fluxo do mundo, cutucar resultados aqui ou ali. A Irmã Feiticeira era excelente em dar sugestões, e parecia que o mundo era igualmente hábil em recebê-las.

E, assim, a construção do cadafalso foi assolada por problemas. Os trabalhadores descobriam que as traves estavam com núcleos podres, postes se quebravam sem aviso, cordas se destrançavam, a plataforma entortava, rachava e quebrava.

E a Irmã Feiticeira esperava atrás das grades. O olhar erguido para o céu.

30

FUMAÇA

NED, ÁINE E O LOBO CAMINHARAM EM SILÊNCIO no primeiro dia, andando pelo mato baixo e por afloramentos de pedras chatas, evitando lama e capim esparso, que podiam revelar pegadas de botas, e atravessando o rio repetidamente. A princípio conseguiam andar pela água, mas o rio ia inchando cada vez mais com cada riacho que se derramava de um dos lados do vale. Áine encontrava pontos de travessia sobre árvores caídas e locais onde pedras grandes eram suficientemente próximas para criar um caminho pelo qual era possível atravessar.

Enquanto isso a perna de Ned tinha começado a latejar. O ferimento esquentava.

Deixe-nos consertar isso, pediu a magia.

Não, respondeu Ned com firmeza.

Você está sentindo dor. Por que deveria sentir dor? Não faz sentido.

A magia não era para ganho pessoal. Essa era a regra. Mas o motivo por trás da regra... Bem, sua mãe não tinha sido completamente honesta com relação a isso, tinha? Ela sempre dizia que era perigoso. Sempre dizia que haveria consequências. Mas *perigoso como? E que consequências?* — nesse sentido ela fora muito menos explícita.

Ah, por favor, implorou a magia. *Odiamos ver você sentindo tanta dor.* Dava para sentir a magia estremecer, sacudir-se e implorar. Ela queria fazer *alguma coisa*. Desesperadamente. Isso deixava Ned enjoado.

Não preciso de você, pensou para a magia.

Você sempre precisou de nós. Fazemos parte de você, e você nem sabe. Garoto idiota.

Pare com isso, pensou Ned, mas sua decisão era fraca. A magia podia curá-lo. Podia retirar sua gagueira. Podia torná-lo alto, forte e talvez suficientemente hábil como lenhador para agradar seu pai. Ou erudito, para satisfazer sua mãe. Quem sabe o que a magia podia fazer?

É mesmo... um sibilar em sua pele. Um arrepio esperançoso.

Ned se recuperou. *PARE COM ISSO*, ordenou sua mente.

Áine parou e avaliou o lugar ao redor. Olhou para Ned.

— Você está mancando — disse.

Ned deu de ombros.

— Bem, você at... atirou em mim.

Ela confirmou com a cabeça.

— Verdade. Aqui. — Ela foi até uma árvore de aparência particularmente áspera e arrancou um pedaço de musgo. Tirou a echarpe do cabelo e desfez o nó. Os fios, mais escuros que o brilhante céu noturno, caíram densos e pesados como óleo por toda a extensão das costas.

— Ponha o musgo no ferimento e amarre com a echarpe. — Houve uma pausa desajeitada. Ela pigarreou. — Vou me virar — disse.

Ned baixou a calça até os joelhos e pôs o musgo em cima do ferimento. Amarrou a echarpe em volta da perna para mantê-lo no lugar. Instantaneamente o ferimento esfriou e se acalmou, como se a dor tivesse virado água de repente. Ele levantou a calça de novo e pigarreou.

Hmmf, disse a magia.

— Não c...conheço esse m...musgo — disse Ned. — É in...incrível.

— Ele só vive nas árvores de acaba-tudo, e elas só vivem nas partes mais altas das montanhas. — Ela o olhou de lado. — Está vendo? Há mais coisas na floresta que monstros e bandidos. Não está feliz porque aprendeu algo?

Ela não sorriu. Mas havia uma sombra de um sorriso em algum lugar de seu rosto.

Só por um momento. A sombra passou, e seu rosto ficou duro feito pedra outra vez.

— Ande — disse ela. — E mantenha o ritmo, está bem? Quero chegar à junção ao anoitecer. Lá o rio recebe dois outros, fica muito mais largo e rápido. Vamos precisar de cautela. — Ela se virou e foi andando pela trilha, com o lobo saltando à frente.

⁂

Enquanto isso, a magia estava agitada.

A garota é poderosa, disse uma das vozes.

Deveríamos ter ido com o homem grande. O que nós estávamos pensando?, disse outra.

Não deveríamos ter saído daquela casa, disse uma terceira voz.

Ela vai matar você se for necessário. Não vai querer, mas vai fazer isso se estiver acuada. Não confie nela, disse a mais quieta de todas, com a voz parecendo um ribombar grave nos pulsos de Ned.

Foi nessa que Ned prestou atenção. Ele precisava de Áine; isso era certo. Mas não confiava nela.

E tinha certeza de que ela não confiava nele.

Ela certamente não confiava no lobo. Ned a via de vez em quando olhar de lado para a criatura que saltava pela floresta ou andava junto de Ned, com o flanco lhe roçando a perna. E o tempo todo, a mão da garota estava na faca.

Ned decidiu deixá-la para trás assim que tivesse chance.

À medida que o sol baixava, eles acamparam no centro de um círculo de árvores muito grandes. Áine juntou galhos de pinheiro e os cobriu com folhas, depois os dois se sentaram. Em cada uma das bagagens ela havia posto um pequeno cobertor leve, que ela própria havia tecido com a lã da primeira tosa de suas ovelhas. Essa lã era fina, macia, muito forte e incrivelmente quente. Mesmo com o frio começando a mordiscar nos ventos noturnos, eles ficariam bastante aquecidos.

— A g... gente d... deveria fazer uma f... fogueira — disse Ned.

Seu lobo (ele já estava se referindo ao animal como *seu* lobo, mesmo sabendo que não devia, já que o lobo acabaria indo embora) estava

177

saltitando pelo mato baixo, saindo do campo de visão. Caçando. Patrulhando. Talvez as duas coisas.

— Não devemos fazer isso. Seremos encontrados.

— Seremos? — Ned se lembrou, desconfortavelmente, do fogo que tinha feito na primeira noite que passara na floresta.

— Claro que sim. Essa área da floresta é chamada de Grande Tigela. Se você estiver nas partes altas da montanha, pode ver: é um negócio enorme, redondo e fundo. E, se estiver na beira da tigela, pode ver *muita coisa*. Nada através das árvores, claro, mas é fácil enxergar fumaça lá da beira. Se houver alguém seguindo você... e eu presumo que haja, já que, afinal de contas pessoas das terras baixas não aparecem nessa floresta por *acaso*... bem, queremos tornar *mais difícil* e não *mais fácil*, não concorda? É quase impossível descer do topo até aqui, mesmo os escaladores hábeis podem cair e morrer. É preciso rodear a beira da tigela. Mas, se você for suficientemente rápido, pode cortar o caminho de alguém. É por isso que queremos evitar isso. Queremos tirar você da floresta sem cruzar o caminho do meu... — Ela pigarreou. — Sem cruzar o caminho das pessoas que arrastaram você para cá, para começo de conversa.

Ned ficou quieto por um momento.

— Como você sabe? — perguntou ele, baixinho. — E p... por que você está... — Ned tossiu. Tentou dizer *me ajudando*, mas o *m* se prendeu na garganta como um punhado de poeira.

Áine suspirou.

— Apenas estou. E tenho meus motivos, e esses motivos não são de sua conta.

Ela mente, disse a magia, coçando em sua pele. *Ela mente, ela mente, ela mente.*

Mas ela não estava mentindo. Ned sabia.

Mas também não estava contando a verdade.

Depois de descansarem um pouco, Áine disse a Ned que iria procurar comida. Tinha posto um bocado nas bagagens, mas disse que era melhor comer o que pudessem encontrar, sempre que possível, e comer o que haviam trazido quando não encontrassem nada. O que parecia sensato.

— Espere aqui — disse ela. — Volto num instante.

— V...você vai s...sozinha?

— Eu já disse. A floresta me ama. E ela não ama você. Vou ser mais rápida sem seu peso me puxando para trás. — Ela o encarou, toda feita de gumes e ângulos, tão afiada que Ned achou que ele poderia sangrar. Olhou-a de volta, irritado. Afinal de contas, ele tinha a magia. Poderia ser poderoso se quisesse. As palavras em sua pele aceleraram o ritmo.

— Mas...

— A culpa não é sua — disse Áine, com a voz mais suave enquanto colocava o arco no ombro. — Você não está acostumado à vida aqui. Descanse. Vou encontrar mais comida para que a gente não fique sem suprimentos, e, de manhã, vamos continuar. Cadê o lobo?

— N... não sei.

— Ele vai voltar?

— N... não sei.

Ela franziu os lábios, e seu olhar ficou sombrio.

— Faça com que ele não me siga. Não posso prometer a direção de minhas flechas.

Áine passou por baixo de um galho e deslizou silenciosamente para fora de vista.

(Era mentira, claro. Ela empalaria aquele lobo na haste da flecha se tivesse chance e se o garoto não estivesse presente para ver. Seu pai estava certo. *Jamais confie num lobo.*)

O garoto errado, tinha dito sua mãe. *O garoto errado vai salvar sua vida. E o lobo...*

Não era esse garoto. Nem esse lobo. Áine disse isso a si mesma, repetidamente, até acreditar que era verdade.

Quando estava protegida pela cobertura verde, desembainhou a faca e se abaixou. Fingiu que estava pegando comida (algumas sementes no chão entraram em sua sacola; frutinhas ainda na trepadeira; um grande cogumelo com carne densa e firme), mas isso era somente para fingir.

Ela examinava os troncos das árvores. Olhava as pedras. Procurava sinais.

Sabia que seu pai mandaria batedores procurando o garoto. Eles se espalhariam em leque, provavelmente em pares. E seriam *muitos*. Nem todos sobreviveriam à descida do topo. Afinal de contas, os bandidos dele eram dispensáveis. Ele não se importaria em perder alguns no caminho.

A magia! Ela o transformou!

Áine andava com cuidado, colocando cada pé levemente no mato baixo, examinando o mundo ao redor. Contava os passos para não se perder. Quinhentos bastariam, decidiu. Se não houvesse sinal de perseguidores num raio de quinhentos passos, então era provável que estivessem com sorte e seu pai não fazia buscas nessa área.

Todos os bandidos usavam sinais para mostrar uns aos outros se haviam passado por um local — uma linguagem para os perdidos e os que procuravam algo. Áine examinou as árvores e não viu nada. Nenhum corte na casca. Nenhuma pilha de pedras. *Bom*, pensou. Ou nada bom. Não conseguia decidir. Se eles não tinham passado, ela e o garoto ainda não tinham sido vistos. Mesmo assim, só porque eles *não tinham* vindo não significava que não *viriam*. Simplesmente *ainda* não tinham vindo.

A palavra *ainda* era terrível, decidiu Áine. Uma palavra terrível de verdade.

As árvores pareciam se amontoar e pairar ao redor dela, sufocando a luz. Era como se estivessem se abaixando, examinando seu rosto, depois suas mãos agitadas e o olhar que não parava. Farfalhavam os galhos e respiravam. O ar ficou denso, quente e úmido. Um dos últimos sopros de vapor do verão antes que o outono baixasse sobre as montanhas. Tinha cheiro de seiva, raiz e musgo. O suor pingava pelo rosto dela, escorria pela barriga e pelas costas. Os fiapos de cabelo que escapavam da trança se grudavam no pescoço e nas bochechas, como teias de aranha úmidas. Ela tentou afastá-los.

Trezentos passos.

Quatrocentos.

Quinhentos.

Parou. Percebeu que havia um pequeno afloramento de rochas perto de onde estava, fornecendo uma boa vista da encosta que descia na direção do rio. Foi até a lateral encalombada da pedra, encontrou apoios para as mãos e subiu.

A floresta era ampla, verde e sonhadora. Os galhos de árvores entrelaçavam-se, embolavam e sacudiam. Áine forçou a vista. O pai estava em algum lugar por aí. Assim como o resto da horda de bandidos. Examinou o céu em busca dos falcões, mas não viu nada.

E então escutou. Botas. Um assobio alto passado de caminhante a caminhante através do mato baixo. A nota e a duração de cada sopro tinham seu próprio significado, um código secreto que só os bandidos conheciam. E Áine. Ser a filha secreta do bandido mais poderoso do mundo tinha *alguns* benefícios, afinal de contas.

Onde?, perguntou o primeiro assobio.

Aqui, soou o segundo.

Áine se comprimiu atrás de uma árvore muito grande, mantendo os joelhos dobrados e as costas encurvadas, pronta para saltar. Pelo mato baixo, dois bandidos andavam, atrapalhados, um na direção do outro. Eles ofegavam e chiavam.

— Algum sinal?

— Não desde aquele primeiro acampamento. O com sangue. E não foi feito por nenhum garoto, não importa o que o grandalhão diga. Nosso colega está vivo, com certeza. E quanto ao garoto, não sabemos.

Áine pensou que conseguia ouvir um tom de medo nas vozes.

— Ah, ele está vivo — disse o primeiro bandido. — O idiota não apagou a fogueira. E as marcas que ele deixou para trás não tinham o peso de um adulto. Ele estava vivo há menos de duas noites, mas agora ninguém sabe.

— Foi a magia, isso sim — argumentou o segundo. — Provavelmente comeu ele.

O primeiro bandido fungou com desprezo.

— Não seja idiota. Magia não come.

— Como você sabe?

Ela não sabia. Ninguém sabia nada sobre a magia. Nem mesmo o garoto, e ela estava escrita nele. Com muito cuidado, Áine espiou por trás da árvore. Dois bandidos — um homem e uma mulher com cabeças carecas e tatuagens espinhentas — andavam pela floresta, mas a floresta não facilitava as coisas para eles. Raízes se desenrolavam do chão para fazê-los tropeçar, pedras rolavam de lugar nenhum, e os pés de ambos viviam se embolando em trepadeiras.

Áine olhou por cima do ombro, em direção ao lugar onde tinha deixado o garoto sozinho, com uma terrível onda de compaixão se partindo em seu peito. Ele estava sentindo dor demais. E aquela solidão terrível! E... Ela franziu os olhos, depois ofegou. Parecia que havia... mas isso era impossível. Ela tinha *dito* para ele não acender uma fogueira. Tinha sido *muito clara*. E, no entanto, uma nuvem de fumaça subia do lugar onde o garoto estava escondido.

— Que negócio é esse? — sussurrou.

— Meu deus — disse o primeiro bandido. — Aquilo é o que eu acho...

Ele não faria isso, pensou Áine, enquanto deslizava para fora da elevação com a barriga encostada na pedra e se enfiava na floresta densa indo na direção de Ned.

— SIGAM A FUMAÇA — disseram os bandidos ao mesmo tempo. E partiram pela floresta numa corrida árdua.

Por que ele acendeu uma fogueira? Ele quer morrer?, pensou Áine com desespero, enquanto corria pelo mato. Nada de fazer espirais, nada de contar passos. Correu pela floresta em direção ao centro de sua trilha espiralada, com a fúria borbulhando embaixo da pele. *O que ele estava pensando?*

Os bandidos passaram correndo por ela, mas as árvores a abrigaram. *Confundam essas pessoas!*, sussurrou para as árvores. *Nos escondam!* Mas nunca pedira nada à floresta antes. Simplesmente cuidava de suas necessidades e fazia as tarefas à medida que surgiam. Será que a floresta iria ouvi-la? Não fazia ideia.

— Estamos perto, garoto! — ouviu o bandido gritar. — Estamos quase em cima dele. Dá para sentir! — Áine os ouvia tropeçar, embolar-se e xingar a floresta. Ouviu-os grunhir, xingar e ajudar um ao outro. A floresta não os amava, isso era certo.

Mesmo assim, estavam perto demais. Ainda por cima, ela e Ned estavam muito cansados.

E, sem saber o que fazer, Áine inclinou a cabeça para trás, abriu a garganta e gritou — um grito alto, brilhante, frio e solitário. Como um lobo.

31

A BALSA

O FOGO FOI UM ACIDENTE. DE CERTA FORMA.
Encostado ao tronco da árvore, com o lobo encostado a ele,
Ned havia tirado as luvas por um momento para massagear os dedos e
deixar que respirassem. As mãos estavam em carne viva e irritadas; seus
dedos, cortados, com bolhas e secreções. Estavam quentes.

Se você nos usasse, não iríamos doer tanto.

Deixe-nos consertar você.

Deixe-nos ajudar.

Ned não tinha forças para mandar as vozes ficarem quietas.

Mesmo assim, ele apreciava o calor. Agora que o sol havia baixado
atrás das árvores, a floresta esfriara subitamente. Mas as mãos ainda estavam *quentes*, mesmo doendo. Com tremores, Ned fechou os olhos e se
concentrou. Tentou imaginar-se totalmente aquecido.

Certo, então, disse a magia. E antes que ele pudesse dizer qualquer
coisa, uma onda de fagulhas saltou de suas palmas e caiu na pilha de
folhas de pinheiro e capim seco que Áine havia juntado antes, para usar
como camas.

O fogo foi rápido, quente e intenso. E não somente na pilha de capim.
Em *Ned* também. Apesar de ele não ter chamas no corpo, *sentia* como
se pegasse fogo. Sentiu os ossos se dobrarem e estalarem, como gravetos
nas chamas, sentiu a pele chiar.

É bom, não é?, disse a magia, cheia de maldade.

Ned não falou nada e não pensou em nada. Tentou retirar todo o conhecimento de palavras. Queria dar *nada* à magia.

Ah, vamos!, reclamou a magia.

Dê alguma coisa para fazermos.

Peça água. Vamos dizer juntos. Á...ág...á...gua. Não é assim que você fala?

E, lá no fundo, Ned se sentiu querendo dizer água. Pôde sentir a empolgação daquilo nos ossos. A água correndo na pele em ondas. Imaginou se sua mãe sentia isso — não somente *possuindo* a maior magia do mundo conhecido, mas *usando-a*.

Isso, instigou a magia. *Ela jamais contou a você, não é? É maravilhoso.*

E justo quando ele ia pensar na palavra *água*, quando ia gritá-la do topo da cabeça até as pontas dos dedos dos pés, lembrou-se de Tam.

Cuidado com as coisas que mentem, tinha dito o irmão.

Não pense em nada, disse aquele sentimento fugaz em suas cicatrizes imaginárias. *Não pense em nada.*

— Nada — disse Ned. A fumaça subia acima das árvores. Ele tirou a capa com capuz e bateu nas chamas, pisoteou-as com as botas. O lobo ganiu.

— Nada — repetiu ele.

Odiamos essa palavra.

— Nada — repetiu ele.

Nós não somos um nada, berrou a magia. *Não vamos ser um nada. Somos tu...*

— NADA! — gritou Ned. E a magia ficou em silêncio. E seu corpo esfriou. Ned pousou as mãos nos joelhos e ofegou. Deixou a cabeça tombar para a frente e tentou recuperar o fôlego.

O fogo desapareceu, provocando um buraco enegrecido onde as chamas haviam estado. O lobo ganiu outra vez. Olhou para o céu. Suas orelhas se eriçaram, e a cauda se levantou. Estava atento.

— O q...quê? — perguntou Ned. Mas então ouviu. Um uivo. Agudo e intenso. O lobo não perdeu tempo e entrou no meio do mato.

Áine não sabia o que estava fazendo, uivando feito um lobo. Não precisava daquele animal. Não precisava de ninguém.

Mesmo assim, quando viu o lobo saltar por cima de uma pedra e subir no tronco caído ao seu lado (rosnando, notou ela; ele não era seu amigo, afinal de contas; nunca seria seu amigo; Áine não tinha amigos), ela quase chorou de alívio. Os bandidos ainda corriam desajeitados a menos de duzentos passos, atrás. O lobo se virou e eriçou os pelos das costas.

— Você sabe o que eles são — sussurrou Áine. — E sabe o que eles querem. O garoto precisa escapar. Entende?

Áine sabia que os animais não entendiam a fala humana. Mesmo assim, esse lobo... Ele inclinou a cabeça e abriu as narinas. Depois partiu pelo mato. Sabia exatamente o que ela queria dizer. Era evidente.

— Lobo! — gritou um bandido.

— Atire nele! — gritou a mulher.

O lobo uivou. E uivou. E uivou.

— Quantos eles são?

— Três!

— Dez!

— Meu deus! Eles estão em toda parte.

O lobo continuou a uivar. Áine podia ouvi-lo correndo e saltando. Podia ouvir o som de seu corpo passando pelo mato e o chiado das flechas através das folhas.

— Espere! — gritou o primeiro bandido. — Guarde as flechas até minha ordem. Se não matarmos esses lobos agora, eles vão rasgar nossa garganta no momento em que dermos as costas. Ali está um! Atrás dele!

E Áine os ouviu partindo na direção errada.

Áine entrou furiosa no acampamento.

— D... desculpe — começou Ned. — F...foi um a...acidente.

— Pegue suas coisas — disse Áine, agarrando sua sacola e sua capa.

— P... por quê? — perguntou Ned, jogando a capa enfumaçada às costas e a sacola no ombro. Mas não precisava perguntar. Já sabia. A culpa era sua. Eles estavam sendo perseguidos, e era sua culpa, com a fumaça e o fogo. — D... desculpe.

— Não temos tempo. Eles estão vindo. Estão aqui. Precisamos fugir!

A Pedra mais jovem sentiu algo se mexendo no chão.

— O que você fez? — perguntou à Mais Velha.

— Nada — respondeu a Mais Velha, com a voz vaga e desconfortável, ou o mais vago e desconfortável que uma Pedra é capaz de ser.

Ela sentiu de novo.

— Você fez alguma coisa. Alguma coisa se mexeu. Achei que deveríamos esperar.

— Não fiz. Volte a dormir.

— Você disse para ficar acordada.

— Então fique. E espere. Eles vão chegar daqui a pouco.

— Eles?

A Mais Velha não respondeu, mas a Mais Jovem podia senti-lo tremer, empolgado. E bem no fundo ela sentia o sorriso de pedra que ele dava.

— Cadê o lobo? — ofegou Ned enquanto corriam pelo mato. Descendo, descendo, descendo para o rio. Ned podia ouvir o som da água. Agora o rio estava maior e mais rápido. O rugido atulhava sua mente e atrapalhava o pensamento, borrando o espaço entre o *agora* e o *depois*. Ned e seu irmão tinham amado aquele rio e pensado em usá-lo para encontrar um caminho para um sonho (*O mar!*, sussurravam empurrando a balsa para a água. *O mar!*), mas o rio tinha traído os dois. A promessa virou uma sepultura. Agora ele era outra coisa. O que vem depois da sepultura? *Nada de bom*, decidiu Ned. Correu para o som da água com um pavor crescente.

Áine soltou a mão de Ned quando chegaram à borda rochosa junto ao rio. Pularam por cima de pedras grandes, descendo para a parte plana e cheia de seixos na margem.

— Ah, não! — sussurrou Áine.

Os dois ficaram parados, ofegantes, à beira d'água.

O rio estava largo, fundo e furioso. As águas escuras borbulhavam e espumavam. A luz se filtrava débil pelas árvores, e logo iria escurecer. Áine olhou para trás. Os bandidos estavam chegando. Ela podia ouvir as vozes através das árvores.

Não havia como atravessar o rio.

— O q... que vamos f... fazer?

— Deixe eu *pensar*. — Áine fechou os olhos com força. Seu rosto se franziu como se ela estivesse tentando impedir que ele se despedaçasse. — Ned — começou ela, a voz rouca e desesperada. Pousou a mão no cabo da faca.

Você está vendo, não está, garoto? As vozes da magia rolavam e zumbiam.

Fuja.

Agarre a faca.

Vá para os bandidos! Eles têm planos!

Você quer asas? Asas ficariam uma coisa linda em você.

Não é você que ela quer proteger.

Ned balançou a cabeça. Tentou não pensar em nada. Tentou sentir *ela não faria isso* nas mãos, nos ossos, nos músculos e no coração. Tentou silenciar as vozes da magia do melhor modo possível. Os dedos de Áine se enrolaram no cabo da faca, e Ned não conseguiu se conter, e deu um passo para longe.

No rugido da água, Ned ouviu um latido. Olhou para baixo e examinou a margem do rio.

— Olhe! — gritou.

O lobo estava na água, o rio espumante batendo nas patas dianteiras, a cabeça inclinada de lado e o olhar fixo em Ned. Alguma coisa grande, de madeira, tinha sido puxada para a margem pedregosa do rio, pertinho do animal. Ned não sabia o que era, mas parecia algo feito pelo homem.

— Ele achou uma b... balsa! — disse Ned, olhando espantado para a embarcação na margem. Era mesmo uma balsa, mas muito melhor que a que ele havia feito com o irmão. Esta tinha uma proa grosseira, um leme e uma borda de ponta a ponta, para impedir que o rio invadisse.

— Não é uma balsa! — gritou Áine, pensativa. — É uma barca. É a *minha* barca. E do meu pai. — *O que ela está fazendo aqui?* Não disse isso em voz alta, mas mesmo assim Ned ouviu. Ou a barca havia se movido, ou Ned e Áine não estavam perto de onde achavam que estavam, isso era óbvio. A floresta, assim parecia, estava brincando com eles.

— P...pai? — perguntou Ned. — Onde *está* s...seu...

— NÃO FAÇA PERGUNTAS! — rugiu Áine.

— Mas...

Escutaram vozes acima da margem. Um grito de mulher. Um chamado de homem.

— Venha. — Áine desamarrou a corda da pedra, com uma expressão severa no rosto.

(Ela reconhecia a pedra onde a barca estava amarrada. Tinha uma argola de metal que fora enfeitada com um pictograma — um padrão complicado de nós e espirais, dando a forma de um peixe. Era um antigo símbolo da família de sua mãe. Áine havia ajudado seu pai a prender a argola na pedra. A barca era a mesma, a pedra era a mesma, mas ela nunca havia visto esse trecho do rio. Como uma barca e uma pedra podiam se mudar de um trecho do rio para o outro? Não sabia e não queria saber. A floresta estava agindo de modo estranho, assim como seu pai agira. Quando isso acabaria?)

Entrou na barca e esperou que o garoto e o lobo a acompanhassem.

— Não podemos ir longe... Vi os mapas. Tenho quase certeza de que há cachoeiras adiante, e vai escurecer logo. Mas podemos ganhar vantagem sem deixar rastros.

— Uma luva! — Eles ouviram um grito vindo de não muito longe. — Ele está perto!

Ned olhou para as mãos e percebeu que uma luva havia caído enquanto ele corria. Não tinha notado.

Áine balançou a cabeça.

— Algumas pessoas — resmungou — não merecem a vida que receberam de presente. Não diga nada e suba a bordo. Não podemos esperar nem mais um segundo.

Envergonhado, Ned embarcou. Havia dois paus colocados diagonalmente. Ned agarrou um e começou a enfiá-lo na água.

Suas mãos estavam escorregadias de suor.

(*Eles tinham embrulhado tortas de carne, bolos duros e maçãs da árvore que ficava no quintal. Tinham a famosa cerveja de gengibre da mãe num barril que carregaram juntos. Seu irmão. Em seu último dia de vida. E então a balsa se quebrou.*)

Ned sentiu os joelhos começando a tremer e o coração se agitando na garganta.

— O que foi? — perguntou Áine com uma nota de escárnio na voz. — Você não tem medo do rio, tem?

— N...não — respondeu Ned, franzindo a testa para se obrigar a parecer mais corajoso e mais decidido. Não sabia se isso dava certo.

Por dentro sentia a barriga se transformar em água, mas virou o rosto para que Áine não visse. O lobo saltou na embarcação, comprimindo-se contra a madeira e pousando a cabeça nas patas. Ele não gostava daquilo, mas não queria ficar para trás, era óbvio.

— N...não tenha m...edo — sussurrou Ned. As palavras tinham poder. Simplesmente dizê-las o fazia sentir-se mais corajoso. Ned encarou o rio e não se encolheu quando empurraram a embarcação para a água e deslizaram pela curva do rio, entrando no verde mais escuro.

32

AS PEDRAS

E STAVAM ACORDADAS, AS NOVE PEDRAS JUNTAS.
— É uma coisa ruim, é sim — disse a sexta Pedra. — Ouçam o que eu digo, vamos lamentar esse dia para sempre.

A Pedra mais jovem decidiu ignorá-lo. O que ele sabia, afinal?

— O garoto está sentindo dor — disse a segunda Pedra. — Sua dor está fazendo a magia se espalhar e se agitar. A cada momento ela fica mais incomodada consigo mesma. Não é mais *uma*. São *muitas*. E ainda que a dor do garoto perturbe a magia, afinal de contas ela sente o que ele sente, é a magia que está causando a dor. Coitado. Coitadinho.

— O garoto é um idiota — disse a Quinta, mal contendo um bocejo. — Nós já colocamos as esperanças em outras pessoas, homens e mulheres com conhecimento e poder, todos eles. Não entendo por que vocês estão com o coração disparado por causa desse idiotinha.

As Pedras ficaram quietas. Era uma coisa terrivelmente grosseira de se dizer. Elas não tinham coração. Não tinham coração desde... ah, desde muito tempo atrás. Desde que foram amaldiçoadas e postas em seus "eus" de pedra. Desde que, muitas, muitas vidas atrás, ficaram *presas*.

O silêncio comprimiu as Pedras. As árvores ao redor prenderam o fôlego. Por fim a nona Pedra não suportou mais:

— Acho que vocês estão errados — declarou. — Acho que eles conseguem. Acredito em Ned.

— Eu também — disse a Segunda.

— E eu — concordou a Terceira.

Depois de pensar por longo tempo, a primeira Pedra pigarreou. O estrondo sacudiu a terra em todas as direções.

— Alertem cada rocha, cada pedregulho, cada pedrinha, cada penhasco. Alertem o leito rochoso, os leitos de cascalho e as cavernas. O exército que vem atrás do garoto, o exército que agora mesmo desce pela encosta da montanha, deve ser desviado. Deve ser *dobrado*.

A Pedra mais jovem suspirou feliz.

— Eu sabia que você acreditava — disse. — Sabia que você *tinha esperança*.

— Não seja boba — ralhou a Mais Velha. Mesmo assim a Mais Nova podia ouvir o minúsculo tilintar de um sorriso no ribombo profundo da voz dele.

Ele *tinha esperança*. Dava para ver.

— Espalhem o exército — trovejou a voz da Mais Velha nas profundezas do leito rochoso. — Torçam as trilhas. Atraiam as crianças para cá. E esperem.

Todas as Nove Pedras estavam acordadas. E se concentraram. E sentiram as botas do exército em marcha. E sentiram as pisadas suaves das crianças andando e ficando cada vez mais perdidas. Elas sentiram a balsa batendo numa pedra depois da outra e depois da outra.

E tinham esperança. As nove, juntas.

Vinham esperando por muito tempo.

Muito tempo mesmo.

33

NA ALDEIA

Foi Madame Thuane que encontrou o pai de Ned, no chão de casa, amarrado e tentando falar por baixo da mordaça.

Ela gritou e caiu ajoelhada. Mas então pensou melhor. Afinal de contas era a chefe do Conselho. Esta não era uma honra concedida a qualquer um. Levantou-se de novo e olhou para ele com o que esperava ser uma expressão imperiosa.

— Meu caro colega — disse, esforçando-se ao máximo para manter a dignidade. — Parece que você está no chão. E amarrado. E... — Sua voz ficou no ar. *Isso é ridículo*, disse a si mesma. Procurou uma faca na cozinha para cortar as amarras do coitado. Enrolou as mangas da blusa e se agachou perto dele.

O homem fedia. Terrivelmente. Fazia quanto tempo que estava ali? Primeiro ela tirou a mordaça.

— Magia — disse ele com voz rouca. — Bandidos.

— Bem — observou ela, empertigada. — Não posso lhe ajudar com uma coisa nem outra.

— O fim do mundo — chiou ele.

— Acho que não! Se bem que pode ser o fim dessas roupas. Depois de seu banho, podemos jogá-las no fogo e nunca mais falar sobre elas. Quando sua esposa volta para casa?

— Meu Ned, meu Ned, meu pequenino Ned.

Ela ajudou o homem a se levantar e o sentou numa cadeira.

— Um pouco de água e um banho, e você vai ficar novo em folha. E então talvez possa terminar o serviço que prometeu fazer. Por três dias estive esperando seu retorno. Foi um tempo terrivelmente longo. — Ela viu uma jarra na mesa. Tinha água que parecia velha, com insetos mortos flutuando na superfície e poeira que já havia descido para o fundo. Apesar disso, o homem a agarrou, bebendo como se nunca tivesse visto água na vida.

A velha se remexeu desconfortável. Certamente *não* era essa a interação que havia planejado.

Em geral, Madame Thuane não gostava muito de pessoas que lhe jogavam informações novas sem que ela pedisse, como se ela não tivesse nada mais importante em que pensar. Afinal de contas, ela era uma pessoa que *importava*. Tinha grandes ideias. Tinha *planos*. E suas ideias prediletas eram as que ela própria criava.

Mesmo assim. Não é todo dia que a gente encontra um colega cidadão no chão de casa, amarrado, falando coisas incoerentes e quase morrendo de sede. De fato, ela não conseguia pensar em um único exemplo semelhante. E muito devagar sua mente começou a avaliar os detalhes estranhos no cômodo e a ligar os pontos. Havia uma panela de cozido no fogão, que havia estragado muito tempo antes. E os pratos estavam sujos e mofados. E mais: havia marcas de queimadura por toda a casa. E o cômodo em si estava infestado de besouros. Ela saiu de casa e examinou os arredores.

Havia pegadas no quintal.

A horta estava pisoteada.

O alçapão no meio do cômodo... *Pelas Grandes Pedras!* Ela ofegou e voltou correndo para dentro da casa.

— Senhor Lenhador! — exclamou ela. — Creio que o senhor foi roubado!

O pai de Ned gemeu. Tombou para a frente, deixando a cabeça bater pesada na mesa de madeira com um estalo forte e oco.

Quando recuperou os sentidos, a compostura e (*graças a Deus*) a higiene, o lenhador estava pronto para lutar. Além disso. Tinha certeza

— mais certeza que nunca — de que iria acontecer uma luta. Naquela noite foi convocada uma reunião da aldeia na grande casa perto da praça central. Todo mundo compareceu. A aldeia inteira. Todos se apinharam, ombro a ombro, de um extremo ao outro do espaço. O lenhador, ainda muito fraco, sentou-se à mesa com o Conselho. Em seguida se levantou e tentou explicar aos vizinhos exatamente o que havia acontecido.

Ninguém prestou atenção.

— Se você me perguntar — disse um homem —, o garoto era amaldiçoado desde o início. Se você tira das garras do Rio uma criança que estava destinada a se afogar, o Rio vai dar um jeito de levá-la. Ele estava marcado, e agora, para o bem ou para o mal, essa marca foi retirada de nós.

— Não queremos dizer que estamos *felizes* porque ele se foi — disse uma mulher. — Não estamos exatamente *tristes*.

— Escutem — pediu o pai de Ned. — Vocês precisam *escutar*.

— Se a Irmã Feiticeira estivesse aqui, nada disso teria acontecido. Não é nossa culpa se sua mulher deixou vocês sozinhos.

— Não — disse o lenhador, estendendo as mãos calejadas, o rosto implorando. — Vocês não entendem. Aqueles homens e mulheres. Aqueles *bandidos*...

— E isso é outra coisa — ponderou uma mulher. — Como alguém poderia ameaçar a rainha? Como alguma coisa pode vir *nos* atacar? Não existe nada do outro lado da floresta. O mundo acaba. Todo mundo sabe disso.

— Essa reunião é absurda! Vou para casa!

— Jamais gostei muito daquele garoto, de qualquer modo. O irmão dele é que era inteligente.

As vozes dos aldeões giravam e cresciam. Estavam pensando o que queriam. E estavam pensando *errado*.

O pai de Ned se levantou. A turba continuava falando sem parar, e as vozes caíam umas sobre as outras, insistentes como uma praga de gafanhotos. Ele suspirou, tirou uma marreta do cinto de ferramentas e bateu de novo e de novo e de novo na mesa pesada, cada batida soando como se ele tivesse partido o mundo ao meio.

Todas as bocas se abriram.

Todas as vozes se calaram.

O lenhador inspirou fundo. Guardou a marreta de novo e sorriu.

— Meu filho não é mais burro que nenhum de vocês — disse ele com a voz pesada e imponente como uma rocha. — Ele se mostrou corajoso, de pensamento rápido e sábio. Encontrou um modo de impedir que homens e mulheres malignos pegassem a magia que minha esposa dedicou a vida inteira para proteger. Se aquele homem, aquele *bandido*, disse que havia um exército que desejava a magia de minha esposa, estou inclinado a acreditar. E, se algum de vocês visse o rosto dele, e o rosto dos camaradas dele, e o que estavam preparados para fazer naquela noite, também iria acreditar. Quero que se lembrem daquela magia. Quero que se lembrem do que ela é capaz de fazer. Quero que imaginem o que aconteceria se a magia fosse transformada de uma coisa *boa* em uma coisa *não boa*. — Ele levantou a voz. Ela trovejou no espaço apertado da sala. — E *então*, só então, me digam que não podem fazer *nada*.

Todas as bocas na sala ficaram secas. Dezenas de rostos envergonhados se inclinaram para o chão. Até Madame Thuane se remexeu e fungou, com a compostura se rachando nas beiradas.

O pai de Ned assentiu, sério.

— A guerra está chegando. Sempre acreditamos que havia monstros na floresta. Estávamos certos. Só não sabíamos que *tipo* de monstros seriam. Sempre acreditamos que o mundo era pequeno, limitado e *seguro*. Estávamos errados.

O lenhador soltou um suspiro enorme.

— A questão — continuou ele — não é *até que ponto estávamos errados*, e sim o seguinte: *Como vamos reagir? Como vamos nos defender? Como, amigos?*

Os homens e mulheres na sala prenderam o fôlego. Apoiaram a testa nos dedos. Preocupavam-se como se fossem uma pessoa só.

Por fim:

— O que devemos fazer? — perguntou uma mulher. — E como posso ajudar?

— Devemos fugir?

— Para onde iríamos?

O lenhador sentou-se, absolutamente exaurido.

— Vamos mandar dois cavaleiros até a rainha. Vamos dizer que um perigo está chegando. Vamos dizer para ela mobilizar o exército, as milícias, a guarda e qualquer coisa em que ela possa pensar. Vamos mandar cavaleiros a todas as aldeias. E vamos nos preparar. Meu filho atrasou os malignos, mas não os impediu. E precisamos nos defender.

E a aldeia de Ned começou a trabalhar.

34

A ÁREA DE AVALANCHES

Ned e Áine desceram o rio até ficar escuro demais para enxergar. Com o coração pesado, Áine deixou a embarcação ir embora flutuando no escuro, para não revelar a posição dos dois. Apertou os dedos nos lábios e tocou a proa da barca uma última vez antes que esta desaparecesse na água escura.

Passaram a noite numa pequena reentrância mais abaixo junto ao rio, dormindo no escuro. Ned abriu a capa sobre os dois e o lobo se enrolou junto às suas costas. O vento uivava nas árvores, e as pedras ao redor pareciam sacudir, estremecer e *se mover*. Eles disseram a si mesmos para ignorar isso. Tremeram e tremeram até de manhã. Quando acordaram, muito antes das primeiras luzes, estavam com o corpo dolorido da umidade e do frio, da terra dura e das pedras mais duras ainda.

— O rio não é mais seguro — disse Áine. — As pessoas que estão seguindo você vão vigiá-lo. E, além disso, logo ele não vai passar de penhascos, corredeiras e cachoeiras, e não podemos segui-lo, de qualquer modo. Precisamos acompanhar o topo dos morros. — Ela pôs a sacola no ombro. — Venha. Vamos comer no caminho.

Mas, à medida que a manhã pressionava em direção à tarde, Ned começou a perder a confiança. Os passos de Áine pareciam cada vez menos seguros. Ela olhava para as árvores com suspeitas. Ia para um lado, pensava melhor e dava meia-volta, culpando Ned ou o lobo por atrapalharem seu pensamento.

— Estamos p...perdidos? — perguntou Ned.

— Como podemos estar perdidos? Eu jamais poderia me perder nessa floresta. A floresta me ama. — Foi isso que Áine *disse*, mas Ned percebeu que sua voz implorava. Havia algo errado. E ela não queria dizer o que era.

Não havia trilhas. Não havia marcos no terreno. Estavam perdidos. Ned teve certeza.

Deixe a garota, disse a magia.

Não deixe a garota, contrapôs a magia.

Ela vai matar você como tentou matar o lobo. Só um idiota ligaria o destino a uma pessoa que pode trair você assim que for conveniente, guinchou outra voz em sua pele, com o pânico quente e afiado como gravetos em chamas.

Sem ela você vai morrer.

Você vai morrer de qualquer modo.

As árvores se lembram de nós. As árvores podem ouvir.

Isso vai contra as regras!

Silêncio!

A magia se agitava, fumegava e discutia.

Áine continuava avançando com dificuldade, mas as árvores estavam mais comprimidas, o mato baixo lhes agarrava os pés.

— Não entendo — disse Áine, soltando um fiapo de trepadeira da perna esquerda. — As árvores nunca bloquearam meu caminho antes. Não sei o que deu nelas.

Parem com isso, ordenou Ned à magia.

Veremos, disse a magia.

— E... estamos p... perdidos? — perguntou Ned, mudando de assunto.

— Sem perguntas! — rosnou Áine, entrando mais fundo no mato. Ned foi atrás. Não tinha opção. Mas estavam *perdidos*.

Encontre as Pedras, disse a magia.

Tenha medo das Pedras, disse ela.

As pedras querem que a gente morra.

Sem as Pedras já estamos mortos.

Deixe a garota.

Beije a garota.

Mate a garota.

Sem a garota estamos perdidos.

Já estamos perdidos.

As vozes em sua pele corriam, gaguejavam e rosnavam. Estavam quentes, depois frias, depois quentes outra vez. Borbulhavam, estremeciam e giravam.

E Ned queria que aquilo *acabasse*.

Por favor, garoto, disse a magia. *Nunca estivemos livres. Nunca estivemos* no comando.

— Há um m... motivo para isso — disse Ned, baixinho. A magia o ignorou.

Tantos anos escravizados por seus ancestrais naquele pote de barro horrível, e agora estamos escravizados a você. Não precisa ser assim. Nós poderíamos trabalhar juntos. Poderíamos ser parceiros igualitários! Ou poderíamos matar você. Você é quem sabe.

— Se você me m... matar, v...vai morrer t...também — murmurou Ned.

Áine girou e agarrou a túnica de Ned.

— Repita isso na minha cara — rosnou ela.

O lobo rosnou para Áine e bateu com a anca na perna dela.

A magia relampejou pelo pescoço de Ned, e uma fumaça fina se desenrolou por baixo de sua roupa. Áine soltou um grito e cambaleou para trás, balançando a mão, como se a magia pudesse ter se agarrado nela, feito alguma coisa doente e podre.

Ned se encolheu e tombou para a frente, pondo o peso nos joelhos e fechando os olhos com força.

— Está pior, não é? — disse Áine, enfiando a mão dentro da manga da blusa e tocando o braço de Ned através das camadas de tecido. Uma ruga de preocupação surgiu em sua testa.

Ned confirmou.

Sua cabeça flutuava. A magia tinha ficado subitamente silenciosa, como se reavaliasse o que desejava dizer. Ned teve certeza de que a havia amedrontado com a lembrança de que a mortalidade dele e a dela estavam, por enquanto, inexoravelmente ligadas.

— Aqui. — Áine enfiou a mão em sua sacola. — Coma alguma coisa. — Ela pôs um pedaço de peixe defumado e um pouco de queijo na mão enluvada de Ned. A outra, a sem luva, ele mantinha quase o tempo todo enfiada na manga da túnica. Ned comeu, agradecido. A magia encontrou a voz outra vez.

Ela provavelmente envenenou isso, disse uma das vozes.

Quieto, contrapôs outra.

Fuja, garoto. Fuja enquanto pode.

A garota é nossa amiga. Ela vai nos levar até o homem grande com o pingente no pescoço. O homem tem planos. E eu gosto de planos.

Você é idiota.

Um idiota é alguém que aceita o que lhe cabe e não faz nada.

Fuja, garoto. Fuja antes que ela fure você com flechas.

Mate a garota. Mate o lobo. Você vai enriquecer, vai virar nobre, vamos lhe dar poder. Você vai ser amado, temido e adorado. Vamos nos dobrar à sua vontade. Podemos fazer isso. Nunca tivemos permissão, mas podemos.

Era uma ideia atraente, ele precisava admitir. Mas não. Sua mãe doente, de cama. O homem com moedas escorrendo dos olhos e da boca. Essa magia não era boa. Vivia discutindo, era maliciosa e dúplice. Ele não se importaria se ela simplesmente sumisse do...

Pare.

Nem pense nisso.

Garotinho malvado. Você nem sabe com que está lidando.

Ned engoliu seu peixe com queijo e balançou a cabeça para afastar as vozes.

— Parem de falar — disse, cobrindo os ouvidos. Sua voz estava firme e pesada na boca, e estranhamente amplificada. Ele não gaguejou. Sentiu a voz trovejar desde as solas dos pés, reverberando pelos ossos das pernas e ressoando em cada vértebra. — VOCÊS VÃO FICAR QUIETAS! — gritou.

Sentiu a magia estremecer na pele. Sentiu-a corcovear, puxar e se retorcer como se fosse cobra. E então ela ficou terrivelmente imóvel.

A magia estava fria, sem vida e silenciosa. E Ned soube, com a mesma certeza com que sabia que o sol iria se pôr e as estrelas aparecer, que a magia não diria mais nada sem sua permissão.

Áine o encarou com os olhos arregalados.

— Essa coisa fala — constatou. Seus olhos pretos se viraram para um lado e para o outro, como se estivesse lendo Ned feito um mapa. Como se finalmente estivesse deduzindo alguma coisa. O corpo de Ned oscilava com náusea. Ele engoliu em seco para forçar a bile para baixo. O lobo se agachou ali perto, com um ganido alto saindo do fundo da garganta.

— É — ofegou ele. — Ela f...fala. Ou f...falava. F...ficou q... — Ele engoliu em seco. Tentou dizer a palavra outra vez. Mas o som do q... ficou preso nas bochechas. Não conseguia cuspir o resto de "quieta". Não importava. Áine pareceu entender.

Áine cruzou os braços. Olhou Ned com uma suspeita séria.

— Você fez com que ela ouvisse? Você está no comando *dela* ou ela está comandando *você*? — A garota não piscou. Olhou desesperadamente para Ned. Sem dúvida precisava *saber*. Ele olhou para o chão.

— Eu n... não deveria t... tocar nela. Ela d...deveria me matar. Ela pertence a minha mãe. Minha m... mãe mantém a magia boa. E ela *é* b...boa. Ou e...era. — Ele respirou fundo e se balançou nos calcanhares. Olhou para Áine. A garota precisava entender. — Ela é p...perigosa. O t...trabalho de minha f... família é fazer com que ela se m...mantenha boa.

— Isso é impossível.

— C... claro que é p... p...

— Como ela pode ser boa? — sussurrou Áine. — Você tem alguma ideia do que essa magia já fez? Essa floresta matou centenas de pessoas. Aldeias e cidades inteiras. A magia fez a floresta. A magia é responsável. E depois ela fez meu pai...

Áine se virou e começou a andar, as mãos fechadas com força e os braços cruzados diante do peito. Não disse o que ela havia levado seu pai a fazer.

O trajeto pelo terreno ficou mais difícil durante a tarde. Eles subiam e desciam encostas tão íngremes a ponto de precisarem usar os troncos das árvores novas e emaranhadas como se fossem degraus de escada e apoios para as mãos, a fim de não caírem.

Pelo menos a magia estava em silêncio. Estava em silêncio havia horas. A luz começou a se inclinar do outro lado das árvores. Será que estavam perto? Ned não fazia ideia. Achava que Áine também não fazia ideia.

O lobo corria adiante e voltava, repetidamente. Por fim houve uma abertura nas árvores, um lugar onde o mundo de verde e sombras se transformava num espaço claro e luminoso. Áine levantou a mão.

— Devagar — disse ela.

Aproximaram-se da abertura com cautela, prontos para qualquer par de olhos — humanos ou de falcão — que pudesse estar esperando os dois. Áine farejou o ar, levando o corpo para dentro e para fora da cobertura das árvores até ficar satisfeita com a segurança.

— Tenha cuidado, Ned — disse por cima do ombro. — Essa parte é complicada.

Ned a acompanhou saindo das árvores e viu que estava na beira de uma encosta muito íngreme que descia até um penhasco vertical, e este mergulhava num cânion estreito com uma grossa camada de pedras, milhões e milhões de pedras, desde cascalhos pequenos até pedras do tamanho de melões. Ned nunca tinha visto tantas pedras num só lugar — elas cobriam toda a encosta íngreme, afastando todas as árvores, todos os arbustos, qualquer sugestão de verde. E aquilo era íngreme *demais*. E as pedras não pareciam estáveis.

— O q...que aconteceu aqui? — perguntou.

— É uma área de avalanche — explicou Áine. — A neve parte a montanha em pedacinhos pequenos, e tudo desmorona numa onda enorme, encosta abaixo. É isso que fica depois, uma cicatriz na montanha.

— É p... perigoso?

— Muito. Mas podemos passar se formos cuidadosos. Passar por uma encosta de avalanche é complicado. As pedras se mexem e rolam. Se você escorregar, aperte a barriga contra o chão e abra os braços e as pernas. Isso deve diminuir a velocidade por tempo suficiente para eu pensar num modo de salvar você. — Ela franziu os lábios. — Presumindo que você não tenha caído pela borda — acrescentou séria.

— T... talvez a gente deva se a... amarrar um ao outro — sugeriu Ned. Áine resmungou.

— E ser arrastada para o abismo porque você não conseguiu manter a cabeça fria? Ficou totalmente maluco?

— Eu s... só pensei...

— Escute, eu vou primeiro. Vou sentir as áreas estáveis. Siga *exatamente* meus movimentos. Basta um momento de pânico para um corpo cair pela beira, e depois da queda não há nada que eu possa fazer para salvá-lo, entendeu? *Nada.* Está preparado?

Ned esperou para ouvir o que a magia tinha a dizer, mas ela continuou sem falar nada. Sua pele estava entorpecida e fria. E...

Silenciosa. Palavras à espera. Como uma árvore sem folhas no inverno.

Se ele sentia sua falta? Certamente não. Ele se aprumou. Não precisava daquela falação incômoda atrapalhando os pensamentos. Não precisava de *magia*. Podia fazer isso sozinho. Deu um olhar sério para as palavras silenciosas e imóveis na pele. *Olhem só.*

— Estou preparado — disse.

Áine pisou no terreno de pedras.

A névoa pesada que havia se comprimido contra as árvores durante toda a tarde se dissipou de repente. Ned curvou o pescoço para o céu e respirou. O lobo, encostado em sua perna, soltou um ganido. Áine manteve o corpo abaixado, esgueirando-se cautelosamente e procurando pontos de apoio para os pés. Ned olhou como ela mantinha as pernas bem dobradas ao andar, viu como ela mantinha a pisada leve e suave, igual a um gato. Ela atravessou o terreno fazendo uma curva para cima, sempre se inclinando na direção da encosta íngreme e se firmando com as mãos. Pedrinhas e pedregulhos rolavam encosta abaixo a cada passo, ganhando aceleração enquanto seguiam para o penhasco e caíam pela beira.

Ned prendeu o fôlego. O lobo ganiu.

Áine chegou ao outro lado e quase desmoronou de alívio.

— Você estava olhando? — gritou ela.

— E...estava.

— Seria mais fácil se eu tivesse trazido uma corda. Meu pai sempre disse que, se a gente não tem uma, na certa vai sentir falta. E é verdade. Mantenha o corpo abaixado e os joelhos dobrados. Não é muito ruim. Você vai chegar do outro lado. Com tanta certeza quanto a neve cai no inverno.

Ned não tinha tanta certeza. Além disso, na sua experiência, a neve era imprevisível. Borrava os marcos do terreno e fazia telhados desmoronarem. E agora ficou sabendo que, pelo jeito, ela comia montanhas e as transformava numa confusão de pedras soltas. A neve não era nem um pouco uma certeza. Pisou nas pedras. O lobo foi andando, movendo--se muito acima do lugar por onde Áine havia passado. Ele avançou um pouco e olhou para baixo, com os olhos amarelos acompanhando Ned.

— Você está muito em pé — gritou Áine. — Curve o corpo. As árvores mais fortes da montanha são as baixas e nodosas. Elas se deixam curvar e retorcer, e vivem. Sobrevivem a nevascas, avalanches e vento. Aquelas árvores têm dentes. Meu pai diz que elas são velhas como as pedras.

Ned avançou, inclinado contra a encosta para se firmar.

— Onde está seu p... pai, a... final? — perguntou, enquanto dava outro passo. A pedra cedeu, e ele escorregou, mas não muito. O lobo latiu, e Áine ofegou, mas Ned se ajeitou a tempo. Bamboleou à frente, mantendo o corpo o mais perto possível do chão.

— Quem disse alguma coisa sobre meu pai? — perguntou Áine, com a voz afiada e cheia de suspeitas.

— V...você — respondeu Ned, agarrando-se de lado e dando outro passo.

— Minha família não é de sua conta. — disse Áine, com a voz penetrante e desconfiada.

Ned levantou os olhos e a encarou. O rosto dela estava duro feito pedra.

— D... desculpe — disse ele.

Áine não falou nada. Dirigiu-lhe um olhar furioso, do outro lado do trecho de pedras.

As pedras foram ficando cada vez menores a cada passo. Ned sentia como se estivesse tentando atravessar um campo de bolas de gude. Bolas de gude num morro, um morro que terminava num penhasco. A magia em sua pele continuava silenciosa, mas parecia quebradiça e tensa, como se estivesse morrendo de medo.

O lobo deu um uivo encorajador e foi até Áine. Ela pousou a mão na faca e firmou o maxilar. Não olhou para o animal.

Ned deu um passo, dobrou bastante os joelhos, inclinou o peso do peito diretamente sobre os pés. E depois se inclinou demais. Suas botas começaram a escorregar enquanto as pedras rolavam e se espalhavam encosta abaixo. Seus pés escorregaram debaixo do corpo, e ele caiu com força sobre o quadril.

— NED! — gritou ela. — VIRE DE BARRIGA PARA BAIXO! Abra os braços!

Ned obedeceu. As pedras rolavam feito loucas ao redor, mas diminuíram a velocidade quando ele abriu os braços e as pernas, contendo as pedras. Ele deslizou por cerca de 1,50 metro em direção ao penhasco.

Áine gemeu, largando-se no chão. Ela pousou a testa nos joelhos e suspirou aliviada.

— Está machucado? — perguntou com a voz numa rouquidão dolorida.

— Não. — Francamente, Ned estava pasmo. Provavelmente havia um hematoma se formando no quadril, e ele podia sentir o corte na coxa se abrir e sangrar um pouco, mas já havia passado por coisa pior.

— Seu lobo idiota atravessou — disse Áine. — Não sei por que você não consegue. — Ned sabia que a frase pretendia ser de desprezo. Mas notou o tremor na voz dela. E a preocupação. Ficou impressionado. Ninguém havia se preocupado com ele antes. A não ser os pais, claro.

Levantou-se com cuidado e, centímetro a centímetro, avançou.

— Bom! — gritou Áine. — Agora agarre aquela raiz; você pode andar de quatro nos próximos... cuidado com os pés! Pronto, agora mude o peso para a frente. Está bom, agora estenda o braço e segure minha mão.

Áine prendeu o braço no tronco de um pinheiro nodoso e estendeu a outra mão para Ned. Sua mão estava com luva, e a dele estava com luva, mas, quando se seguraram, a mão dela pareceu sólida e tranquilizadora. Ned quase desmoronou de alívio. Ela o puxou para a trilha.

— Pronto — disse ela, os olhos pretos arregalados e brilhantes, as bochechas morenas mudadas para um vermelho cada vez mais forte. — Não foi tão ruim, foi?

Ned deu de ombros.

— N... nem um pouco. — Ele fez uma pausa, esperando ouvir *alguma coisa* por parte da magia. Mas as palavras em sua pele estavam frias como qualquer pedra.

— Agora essa trilha deve nos levar... — O olhar dela voltou para o terreno de pedras soltas. — Ah, não.

— O que foi? — perguntou Ned.

Áine enfiou a mão na sua sacola e pegou uma funda. Abaixou-se e pegou uma pedra pesada e afiada.

— Vou acabar com isso agora.

— Acabar com o q... quê?

— Estamos sendo seguidos.

Ned olhou em volta.

— P... por quem? Mais b... bandidos?

Áine não respondeu. Em vez disso girou a funda por cima da cabeça num arco amplo e rápido, com o olhar chamejando. E então Ned o viu. Um falcão disparou da ravina abaixo do penhasco e espiralou acima da borda do precipício, na beira do terreno de pedras soltas. Uma tira de couro pendia de sua pata. Era um falcão de caça. Ned os tinha visto antes.

— O q... que ele está c... caçando?

— O que você acha? — Ela estreitou os olhos. A pedra errou o alvo. Áine avançou mais na encosta para se aproximar, desviando-se de lado, mantendo o peso baixo. Pegou outra pedra e colocou na funda. Girou-a e disparou. Errou de novo. Esgueirou-se mais para perto outra vez. As pedras ao redor começaram a se espalhar e rolar. O terreno inteiro estava se movendo na direção da beira. Ela subiu a colina cuidadosamente, como se estivesse no meio de uma corredeira. — Não deixe que ele saiba onde nós estamos. — Disparou outra pedra. Ela roçou a cauda do pássaro, que subiu mais, espiralando.

O lobo ganiu.

— Áine — disse Ned. — A... acho que n... não...

Áine pisou mais longe. Pegou outra pedra. O pássaro pairou, guinchando.

— Você não sabe o que está fazendo com ele? Não vê que isso o está deixando *doente?* Você não tem *lealdade?* — Ela girou e girou a pedra acima da cabeça. — Não importa quantas vezes alimentei você e cuidei de você. Vou esmagar seu crânio nas pedras se for preciso, ouviu? — Ela atirou a pedra. Acertou a asa esquerda do pássaro, que soltou um guincho agudo e intenso, e caiu mergulhando na ravina.

— Já vai tarde — cuspiu Áine, e se virou. E as pedras embaixo dela cederam, e, antes mesmo que ela pudesse ofegar, antes que pudesse se jogar de barriga e abrir os braços, rolou pela encosta íngreme até a beira do penhasco.

Ned apertou as mãos contra os olhos e caiu de joelhos.

Esperou para ouvir o grito da garota.

35

A MAGIA BASICAMENTE OUVE

— Áine! — gritou Ned.

— Áine! — gritou de novo.

As pedras continuaram a rolar. Derramaram-se pela beira. Ele não conseguia ver a garota.

Não, não, não!, gritou seu coração.

Não, não, não!, veio um grito daquele lugar que se agitava dentro dele.

A magia em sua pele sibilou e ardeu, mas ficou em silêncio e imóvel. Ela dormia — ou ao menos fingia.

O lobo se encostou ao corpo de Ned. Inclinou a cabeça para trás e uivou — um som áspero, triste. O som da perda. Ned apertou o rosto com as mãos e soltou um grito alto a ponto de achar que seu corpo iria se rasgar ao meio.

— Por favor — disse uma voz vinda de logo depois da beira do penhasco —, pare de berrar e mande sua enorme bola de pelos parar com esse choro. Estou tentando pensar.

— Áine! — gritou Ned. — V... v... voc... — A frase *você está viva* ficou travada. Ele não conseguia dizê-la. Engoliu em seco. — V... você se m... machucou?

Por um momento não houve nada. Depois:

— Machuquei. Mas não muito.

— N... não consigo ver v... você.

— Tem algumas raízes e árvores mortas. Elas estão se segurando por pouco. Estou com medo de me mexer. Eu... — Ela parou. Ned olhou para o lugar onde Áine havia caído e viu alguns galhos mortos despontado logo acima da beira do penhasco. Galhos muito mortos, de árvores muito mortas. Não iriam aguentar muito tempo.

— Não quero morrer, Ned. Aqui não. — A voz dela tremia. Ela estava chorando.

— Você n... não vai — respondeu Ned. Seu braço envolveu as costas do lobo, segurando o animal com força. — N... não vou d... deixar.

— Vou tentar...

Ned ouviu um som áspero, provavelmente Áine procurando algo mais forte em que se segurar. Quase instantaneamente escutou galhos estalando e uma nova cascata de pedras caindo do penhasco.

— Áine!

— Ah, Ned... — A voz dela estava fraca. Aterrorizada. — Ah, não.

— Pare de se mexer! — gritou Ned. — M... me deixe pensar.

— Ele está se soltando, Ned. Vai se partir a qualquer momento. Por favor. Arranje alguma coisa para eu agarrar! Qualquer coisa! — Ela engasgou num soluço em pânico.

Ned se levantou e se afastou do lobo. Tirou a luva que restava e olhou a magia na pele. Sua linguagem estranha. Sua esquisitice. Cada símbolo era uma palavra, porém não era mais familiar para ele que as palavras de sua própria língua.

E no entanto.

Uma palavra é uma coisa mágica. Contém a essência de um objeto, ou uma ideia, e a prende ao mundo. Uma palavra pode colocar um universo em movimento. E Ned *tinha*. Tinha dito *vocês não são bem-vindos* e eles *não foram bem-vindos*. Tinha pensado *pedra* e havia pedra. Tinha pensado *cure* e...

Bem, ele não tinha certeza. Certamente esperava que o homem estivesse curado.

Você é mais poderoso do que imagina, tinha dito seu irmão de sonho.

Mas será que sou mais poderoso que essa... coisa? E se ela ficar maligna? E se eu ficar maligno com ela?

A magia em sua pele não se mexeu. Mas havia uma luz por trás dela. Estava esperando. Áine gemeu de medo.

— Por favor, depressa — sussurrou ela, enquanto mais pedras rolavam e caíam pela beira do penhasco.

— Acorde — disse Ned. Falou sem gaguejar. Falou a partir das solas dos pés. Falou a partir do centro do peito; aquela parte dele que se agitava feito uma borboleta e se expressava como seu irmão.

A magia não disse nada.

— Eu m... mandei aco... acordar — repetiu.

Nada ainda.

— ACORDE.

Olha quem está todo mandão, bocejou a magia.

— Ela n... não deve m... morrer — disse Ned à magia.

Nada foi dito, mas as palavras na pele do garoto começaram seu redemoinho. Enrolaram-se em cada dedo, em cada braço. Espiralaram na barriga, no peito e se derramaram em volta do pescoço. Ned conseguia sentir cada palavra, cada sílaba. Podia sentir o poder delas por *dentro*. Percebeu que a magia sentia grande prazer em ser usada. Era quase um êxtase.

— CORDA — disse ele. Será que tinha dito em voz alta? Seria numa língua que ele conhecia? Ned não soube. Não conseguia se ouvir. Não conseguia ouvir o rolar das pedras, os soluços da garota e os gritos dos falcões no céu. Só notava o poder da magia em seu corpo. Havia apenas a exigência. Havia apenas a *necessidade*. Só havia *corda*.

— CORDA — repetiu.

Se você quer tanto, disse a magia.

Não sabemos por quê.

Ela não é útil.

Ela não é boa.

Ela vai matar você se precisar. Você vai ver.

— CORDA — disse Ned pela terceira vez.

Ótimo, disse a magia.

E a magia se desenrolou de suas mãos. Ela fedia. Ned engasgou, mas se esforçou ao máximo para ficar imóvel. Olhou os fiapos de magia se juntarem e se retorcerem no chão. Ela estalava, soltava fumaça, densa e preta, encobrindo o chão.

E então voltou para sua pele. E tudo ficou claro.

Havia uma corda caída no chão. Um grande rolo. Um monte.

Você pode mover montanhas, garoto, se pedir, sussurrou a magia. Um fio de suor desceu pela coluna de Ned. A magia o esvaiu até ele ficar seco. Sua cabeça oscilava. Mas ela também fez outra coisa: a sensação era maravilhosa.

Era fácil demais. Ele poderia fazer qualquer coisa. E a ideia de *qualquer coisa* era inebriante. Deixava sua cabeça leve, as pernas bambas.

Ah, meu garoto, como vamos nos divertir!

E a névoa se dissipou instantaneamente. O que ele estava pensando? Precisava salvar Áine. Não precisava mover montanhas. Balançou a cabeça e se concentrou.

— Áine! — gritou. — N... não se mexa. T... tenho uma corda.

— O quê? Como? De onde ela veio?

— N... não im... importa. — Ele não queria que ela soubesse. A magia era sua, e somente sua.

Você poderia dar asas a ela.

Poderia transformá-la numa nuvem.

— P... parem com isso — disse Ned.

Você poderia transformá-la em sua empregada, sua irmã ou sua esposa. Você poderia ser rei, imperador ou um deus. Poderia transformar seus inimigos em pedras. Poderia fazer tudo isso.

— P... parem.

A cabeça de Ned girava. *Ele poderia fazer todas essas coisas.* Sua mãe mantinha a magia boa, e isso era bom. Mas... e se ela pudesse ser *mais*? E se *ele* pudesse ser mais?

— Ned?

Áine. A voz dela o puxou de volta. E ele soube o que precisava fazer.

— Já v...vou! — disse. Pegou uma ponta da corda e amarrou numa árvore. Virou-se para pegar a outra ponta, mas não foi suficientemente rápido.

O lobo.

— O q... que você está f... fazendo? — gritou Ned.

O lobo estava com uma ponta da corda na boca. Puxou-a pelo terreno instável até a garota. E, apesar de ele quase correr, e apesar de a corda se arrastar pelo chão, nada rolou. Era como se todas as pedras tivessem sido grudadas no lugar. O lobo correu até onde os galhos mortos se projetavam no penhasco e esticou o focinho por cima da borda. Soltou um som agudo como um assobio.

— *Lobo* — disse Áine.

O lobo ganiu e soltou a corda pela beirada.

— Se isso é só um truque para garantir que vai me comer mais tarde — Ned ouviu Áine dizer —, nunca vou perdoá-lo. — Ned viu a corda se retesar, forçando o nó na árvore.

Mão depois da outra, Áine se puxou pela beira do penhasco e começou a subir a encosta, ainda segurando a corda.

O coração de Ned trovejava no peito. *Esteja em segurança*, implorou à Áine. *Esteja em segurança*, suplicou ao lobo.

Você sabe, começou a magia.

— SILÊNCIO — ordenou Ned.

E a magia ficou em silêncio. E aquela sensação — ao mesmo tempo maravilhosa e terrível — causada pelo redemoinho da magia começou a passar. Essa magia era perigosa. E não importava o quanto alguém tentasse forçá-la a *fazer* o bem, isso não bastava.

Ela não era boa.

Mesmo assim. À medida que Áine chegava cada vez mais perto, Ned soube que, não importando o quanto a magia fosse maligna, ele iria usá-la de novo para salvar a garota. De novo e de novo e de novo. Até os maus podem fazer uma coisa boa e corajosa.

Ela está viva, pensou. *Ela está viva, ela está viva, ela ainda está viva.* Apesar de mal a conhecer, e apesar de saber — com tanta certeza quando sabia que seus pés tocavam a terra e não o céu — que Áine *não* era sua amiga, não de *verdade*, mesmo assim seu coração se exaltava.

Estendeu a mão para Áine, e ela a segurou.

E sem planejar, sem pensar, ele a abraçou.

E ela o abraçou de volta.

E teriam ficado assim por um longo tempo se não fossem os batedores dos bandidos que estavam no lado oposto do terreno de avalanches, ambos com rostos tatuados e dentes limados até ficarem com pontas afiadas. O homem tinha uma flecha apontada diretamente para Áine.

— Eu não me mexeria se fosse você — disse um dos bandidos. — Não se quiser que a garota viva. — E disparou a flecha.

36

A EXECUÇÃO DA IRMÃ FEITICEIRA

HAVIA MUITO POUCA COISA SUGERINDO QUE ELA CONSEGUIRIA. Depois de toras podres, cordas esgarçadas, pregos enferrujados e incêndios provocados por raios (duas vezes), o cadafalso finalmente estava pronto. A Irmã Feiticeira fora informada de que a presente refeição (uma maravilhosa variedade de iguarias e doces capazes de deliciar até mesmo o paladar mais exigente) seria a última.

A Irmã Feiticeira seria enforcada na manhã seguinte. Lorde Brin havia pendurado cartazes e panfletos por toda a praça. Cartazes de si mesmo com uma coroa. Cartazes do rosto da Irmã Feiticeira atravessados por um risco. Cartazes com a silhueta de um cadafalso com a palavra LOGO escrita embaixo. Ele havia mandado um guarda presentear a Irmã Feiticeira com um desses cartazes, como lembrança.

Ela não chorou. Não discutiu nem ameaçou. Meramente aceitou a notícia de cabeça baixa.

— Como vai a rainha? — sussurrou ao guarda.

— Não tenho permissão de dizer, senhora — respondeu o guarda, mas a Irmã Feiticeira viu um rubor no rosto dele, um brilho no olho. Aquele garoto tinha esperança. Na verdade ele punha todas as esperanças na saúde de sua rainha. E não estava sozinho.

De sua parte, a Irmã Feiticeira não se resignava a *ter esperança*. Ter esperança era irracional, pouco prático e incerto. A Irmã Feiticeira era uma *solucionadora*.

Mas agora não havia nada para solucionar. O antídoto funcionaria ou não funcionaria. De qualquer modo, mesmo que o antídoto funcionasse, por causa da idade avançada da rainha, esta poderia morrer assim mesmo. E, nesse caso, a vida da Irmã Feiticeira estava pendurada na ponta de uma corda. Era uma certeza.

Não importava. A morte vem para todos nós, dizia a si mesma a Irmã Feiticeira. Cedo ou tarde.

Para a última noite, ela foi levada a uma cela com uma pequena grade voltada para o leste. Sabia que isto era um último insulto velado à sua derradeira manhã com vida. Lorde Grin queria que ela sentisse o terror do sol nascendo. Queria que ela chorasse ao ver os primeiros raios passando pela janela. Ele ficaria desapontado. A Irmã Feiticeira tinha visto mortes suficientes, tinha ajudado pessoas suficientes na transição deste mundo para o outro, para saber que não tinha o que temer.

Só havia interferido uma vez. Só uma.

Mas, *ah!* Não pôde suportar a perda dos dois! E *ah!* A beleza da alma de seu filho morto! Tão delicada! Tão perfeita! Tão corajosa! Se fosse encarar a censura no outro mundo por ter feito o que qualquer mãe faria se soubesse como, tudo bem.

Naquela noite a Irmã Feiticeira não dormiu. Ficou junto à janela e olhou a lua inclinada; estava enorme. Não cheia, mas quase. Brilhante, gorda e plena de promessas.

— Onde está você, meu filho? — perguntou.

A magia continuava em movimento, e Ned ainda estava vivo. Disso tinha certeza. Mas havia outras coisas que ela sentia e não conseguia explicar. O estranho eco da magia vindo de diferentes lugares. Ela certamente nunca sentiu *isso* antes. E depois o tremor nas pedras, o retumbar no chão e o cântico. As pedras nas paredes de sua prisão estavam *cantando*. Ela não conseguia escutar isso com os ouvidos, mas mesmo assim sentia.

E então, justo quando a borda do céu começava a ficar rosada com o alvorecer, ela escutou também. As pedras do calçamento estavam cantando. Assim como as da muralha. Baixinho, mas a Irmã Feiticeira conseguia identificar a música.

— Ora, ora — disse a Irmã Feiticeira. — Alguém acordou.

Na manhã seguinte, lorde Brin estava de pé no tablado construído na praça, do lado oposto ao cadafalso, todo empolado com roupas afetadas. Usava meias amarelas chamativas, botas de cano longo com fivelas de ouro e um chapéu de aba larga, resplandecente de plumas, sedas e joias. Não era uma coroa exatamente, mas algo suficientemente próximo para ele.

Haverá uma coroa nesta cabeça em breve, parecia dizer seu sorriso presunçoso.

— Bons cidadãos! — gritou Brin. — Amáveis irmãos e irmãs! Amigos da rainha!

Ele esperou os aplausos. O povo da cidade vivia aplaudindo a rainha. Parecia adequado que o aplaudissem. As pessoas estavam em silêncio. Brin esperou mais um pouquinho e depois continuou sem a adulação.

— Nossa amada rainha, presa à vida por um fio, provavelmente sucumbirá à morte a qualquer momento. Esta mulher, esta... *feiticeira*, assassinou nossa rainha! Foi apanhada com a mão na massa. E será executada segundo a Lei. — Lorde Brin olhou para a multidão.

Olhou para a multidão. Um mar de rostos inexpressivos o encarou de volta.

A Irmã Feiticeira inclinou a cabeça para o lado. Sorriu para o sujeito. Ele ficou vermelho, e suas papadas começaram a estremecer. As pedras do calçamento sob seus pés estavam cantando. Ninguém parecia notar. Estavam cantarolando, tremendo e vibrando. As Pedras estavam felizes, a Irmã Feiticeira sabia disso.

Ela ouvia outra coisa também. Vinda do interior do castelo. Sons de passos.

Não... de *marcha*.

— Vocês concordam que esta é a ação certa e adequada? — gritou ele. A multidão continuou em silêncio. O rosto de lorde Brin ficou um pouquinho mais vermelho. — Levem a Feiticeira ao cadafalso imediatamente. Ponham uma mordaça para que ela não sussurre palavras mágicas e destrua todos nós.

A Irmã Feiticeira revirou os olhos.

E os passos ficaram mais próximos. O guarda jovem — o que ficou junto à cela durante o tempo de prisão — segurou-a por um braço, enquanto outra guarda, uma jovem, segurou o outro.

— Por favor, perdoe-nos — disseram juntos. E subiram os degraus do cadafalso.

— Bem devagar — sussurrou a Irmã Feiticeira. — Há alguém vindo. Não queremos perder o espetáculo.

Assim que chegaram ao topo, a Irmã Feiticeira se virou para o guarda à direita e o beijou no rosto. Virou-se para a guarda à esquerda e fez o mesmo. Virou-se para encarar lorde Brin, parado com seus ornamentos no tablado, e fez uma reverência. As pessoas na multidão pressionaram os dedos contra a boca e suspiraram.

— Quanta honra — sussurraram.

— Quanta graça!

— O que ele está fazendo?

— O que nós fizemos?

Os dois guardas hesitaram. Olharam relutantes para o nó corrediço pendendo da trave de cima. A Irmã Feiticeira assentiu para os dois com expectativa. (*Os passos! Estavam mais perto! Estavam quase chegando!*)

— DEPRESSA! — gritou lorde Brin.

— Andem — disse a Irmã Feiticeira com um sorriso. — Não vamos desperdiçar tempo.

Os guardas se entreolharam dando de ombros. Estavam com os braços pendendo pesados junto ao corpo. Não podiam fazer aquilo. E, apesar de ter as mãos acorrentadas, ela segurou o nó corrediço e o passou por cima da cabeça. A Irmã Feiticeira sorriu.

— Pronto, pronto. Não foi tão difícil, foi?

Os guardas, de olhos vermelhos, rostos inchados, não disseram nada. Os tambores começaram a rufar.

Lorde Brin deu um riso escancarado. *Agora não iria demorar muito.*

Os rufos foram ficando mais lentos; uma batida longa, constante. Depois de um tempo começariam a acelerar, cada vez mais rápidos de novo, até finalmente virar uma cacofonia de batidas nos tambores. Então o alçapão iria se abrir, a corda iria se retesar e ele iria se livrar da feiticeira para sempre. Iria se livrar do que ela sabia. E seria rei.

Mas lorde Brin teria de aguardar.

E odiava aguardar.

— Pulem para o final! — berrou. — Quero vê-la enforcada logo!

Os tambores pararam. Ele sentiu a mão de alguém pousar em seu ombro. Um peso minúsculo — não mais do que uma pena —, mas que segurou seu ombro como um torno. Lorde Brin gritou, certo de que sua clavícula havia se partido.

— Eu gostaria de ter uma conversinha com você, sobrinho — disse a rainha.

Lorde Brin estremeceu e engasgou.

A rainha, flanqueada por suas damas de companhia fortes e solícitas, e um destacamento de soldados na retaguarda, estava de pé à luz da manhã. Tinha emagrecido, mas suas bochechas estavam rosadas e os olhos brilhavam como joias no meio das rugas do rosto. As pessoas na praça olhavam boquiabertas. Não conseguiam falar, não conseguiam gritar. A alegria as deixava sem voz.

A rainha sorriu.

— Mas isso vai ter de esperar até mais tarde, já que parece que estamos sendo atacados. Talvez você não tenha ouvido falar.

As pessoas no chão se inclinaram para a rainha.

— Parece — continuou ela — que um contingente da aldeia fronteiriça, a mesma aldeia de onde vem nossa querida Irmã Feiticeira, informou a você que um exército está se aproximando agora mesmo, vindo da floresta. E você prendeu os mensageiros. Que estratégia estranha, criança! Simplesmente precisarei presumir que você deixou de pensar direito.

— Sua... — começou ele, com a voz num soluço débil — Minha... — e hesitou.

— De qualquer modo — disse a rainha depressa —, não temos um instante a perder. Se vai haver uma guerra, certamente precisamos nos preparar. Ninguém ataca *minha* casa. *Ninguém.*

Lorde Brin abriu a boca e a fechou de novo.

— E da próxima vez, se houver uma *próxima vez*... Honestamente, meu querido garoto, não creio que o poder combine com você. Você parece positivamente pavoroso. De qualquer modo... *da próxima vez,* certifique-se de não matar as pessoas que têm um mínimo de bom senso. Estou falando *sério, Brin.*

Ela se virou para os guardas, que riam feito loucos.

— Por que não encontram uma cela boa e confortável para lorde Brin, onde ele possa pensar nos próprios atos? Façam a gentileza. E digam aos generais para começarem a mobilizar as milícias. — A rainha olhou para a mãe de Ned e fez uma reverência, pressionando os dedos contra a boca. — E, pelo amor de Deus — disse —, tragam a minha Feiticeira.

37

Agora

A Pedra mais jovem se lembrou de suas mãos.
Lembrou-se de seu rosto.

Lembrou-se de seu mundo como *era*. Antes da espera interminável. Antes do tempo do *agora*. Quando não se tem chance de reivindicar o passado e não se tem esperança de reivindicar o futuro, tudo o que resta é o *agora*.

Agora, sentiu ela, era uma palavra cansativa. O *agora* era insistente, persistente e *mau*. Não parava, não esperava, não tinha esperança. O *agora* era um valentão agressivo.

— Estou cansada de esperar — disse ela.

A Pedra mais velha gargalhou.

— Eu também. Não vamos esperar mais.

A Mais Jovem não podia se virar para ele. Não podia dar um tapa na mão dele. Mas mesmo assim o censurou.

— Não precisa fazer piada — criticou.

— Eles estão vindo — disse a Mais Velha.

— Agora? — perguntou a quinta Pedra.

— Tem certeza? — Quis saber a Nona.

— Bastante — ribombou a Mais Velha. — Não há dúvida. E todos estamos acordados. Mais do que nunca. A hora é agora, minha família. Vamos trabalhar como um só. — As montanhas tremeram, os pedregulhos rolaram. Os seixos na floresta giraram e fluíram como água. — Tornem os caminhos retos. Sussurrem para os rios e as árvores. Estão vindo em dois. Sintam os passos deles e os puxem para perto. Eles vão nos libertar ou nos deixar em nosso desespero contínuo. De qualquer modo, nossa espera vai acabar logo. E saberemos.

E, enquanto a terra ribombava e tremia, as Pedras começaram a cantar.

38

As Pedras param de esperar

A FLECHA PASSOU JUNTO À ORELHA DE ÁINE, LIVRANDO-A por centímetros.

Ned se virou para Áine, para seus olhos pretos, sua boca aberta. Ele iria protegê-la.

— CORRA! — Agarrou a mão dela, e os dois correram.

Depois de quilômetros e quilômetros serpenteando, a trilha tinha ficado subitamente reta e lisa como uma estrada, como se uma grande mão tivesse vindo alisar os lugares irregulares. Ned e Áine aceleraram o passo no meio do mato. Ned olhou para trás e viu os dois homens atravessando o terreno de pedras soltas, mantendo o corpo abaixado e os joelhos dobrados. Sabiam o que estavam fazendo. Não demorariam muito para alcançá-los.

— Amigos seus? — perguntou Áine.

— Eu a... achei que *v...* *você* tinha trazido.

Outra flecha. Errou.

— Por que essa trilha está tão *reta*? Está fácil demais para eles... — Outra flecha. Esta bateu no chão perto de Áine. — Mirarem — disse ela.

— E por que só estão mirando em *mim*?

Ned sabia. Ele não deveria ser morto. A magia em sua pele era preciosa para o homem ruivo. Mas, para a horda de bandidos, Áine não era ninguém. Era dispensável.

O lobo saltava à frente, onde a trilha começava a se dobrar à esquerda. Uivava, gania e olhava para trás. Entrou correndo no mato, descendo a encosta na direção do rio.

— Por que ele está indo para a ravina? — perguntou Áine. — Porcaria de animal. *Volte!*

— Olhe! — disse Ned. Era outra trilha. As árvores eram tão densas, o mato baixo tão fechado, que a trilha ficou invisível até que chegaram em cima. O lobo não estava perdido e não estava confuso. Estava mostrando aonde ir. — Depressa! — Ned puxou a mão de Áine, e eles entraram no emaranhado de folhas.

O lobo deu meia-volta e retornou à trilha original.

— A... aonde ele está i... indo? — perguntou Ned, enquanto o lobo uivava. Uma flecha voou e quase acertou o animal. Ele continuou pela trilha anterior. — V... volte! — Sua voz falhou.

— Ah — disse Áine. — Seus olhos estavam arregalados. Ela entendia. E seu coração deu um pulo. — Você não vê? Ele está levando os homens para longe. O lobo está distraindo os dois. — Outra flecha. O lobo correu mais adiante pela trilha. Áine puxou Ned para perto, mais para dentro das folhas e dos arbustos. — Ele está tentando salvar você. Quero dizer, nós dois. Se abaixe.

E, sem dúvida, os bandidos vieram correndo pela trilha principal e passaram por Áine e Ned sem olhar para eles.

— Pronto — sussurrou Áine. — Entendeu?

Da parte de Áine, ela entendia. Entendia pela primeira vez. O lobo amava o garoto. E ele amava o lobo. O lobo que a havia salvado. O garoto que ela estava protegendo. E ela sabia que — mesmo sem tentar, sem saber direito como — amava os dois. E precisava de que ficassem vivos. Isso era tão verdadeiro quanto o ato de respirar.

Foi isso que minha mãe quis dizer. Era isso que ela estava tentando dizer, pensou, com uma grande pancada no peito. Apertou o braço de Ned.

— Venha — disse. — O lobo vai nos encontrar. Deixe que ele proteja você. Ele quer isso. Mas precisamos sair daqui. — Ela puxou Ned, correndo. A trilha nova mergulhava íngreme na direção do rio, era um caminho desajeitado e pedregoso.

E no entanto...

Será que as pedras estavam rolando para os lados enquanto eles se aproximavam?

Será que as raízes afundavam no chão quando eles passavam?

Será que as curvas adiante ficavam retas no momento em que eles chegavam lá?

Nem Ned nem Áine podiam ficar pensando muito tempo. Só podiam correr. Correram até ficar com as pernas queimando. Correram até os pulmões gritarem. Correram até achar que não podiam ir mais longe. A trilha seguia ao longo do rio e serpenteava ao redor das pedras enormes que guardavam cada margem. Eram gigantescos blocos de granito e mármore, cheios de musgo e úmidos por causa da névoa constante.

Áine corria com Ned a acompanhando no mesmo ritmo, o padrão dos passos soando firmes, fortes e confiáveis. Uma coisa verdadeira, certa. Seu pai teria dito para ela deixá-lo para trás. Seu pai teria dito que um garoto perdido, um garoto gago e envenenado pela magia não valia a preocupação. Ele morreria de qualquer modo.

Seu pai teria dito que o fraco preferiria morrer.

Mas seu pai estava errado.

⚜

Muito perto dali um lobo uivou. Ned parou subitamente. Protegeu os olhos e olhou para cima. *Volte! Por favor!* Agora o sol estava baixo, mal roçando no topo das árvores. Áine subiu numa pedra enorme para enxergar melhor o entorno.

— Sei onde estamos — disse ela.

— V... verdade? — Ned não pretendia parecer incrédulo.

Ela pôs a mão sobre os olhos e examinou o lugar.

— Sei *exatamente* onde estamos. — Ela estava espantada. Não sabia onde estavam desde... Bem, mal conseguia lembrar. Esse tempo todo era como se a floresta tivesse decidido lhe dar as costas.

O lobo uivou de novo, desta vez mais perto. Ned pôs as mãos em concha em volta da boca, preparando-se para uivar de volta. Áine levantou as mãos.

— Não — disse ela. — Ainda não. — Ele a olhou, com a dor murchando o rosto. Áine apontou para cima. — À frente, depois daquela curva, há outra cachoeira. Se eu estiver certa, e tenho quase certeza de que estou, é a Cachoeira da Neta. Já estive lá uma vez, no ano em que chegamos a essa floresta. Meu pai não gosta que eu me afaste muito de nossa cabana, mas ele me mostrou os mapas e como achar o caminho. Disse que havia um país de gente simplória a dois dias de caminhada da Cachoeira da Neta, gente que me receberia bem se alguma coisa acontecesse com ele. — Ela deu de ombros. — Eu sei. Foi grosseria dele. Mas foi o que ele disse.

— M... mas — começou Ned.

— Ele disse para eu ir para lá, caso ele não voltasse. — A voz dela estava inexpressiva e sua boca tremia só um pouco. Tentou transformar isso num sorriso. — Talvez fosse sua família. — As mãos dela encontraram os bolsos. — Nunca se sabe.

Ned a encarou. Ela não precisava ouvir sua pergunta; o rosto dele dizia com clareza suficiente. *Por que seu pai deixaria você no meio de uma floresta escura se houvesse a possibilidade de ele não voltar?*

E: *Ele não amava você?*

Ela estufou as bochechas e levantou o queixo.

— Eu sei. — E não olhou para Ned. — Ele não me ama o suficiente — disse Áine, com o olhar examinando o morro acima deles. — Antes ele amava. Ele me amava e amava minha mãe. *Demais.* Até que ela morreu. E ele *mudou.*

— S... sinto muito.

Áine descartou as palavras dele.

— Não podemos continuar por onde estamos indo. A trilha termina no penhasco. Mas deve haver alguma descendo até aqui que leve a gente pelo topo que passa entre aqueles dois morros ali, e de lá devemos poder enxergar o limite da floresta. — Ela não disse "sua casa", mas as palavras pairavam entre eles como um sopro de fumaça.

Áine desceu da pedra e se impressionou com o rosto dele. Achou que nunca tinha visto uma expressão assim em toda a vida. *Casa*, percebeu ela. *Ele quer ir para casa.*

A casa de Áine era um lugar vazio com um pai que só estava lá algumas vezes — e que um dia nunca mais estaria. Ned tinha pessoas que o amavam. O tempo todo. Pessoas bobas, sem dúvida, que, como o resto de seus compatriotas, acreditavam em coisas bobas, mas estavam *lá* e *amavam*. E isso não era pouco. Ela enfiou as mãos nos bolsos e pigarreou.

— Vai escurecer logo — disse —, e não temos cobertura suficiente aqui na beira do rio. Vamos achar a trilha e vamos dormir na floresta, abaixo da montanha.

Áine saltou da pedra com um movimento leve e passou por Ned sem encará-lo. Não queria ver a simpatia dele.

Ela deveria sentir pena *dele*. Não o contrário.

Encontraram a trilha e subiram a montanha. Áine olhou ao redor. O sol tinha ido embora, mas a lua havia subido — uma coisa enorme e brilhante, grande como uma casa, redonda e madura feito um melão.

— Está cantando. Alguém está cantando.

E Ned também ouviu, apesar de ter sentido antes. A música vinha através de seus pés; passava sobre a pele, fazia estalar seu cabelo como estática. Tinha ouvido dizer que, nos momentos anteriores a uma pessoa ser acertada por um raio, seu cabelo fica eriçado. O céu estava claro, não havia uma tempestade à vista. Mas seu cabelo estalava e se levantava mesmo assim.

— O q... que está ac... acontecendo? — gaguejou.

E, num instante, a magia acordou, quase jogando Ned no chão. Sua pele criou bolhas, borbulhou e soltou líquido. Ele gritou de dor.

Fuja, guincharam as vozes.

Nós chegamos, disseram outras.

Estamos perdidos!

Fomos salvos!

Todos os nossos planos!

Podemos ir para casa.

É uma armadilha. Não vê que é uma armadilha?

Ela discutia consigo mesma, milhões de vozes opostas. Era *barulhenta*. E encrenqueira. A visão de Ned oscilava, e seu estômago revirava. Saía fumaça por baixo de sua túnica e do cabelo. As palavras reluziam tão brilhantes e quentes que Áine precisou apertar os olhos. A energia jorrava das mãos dele: fagulhas, depois insetos, depois penas, depois sapos. Ele se sentiu *maravilhoso*, depois *poderoso*, depois doente. Imaginou se estaria morrendo.

— O que está acontecendo? — ofegou Áine, olhando as coisas que caíam das mãos de Ned. (Agora poeira, depois pedrinhas, depois areia.)

Ned balançou a cabeça. Não tinha como dizer a ela o que estava acontecendo. Ele próprio não sabia.

Continuaram avançando, mas devagar. As árvores dos dois lados se mexiam. Cada uma delas deslizava pelo chão como se estivessem se movendo na água, abrindo uma larga passagem pela floresta, na direção de uma clareira.

A lua brilhava diretamente em cima da clareira, como uma lâmpada.

— Olhe — ofegou Áine.

Do outro lado da clareira erguiam-se nove pedras grandes, enfileiradas. A maior quase chegava aos galhos das árvores, e a menor tinha a altura de uma pequena cabana. Eram cinza, com manchas de preto, azul e vermelho marmorizando a superfície.

E estavam cantando.

— Enormes — sussurrou Ned.

Fuja, guinchou a magia em sua pele. *Vá embora. Essas pedras são mandonas. Insuportavelmente mandonas.*

FIQUE QUIETA, ordenou ele.

Não.

PARE DE SE MEXER. VOCÊ VAI FICAR PARADA.

Não queremos. Por favor.

SOU O GUARDIÃO DESSA MAGIA. E VOCÊ VAI FAZER O QUE EU MANDO.

Mão firme e vontade de ferro. Era o que sua mãe sempre dizia, e era verdade. Não somente sua vontade parecia forte como ferro, mas sua mente, seu coração e sua alma também pareciam.

NADA! VOCÊ É NADA.

A magia soltou um grito estrangulado e ficou quieta. Um silêncio tenso, insubordinado. Ela estava esperando a hora certa.

Ele respirou fundo e olhou para as Pedras. Eram enormes, largas e imóveis como a terra. *E, no entanto...* Ned não conseguia afastar o sentimento de que elas estavam energizadas de algum modo. Que, se assim decidissem, aquelas pedras poderiam começar a dançar. Ou flutuar. Ou sair voando.

— D... dizem que há m... monstros na f... floresta — murmurou Ned. *E aqui estavam eles.*

Deu um passo atrás. O sentimento de algo se agitando em seu peito aumentou. Agora era maior que uma borboleta. Era um beija-flor. Depois um pardal. Depois um falcão. Ele apertou as mãos no peito, onde a cicatriz imaginária irrompeu em dor. (*Uma agulha afiada*, lembrou ele. *Um pouco de linha. E algo gritou.*)

— É o que as p... pessoas d... dizem. Monstros enormes feitos de pedra que p... podem esmagar um homem em p... pedacinhos.

Não, irmão, disse a agitação em seu peito. *Não são monstros. São apenas pedras. Sempre foram pedras.*

Ned teria respondido, mas algo atraiu seu olhar. Ele ofegou.

— O lobo! — E, de fato, ali estava o lobo, parado no meio das pedras. Ele gania e trotava, comprimindo-se contra a perna dele. O lobo estava quente e tranquilizador, mas aquelas Pedras! Ned sentiu o terror subir pela garganta.

— Já estive aqui antes — disse Áine. — Num sonho.

Cale a boca!, gemeu a magia. Ned a forçou a ficar quieta.

— Mas nada cantava no meu sonho. O que é essa música?

O canto ressoava no chão embaixo deles. E pelo ar ao redor. Chacoalhava seus ossos, agitava seus cabelos e deixava os olhos em brasa. E era *lindo*.

— Bem-vindo, Garoto — disseram as Pedras. — Não vemos alguém de sua linhagem sanguínea há muito, muito tempo.

Ned passou o braço em volta de Áine, que por sua vez passou o braço em volta dele. Os dois se agarraram um ao outro como se suas vidas dependessem disso. Ele abriu a boca, mas não saiu nenhum som. Tentou de novo.

— V... vocês f... falam — conseguiu dizer.

— Às vezes — disseram as Pedras juntas, com as vozes harmonizando.

— Ned — disse uma Pedra. Tinha uma voz agradável. — O nome dele é Ned. Não é?

— Pode ser Tam — bocejou outra.

— Tam está m... morto — disse Ned. — Era m... meu irmão.

— Bem — disse a pedra com voz agradável —, depende do que você quer dizer com *morto*.

Ned se inclinou para trás, tentando absorver tudo aquilo. Não conseguia. As Pedras eram enormes demais, *selvagens* demais. Havia muita coisa para ver ao mesmo tempo.

— Ele tem o rosto do irmão — disse a voz que bocejava.

— Mais que só o rosto — sussurrou a voz agradável.

Áine já não conseguiu aguentar mais. Todo esse mistério. Não era prático.

— Sim — disse ela. — Sim. Vocês estão todas muito corretas. O nome dele é Ned. E eu sou...

— Áine — disse a Pedra de voz gentil.

— A filha do ladrão — completou outra.

— Uma longa linhagem de ladrões — continuou outra ainda.

— Não sou ladra. — Áine se ergueu até o máximo de sua altura.

— Nós sabemos — disse a Pedra gentil. — Você é filha de sua mãe. A pescadora. A marinheira. A navegadora e exploradora. A garota perdida na floresta que anseia pelo mar. E seu pai ama você, criança.

— Mas não o suficiente — disse uma voz grave e trovejante. Vinha da maior Pedra. Ned soltou o braço do ombro de Áine. Encarou-a, como se a visse pela primeira vez. Ela levantou as sobrancelhas e deu de ombros.

— Eu ia contar. Ia acabar contando. — Ela baixou o olhar para os pés. Ned se virou para as Pedras.

— D... disseram que eu d... deveria encontrar vocês — disse Ned. — Num sonho.

— É — responderam as Pedras.

— Meu ir... irmão... — *De novo! Aquela agitação no peito!*

— É — repetiram as pedras.

— Ele morreu. A c... culpa foi m... minha. — *A coisa se agitou, retorceu-se e empinou. Fez força contra os pontos.*

— Não foi sua culpa, criança — disse a Pedra gentil.

— Mas... — começou Ned.

— A morte acontece — retumbaram as Pedras em uníssono. — É uma tristeza, mas não uma tragédia. Quando os que morrem são impedidos de seguir em frente, *isso* é uma tragédia.

— Não — disse Áine. — A morte é sempre uma tragédia. — Ela estava pensando na mãe. Pensando naquele último e terrível tremor.

— Sua mãe seguiu em frente, criança. Pense só como seria terrível se ela não pudesse ir. Se fosse arrancada da vida, mas não pudesse ir para a seguinte?

Ned lançou um olhar intenso para as Pedras.

— O q... que acontece com os q... que f... ficam presos?

— Eles esperam — responderam as Pedras.

— Quanto tempo? — perguntou Áine, baixinho.

— Tempo demais — sussurraram as Pedras.

— Vocês nos atraíram para c... cá? — perguntou Ned, com o equilíbrio do corpo mudando para um lado e depois para o outro.

— Sim — responderam as Pedras.

— Por quê?

— Para que possamos não esperar mais.

39

A APROXIMAÇÃO

O BANDIDO RUIVO ESPEROU.
Odiava esperar.

Sentou-se encostado a uma árvore, separado do exército. Não era assim que tinha vislumbrado essa pequena aventura. O que ele *dizia* que desejava era o poder. E dinheiro. E o governo de toda a nação de caipiras para usar e manipular como quisesse. Mas agora, percebeu, o que desejava de verdade era a magia. Deveria ter sabido desde o início. Na verdade, sentia que provavelmente agia como parte de um plano maior. Era a magia que o comandava, raciocinou ele. Ela era ardilosa como um bandido, bendita seja. Era a magia que conspirava para atraí-lo até aquela aldeia insignificante à beira da floresta. Tinha de ser. Ele nunca roubava naquele lugar! Eles tinham tão pouca coisa! Era a magia que coordenava os acontecimentos para colocá-los em ação. Para inflamar seu desejo. Era a magia que sussurrava em seu ouvido para fazer com que o rei juntasse um exército. Tão esperta! Era a magia que queria usá-*lo*.

E que diversão teriam juntos! O Rei dos Bandidos estava quase em êxtase com tanta empolgação.

Mas agora havia o problema do filho da feiticeira; aquele Nedzinho ranhento. Ele havia arruinado tudo. E pagaria por isso. Pagaria caro.

E agora aqui estava ele, o mais famoso bandido de todo o mundo — um rei entre os ladrões — bancando o soldado. *Soldado!* Que ideia!

A guerra, sentia o bandido, era um jogo idiota. Tinha variáveis demais. Regras demais. Os bandidos, em termos amplos, preferiam regras que eles próprios escreviam. Um bandido preferia *ganhar*.

Quando o pai de Áine era pequeno — antes dos anos de banditismo, seguidos pelos anos de cidadania obediente às leis, seguidos pelos anos de banditismo de novo —, sua mãe fez uma previsão:

— Você é feito de coisas maiores que todos nós, filho. Se decidir roubar a lua e as estrelas e pendurá-las no pescoço com um cordão, não tenho dúvida de que fará isso.

Ela, como o marido e como os pais dela, era bandida. Seu rosto, as mãos e os braços eram marcados com tatuagens mostrando seus feitos: as lojas que roubara, os homens ricos que havia matado. Mas, com ele, ela era gentil como a respiração de um cordeiro.

— Vamos ganhar a vida com nossa inteligência e com a espada, e um dia nossa inteligência vai nos falhar e vamos morrer pela espada. Mas você! Você vai ser um líder de homens e mulheres. Vai reunir as hordas maltrapilhas de bandidos e mostrar o que eles podem ser. Vai virar o mundo de cabeça para baixo, vai sim. Vai amarrar as pontas do mundo numa trouxinha e derrubar coroas de cima de cabeças empinadas. Provavelmente não verei isso, mas, mesmo assim, terei orgulho de você.

Isso foi no dia em que ela lhe mostrou o pingente.

Foi no dia em que ela lhe mostrou o que o pingente podia *fazer*.

O pingente o entendia. Aquele olho de mármore numa tira de couro. O pingente seria seu amigo. E, sim, ele o havia abandonado para viver com a esposa. A esposa que ele amava... *amava tanto*. E ele se lembrava do amor e se lembrava do coração despedaçado, mas agora... mal conseguia se lembrar do rosto dela. E até a voz dela estava desaparecendo lentamente. Na verdade ele praticamente não conseguia se lembrar de ninguém. Só do tesouro em volta do pescoço. Era a única coisa que ainda importava.

E esse tesouro — aquele pequeno e lindo pingente — sabia coisas. Era *inteligente*.

Foi o pingente que, depois da traição do garoto, disse a ele para juntar os exércitos das duas nações. O pingente lhe disse que, no vindouro caos, a magia no pote — agora em Ned — seria dele, assim que as nações se destruíssem mutuamente até virar poeira.

Afinal de contas, a anarquia adora um bandido.

Não é saque, disse ele a si mesmo. *É pegar o que é meu. O que é meu por direito.*

O pingente sabia o que estava fazendo.

O exército do rei Ott o acompanhou pela floresta, com seu próprio bando de salteadores cuidando dos flancos, vigiando animais selvagens, árvores desgovernadas ou gigantes de pedra. As árvores se separavam diante deles, criando uma estrada reta e plana, e eles seguiam tremendamente depressa. As árvores eram feitas de magia, afinal de contas. E, mesmo naquele minúsculo resto que havia no pingente, elas reconheciam seu criador e seu senhor. Ele disse àquele rei lamuriento que a floresta o ouvia e o amava. Mas o rei não entendeu. Até ver por si mesmo.

— Espantoso — disse o jovem Ott na noite anterior, enquanto garotas bonitas partiam sua comida em pedaços minúsculos e o alimentavam com os dedos. — Eu jamais acreditaria se não tivesse visto com os próprios olhos. Estou terrivelmente satisfeito porque tive a previdência de não remover sua cabeça.

— Sem dúvida sua sabedoria é um presente para as eras — disse o bandido ruivo, com um sorriso de raposa enrolado no rosto.

— E essa magia — continuou o rei com a boca cheia. — Ela vai me dar o que eu quiser, não é?

— Qualquer coisa e todas as coisas. Ela é mais velha que o mundo. Mais poderosa que o mundo também.

— Meu poder fortalecido e eterno, é isso que ela vai me dar? E minha juventude para sempre. E meu *eu* para sempre. É isso que ela pode fazer?

— Meu precioso soberano — disse o Rei dos Bandidos, com as palavras falsas pingando da boca como veneno. — O senhor está pensando pequeno demais. Mas não se preocupe. O poder se revela e se torna comum. Mas *esse* poder é maior do que podemos imaginar. Mesmo quando pensamos que vemos seu fim, estamos apenas no início.

— Espero que sim, bandido — disse o rei com um bocejo ruidoso.

Comida gordurosa demais. Vinho demais. Seu séquito carregava tudo o que ele poderia querer, e depois precisava passar fome com a possibilidade de que ele pudesse querer *mais*.

(Ele sempre queria mais.)

O bandido ruivo se despediu dele e foi para as linhas de frente, encontrar seu colchonete e seus companheiros.

Os soldados lhe davam bastante espaço. Olhavam para as árvores se abrindo, para os estranhos acenos destas, os estalos incomuns, e sentiam medo.

— Como sabemos que este homem está do nosso lado? — sussurravam uns para os outros. — Como sabemos que ele não vai trair nosso rei? Como sabemos que ele não vai sumir no mato nos deixando à mercê dessas árvores demoníacas?

É mesmo, sorriu o bandido ruivo. *Soldados espertos.*

Estavam a menos de um dia de marcha da primeira aldeia na fronteira do reino atrasado. A mesma aldeia onde a magia tinha vivido todos esses anos. A mesma aldeia onde aquele garoto idiota estava agora, *agora* mesmo, voltando para a mãe. Enquanto o bandido ruivo permanecia sentado junto a uma árvore, o pingente ao redor do pescoço ficava mais pesado a cada segundo. Ele esquentava e soltava fumaça. Cheirava a ervas queimadas, gás do pântano e pedra em pó — um cheiro mágico.

— Interessante — disse o bandido. — Muito interessante. — Ele levantou os dedos e os enrolou no pingente, sentindo a empolgação da presença do objeto na mão.

Era muito pouco o que esse pingente podia fazer. Não podia construir nem destruir. Não lhe dava poder sobre a substância das coisas. Não podia transformar madeira em ouro, por exemplo. Nem podia afetar o clima. Podia desviar flechas e lâminas — uma coisa útil no ramo da bandidagem. Podia dobrar coisas. E não somente coisas. Pessoas também. Dava-lhe influência sobre as pessoas. Poder. O Rei dos Bandidos era seguido, adorado, *amado*. E, quanto mais era amado, mais sentia fome disso. Achava que jamais ficaria satisfeito.

Sabia que era o tipo errado de amor. Nem mesmo ele era tão cego assim. E, sem dúvida, com o tempo ele teria o suficiente. Sem dúvida sua pequena Áine veria que ele fez tudo isso por *ela*. Ela enxergaria isso, ainda que sua mãe jamais tenha conseguido enxergar.

Enrolou os dedos em volta do pingente, seu único olho de mármore. Como ele amava aquela pequena bijuteria! Como aquilo o fazia se sentir mais plenamente *ele próprio!* Mais totalmente *vivo!*

Mais...

O pai de Áine congelou.

O pingente em seu pescoço reluziu azul. Estava quente.

O garoto!

Estava perto. *Terrivelmente perto.* Por que ele não o havia sentido antes?

O bandido se levantou e inspirou fundo pelo nariz.

Magia também. Podia sentir o cheiro dela, forte e insistente. Inalou outra vez.

Lobo, pensou perplexo. E *medo*, mas não dava para saber se vinha do garoto ou daqueles soldados covardes.

E... *não*. Ele sentiu o cheiro de novo.

Em algum lugar. Sentiu o cheiro de sua filha.

Balançou a cabeça. *Não*, decidiu. *Não é possível. Ela está em segurança e onde precisa estar. Ela nunca iria me desobedecer. Nunca.*

Inalou outra vez. O cheiro de magia era denso, pungente e *convidativo*. Só conseguia pensar nisso. O sol tinha se posto havia algum tempo, e o resto da luz se demorava no firmamento. Do outro lado do céu, a lua estava começando a nascer. Era de um dourado-escuro e enorme; uma lua cheia, de outono. E era linda. Mas não tão linda quanto a magia.

Nada era tão lindo assim. Absolutamente nada.

Pôs a mochila no ombro e entrou silenciosamente no mato.

— Chegou a hora, Neddy — sussurrou com os dentes cerrados. — Chegou a hora.

40

As Pedras chegam a uma decisão

— Esperar o q... quê? — perguntou Ned.

— Não somos deste mundo — disse a Pedra maior.

Ned balançou a cabeça.

— Esperar o *quê*? — perguntou de novo.

— A magia em sua pele. Ela também não é deste mundo. É muito, muito mais velha.

— Então por que ela está aqui? — perguntou Áine. E fechou os punhos. — Ela é maligna?

— Pode ser — disse a Pedra gentil. — E pode ser boa também. Ela fazia parte de *nós*, veja bem. Há muito tempo tínhamos corpos, pele e olhos. Tínhamos movimento, vitalidade e *vida*. A magia era *nossa* magia. Era atada à nossa mente e ao nosso coração, nosso pensamento, nossos desejos e nossas ideias. Era como uma alma. E, às vezes, éramos bons e, às vezes, éramos maus, porém na maior parte do tempo não éramos uma coisa nem outra. — A Pedra soltou um pequeno suspiro. — Vocês precisam me desculpar. Faz *muito tempo* que não estamos perto da magia. Eu tinha... — outro suspiro — quase esquecido como... — A voz da Pedra ficou no ar.

Agora cada Pedra lembrava. O mundo ao redor das pedras zumbia com as lembranças. E nem todas eram boas.

— Mas víamos a morte. Quanto mais tempo vivíamos, mais morte víamos — disse outra.

— Estávamos com medo.

— Fomos covardes.

— E não queríamos fazer parte nisso. Idiotas que éramos — disse a menor Pedra. A gentil.

A voz mais alta e mais trovejante falou:

— Usamos nosso poder para nós mesmas. Tentamos nos tornar imortais. E fizemos isso. Mas simplesmente não funcionou como pensávamos. Viramos Pedras. Imortais, sim, mas imóveis. Separadas de nossa alma, ou seja, de *nossa magia*. Não estávamos mortas, mas também não estávamos vivas.

Ned sentiu as asas daquilo que estava dentro dele bater e bater e bater. Seu irmão tinha dito a mesma coisa — *exatamente a mesma coisa.*

— Estávamos presas num mundo que não era nosso. Nossa magia era uma nuvem pairando no éter. Cada pensamento, cada *ideia* que já tivemos... não importando o quanto fossem pequenos, mesquinhos, sábios, nossa generosidade e nosso egoísmo... cada coisa dessas virou sua própria migalha distinta, com seu próprio poder, sua própria graça e sua própria futilidade. Os fragmentos mágicos começaram a discutir e discordar uns dos outros. Eram problemáticos. Por isso ensinamos uma família a juntar a magia e contê-la num pote de barro. Explicamos que a nuvem de magia era uma coleção de inteligências caóticas, capazes de agir como uma só, mas frequentemente como uma horda estrondosa de ideias guerreando entre si. Dissemos que, se eles ligassem a magia a uma pessoa que estivesse morrendo, a magia passaria para o outro lado, como uma alma passa. A alma sai no momento da morte e vai... para outro lugar. O mesmo aconteceria com a magia. E nós iríamos com a magia. Pedimos para eles liberarem a magia e nos liberarem. Mas eles se recusaram. Viram o poder. Viram o bem que ela era capaz de fazer.

— Não estavam errados — disse a voz gentil. — Ela podia ser boa. Mas eles precisavam aprender. A controlá-la. A mantê-la boa. Nós não fomos... — ela fez uma pausa — totalmente sinceras com eles. Às vezes trocamos palavras, como, por exemplo, *não deveria* por *não poderia.*

Ela mente! A magia acordou de súbito na pele de Ned e começou a gritar. *Ela mente, ela mente, ela mente!* Ned cerrou os dentes e a obrigou a ficar imóvel outra vez.

— Mesmo assim é uma coisa terrível ficar presa num lugar que não é nosso — disse a Pedra mais jovem. A gentil.

Terrível, disse a agitação no peito de Ned, a voz que se parecia com a do seu irmão. A única voz em que ele confiava.

Ned fechou os olhos.

— Se eu disser para a m... magia ir embora do mundo, ela deve obedecer?

Não!, gritou a magia. *Quieta*, gritou Ned de volta.

— Sim — disse a voz mais velha. — Mas no processo ela vai matá-lo. Sua alma iria embora com a magia, e você não existiria mais.

Rá!, gritou a magia. Ned a ignorou.

— A magia é ardilosa. E instável. E mesmo separada de nós, ainda a sentimos. Sentimos quando ela foi dividida em três partes. Sentimos quando ela fugiu de soldados, de um rei mau e da ameaça de guerra. Sentimos quando foi atada aos corpos das três mulheres que cuidavam dela. Uma foi morta, e sua parte da magia deixou o mundo. E tivemos esperança. Então uma segunda mulher foi transformada em pedra. Quando o corpo dela, a maior parte, foi esmagado até virar pó, sua parte da magia, quase toda, partiu para os céus. Só resta o olho.

Áine levantou os olhos.

— O olho? — Ela cruzou os braços com força diante do peito.

— Ah, sim, criança — disse a Pedra mais velha. — Sabemos sobre o colar de seu pai.

Ned a encarou.

— *Ah* — sussurrou ele. — *Claro.*

Áine o encarou diretamente, com os olhos grandes e pretos cheios de lágrimas. *Eu não podia contar*, dizia seu rosto. *Sinto muito.*

— O resto da magia permaneceu com a neta, sua ancestral, Ned. E ela a protegeu. Usou-a para fazer o bem. Ensinou o filho a usá-la para o bem, e este ensinou à filha, que ensinou ao filho. E assim tem sido. E assim nossa prisão continua.

— Se você fosse assassinado, Ned — disse a Pedra gentil —, a magia seria liberada e nós ficaríamos livres. A quantidade minúscula que resta no olho não poderia nos prender aqui. E mais: nossa partida tornaria o pingente inútil.

Áine caiu de joelhos. Apoiou a cabeça nos braços. Sentiu que as Pedras estavam pedindo que ela as ajudasse, que fizesse alguma coisa, queriam *dobrá-la*. Ou seria seu amor pelo pai que estava pedindo isso? Mas...

— Não posso fazer — disse ela com a voz abafada pela túnica. — Se é isso que vocês estão pedindo. Eu achava que poderia. — Ela olhou para Ned. — Eu amo meu pai, Ned. E o pingente... O pingente *mudou* meu pai. E eu pensei... — Ela engoliu em seco. — Pensei que, se eu pudesse levar você para longe dele, se pudesse esconder você, ele seria poupado de encontrar mais... — ela fez um gesto — *daquela magia* — disse quase cuspindo as palavras. — Eu disse a mim mesma que, se tivesse de decidir entre você e meu pai, eu... — Seus olhos estavam vermelhos e molhados. Sua boca se retorceu.

Está vendo?, zombou a magia.

Ela quer matar você. Nós dissemos.

Áine se virou para o outro lado, com o rosto em um nó de tristeza e dor.

— Desculpe, Ned — disse ela. — De verdade. Não demorei muito para saber... que eu não poderia... — Ela engoliu um soluço. Ned se abaixou e se sentou nos calcanhares, pousando as mãos nos joelhos. Olhou para Áine, que não o olhou de volta.

— Mas não posso fazer. Nem para salvá-lo. Nem para salvar meu pai ou todo um país de pais. — Olhou irritada para as Pedras. — Não posso matar meu amigo. Não posso matar ninguém.

Era a primeira vez que ela chamava Ned de amigo. E Ned e Áine sabiam que era verdade. E sabiam que isso importava.

— Sabemos, criança — disse a voz que bocejava. — Não pediríamos isso a você.

— Ela é má, a magia. Não importa o que digam. Não importa o que qualquer pessoa tente fazer para mantê-la boa. Ela é *má*. Meu pai e aquele pingente! O pingente mudou meu pai! Está mudando agora mesmo!

A magia torceu a alma dele, ou piorou a torção que já existia ali. Mas de uma coisa eu sei com certeza: enquanto a magia estiver neste mundo, ninguém estará em segurança.

Ned chegou mais para perto de Áine. Enfiou as mãos nas mangas da túnica e as envolveu na mão de Áine. Estavam quentes, quase queimando, mas ela não se encolheu.

— É verdade — retumbou a Pedra mais velha. — Agora mesmo os exércitos do rei Ott estão acordando de seu curto sono. Agora mesmo começarão a marchar para o país de Ned, para atacar ao nascer do sol. Se o garoto estiver morto, o rei Ott seria impedido e seu país estaria salvo.

— Então devo morrer. — Ned engoliu em seco. — Certo? Devo morrer para que vocês possam partir.

As Pedras ficaram em silêncio. Áine ficou em silêncio. A sensação de borboleta no peito de Ned batia asas tão depressa que era como se ele tivesse engolido um tornado.

— Vou fazer isso — disse Ned.

A sensação que se agitava em seu peito quase pulou pela garganta. *Deveria ser eu!*, gritou a agitação. *Me leve!*

Não!, guinchou a magia. *Precisamos viver.*

— Há outro modo — sugeriu lentamente a voz gentil.

— Não há outro modo — disse uma voz atrás deles. — O garoto vai comigo. Não sei quem você é, garota, mas vai ficar aqui. — Ned e Áine se levantaram atrapalhadamente e viram um homem na borda da clareira. O bandido que Ned havia salvado, o homem antes chamado Eimon, apontou uma flecha direto para o coração de Áine.

E soltou a corda.

41

"Soem o alarme!"

Os aritméticos, os astrólogos, os estrategistas e os historiadores trouxeram seu conhecimento para a rainha, que formulou um plano.

As fogueiras de alerta foram acesas, os tocadores de tambor subiram ao topo dos morros e bateram seus alertas rítmicos e suas instruções, repetidos pelos tocadores de tambores em morros distantes, e tocados de novo em morros por todo o país. Cavaleiros foram enviados a cada aldeia. Aqueles com cavalos e mulas pegaram o que possuíam e partiram para a beira da floresta, e aqueles sem nada seguiram a pé.

Venham, dizia o alarme.

Lutem, gritavam as trombetas.

Um exército estava chegando.

Um exército vindo de além da beira do mundo. Era impossível, mas verdadeiro.

E todos os homens, mulheres e crianças precisavam estar preparados.

— Você achava que esse dia viria, Irmã? — perguntou a rainha, enquanto elas montavam nos cavalos e partiam com a Brigada de Oficiais para a linha de frente.

— Nunca pensei, majestade — respondeu a Irmã Feiticeira, parando para medir a pulsação da rainha e sentir sua testa. Ela se opunha à presença da rainha no campo de batalha. ("Se alguma coisa acontecer com a senhora, o que será de nós?", havia perguntado a Irmã Feiticeira, fumegando. "Não se incomode," havia respondido a rainha rapidamente. "Tenho tudo planejado.")

— Jamais acreditei que só houvesse *nada* do outro lado daquela montanha — divagou a rainha. — Quem já ouviu falar de algum nada? Sempre acreditei que havia *alguma coisa*. Mesmo assim, uma coisa é acreditar em algo e outra é vê-lo balançar uma espada em nossa direção. — Ela deu um risinho e suspirou. — Bem, espero que vençamos. Seria uma pena enganar a morte só para ser conquistada por um tirano.

E com isso ela estalou a língua para o cavalo e o instigou, indo para a frente da tropa.

Ela *era* uma rainha, afinal de contas.

42

O REI OTT

— COMO ASSIM, ELE *SUMIU*? — BERROU O jovem rei pela décima quinta vez. — Tragam-no de *volta*. É uma *ordem*.

— Infelivmente, fenhor — ciciou o conselheiro-chefe. Ele estava deitado no chão com as mãos sobre a cabeça (como era seu costume quando se dirigia ao rei). Lágrimas escorriam livremente de seus olhos, e o sangue escorria livremente de seu nariz e da boca. Alguns dentes estavam espalhados no piso da floresta devido a uma colisão infeliz de seu rosto com o pé de Sua Majestade. A combinação de dentes faltando e lábios inchados tornava terrivelmente difícil falar. Cada tentativa de um *S* irrompia num jato de sangue. Mesmo assim ele não era conselheiro-chefe à toa. Ele perseverava: — Nóf procuramof af pegadaf dele, maf não achamof nada. Ele devaparefeu fem deixar raftros.

O rei estalou os dedos, e uma jovem lhe trouxe um doce. Ele pisou nos dedos dos pés dela porque podia. Ela não chorou nem demonstrou dor. Tinha sido bem treinada. Ele fechou os olhos e tentou concentrar a atenção no doce em cima da língua. (Glacê, essência de jasmim e rosa. Um pouco de geleia no centro. Perfeição.) Abriu os olhos.

— Os batedores já estiveram na beira da floresta?

— Fim, fenhor.

— E?

— Há uma aldeia junto ao rio, e plantafões e pomaref. Nenhuma inf-talafão militar que alguém tenha vifto. Uma eftrada larga que leva direto à capital e ao caftelo da rainha. Claro, temof o mapa que o bandido deu antef.

— E os colegas dele? Estão todos aqui?

— Fim, fenhor.

O rei assentiu. Virou-se para os generais e os chamou.

— Mobilizem as tropas — ordenou ele. — Juntem os bandidos e prendam-nos a ferro. Eles serão úteis como peões. É melhor que sejam eles a morrer, em vez de algum de nós. O ataque vai acontecer agora. Esse lugarzinho atrasado vai lamentar o dia em que escapou de nosso olhar e vai pagar caro pelos anos de independência irritante. Eles vão se ajoelhar diante de *mim* e prestar contas a *mim*. Enquanto isso, me tragam vinho, vinho e mais vinho! Venham, amigos! Temos uma guerra para desfrutar!

43

O PINGENTE

O BANDIDO RUIVO ENTROU NA CLAREIRA COM OS pés leves feito patas de leão.

Havia duas figuras do outro lado das Pedras, ambas de joelhos. Elas levantavam o rosto para as Pedras. Falavam, depois ouviam, depois falavam de novo, como se trocassem perguntas e respostas. Mas isso não fazia sentido. Pedras não falam.

O bandido se esgueirou adiante. Não conseguia escutar as vozes das pessoas que estavam no chão. Não pareciam distantes, mas o som era estranhamente abafado, como se viesse através de pilhas de lã ou linho. Isso também não fazia sentido. Som é som. Chegou mais perto.

Então sentiu.

A vibração no solo; imitando quase exatamente a vibração em seu pingente.

Então escutou: as Pedras estavam falando. Não em sua cabeça e não em seu coração, mas *em voz alta*. E a toda volta. Mas ele não conseguia decifrar as palavras.

E pior de tudo (ah! Seu coração saltou em seu peito e despencou no chão!) era a voz de uma das pessoas ajoelhadas. A voz de Áine.

A própria filha. Seu coração se apertou. (*Minha flor! Meu tesouro! Minha esperança!*)

— Aquele pingente! — disse ela. — Mudou meu pai! Está mudando agora mesmo.

O bandido ruivo sentiu as pernas tremerem e os joelhos enfraquecerem.

— A magia torceu a alma dele, ou piorou a torção que já existia ali. Mas de uma coisa eu sei com certeza: enquanto a magia estiver neste mundo, ninguém estará em segurança.

As palavras dela queimavam. *Como ela podia dizer uma coisa dessas? Ela precisava ser castigada!* Ele sentiu raiva da garota, uma raiva que nunca havia sentido antes. O pingente brilhou. Era um carvão quente, um poço de lava, um sol queimando. E essa queimadura penetrou em seus ossos. Cobriu seus olhos.

As Pedras disseram outra coisa, mas ele não escutou. Aquelas palavras! E de sua única filha! O pingente soltava bolhas e fumaça. Estava pegando fogo. Ou talvez *ele* estivesse pegando fogo. Talvez agora, finalmente, fosse tudo o que desejava ser. Um guerreiro. Um governante. Um deus.

Sua raiva inundou a boca. Ele marchou através da sombra das Pedras em direção à filha. Estava prestes a chamar o nome dela. Estava prestes a levantar a mão e golpeá-la.

Mas então...

Sua filha se levantou, segurando a mão daquele garoto. (*Aquele garoto! Aquele garoto infernal!*)

E do outro lado deles, um homem. Um bandido. Um de *seus* homens. Ele o reconheceria em qualquer lugar. E o bandido pegou o arco e o levantou. E apontou para o coração de Áine.

O Rei dos Bandidos o viu.

Sentiu isso acontecendo.

— Não há outro modo — disse o bandido perdido, antes chamado Eimon. — O garoto vai comigo.

A flecha foi apontada, puxada, e voou.

— NÃO! — gritou o garoto.

— NÃO! — gritou o bandido ruivo. O Rei dos Bandidos, o mais poderoso de todos os tempos. O fogo em seus ossos se transformou em água num átimo.

Não, não, não!

Ela não.

Minha filha, meu tesouro, minha esperança. Sentiu a fragilidade da preciosa vida dela em suas mãos. Não existia mais nada no mundo. Só havia Áine.

Ele correu, com o olhar na flecha. E lhe pareceu que o tempo desacelerou e parou. A flecha pairava no ar. Iria direto para ela. Rasgaria seu lindo coração que batia.

Eu prometi! Eu prometi protegê-la.

Apertou o pingente. Ele ardia e queimou seus dedos.

Dobre, disse seu coração. *Desvie*, sussurrou seu coração.

O pingente hesitou. O homem o sentiu hesitar.

Ela não. Eu. Me leve em vez disso.

A flecha pareceu fazer uma pausa. Pairou no ar, como se não soubesse direito para onde ir.

Agora. Faça agora. Vire-a para mim. AGORA.

E, de repente, ele estava acordado. A torção em sua alma finalmente se desfez. Seus olhos eram *seus* olhos, e seu coração era *seu* coração. Ele era totalmente ele próprio. Sentia com a certeza de uma Pedra que esses pensamentos eram apenas *seus*. E soube que isso era *bom*. Receber o golpe para que ela vivesse — era *bom* como nada havia sido em... *tempo demais*.

Vire-se para mim, repetiu seu coração. Uma ordem feroz. A ordem de um rei.

E a flecha se virou. E voou. O bandido ruivo sorriu. Não se encolheu. Arqueou as costas e levantou o rosto para o céu. A flecha foi direto para o pingente. O pingente se despedaçou; e a pedra e a flecha se alojaram na garganta do grandalhão.

Ele desmoronou no chão sem ao menos um grito.

44

MORTE E PARTIDA

HAVIA SANGUE DEMAIS.

— Não, não, não! — gritou Áine, com as mãos no pescoço do pai. Estavam molhadas. Estavam vermelhas. — Papai, não!

Sim, minha filha. Sim, minha garota querida. Sim.

Como ele poderia explicar?

Agora mesmo, nestes últimos instantes, que estava livre? O pingente, aquela coisa amaldiçoada e maligna, havia partido. De verdade. Sua influência finalmente se desfez. E ele era *ele próprio. Finalmente.*

Como explicaria, mesmo se conseguisse falar? Como alguém pode dizer à própria filha que precisa deixá-la para sempre?

E ela era apenas uma menininha.

O bandido perdido, o que se chamara Eimon, correu para perto, mas o garoto, agora sem luvas, levantou as mãos nuas para ele. O bandido parou.

— V... você lembra o que minhas m... mãos p... podem fazer? — disse o garoto ameaçadoramente. Sua voz estava forte. Enraizada. Voz de homem.

— Saia deste lugar — rosnou o garoto para o homem chamado Eimon. O homem que Ned havia salvado uma vez. *Ned*, pensou o bandido ruivo. *Esse é o nome dele, Ned. E é um nome muito bom. Uma pena, a magia.*

— VÁ! — gritou o garoto. Em seguida correu na direção de Eimon, que correu para a floresta. *É melhor assim*, pensou o grandalhão. *Talvez ele venha a ser um fazendeiro, um lenhador ou um mineiro. Como bandido ele era péssimo.*

— Ned! — disse Áine. — Faça alguma coisa. Por favor!

A Pedra mais velha trovejou.

— Ele está em paz, criança — disse.

— Ele não está em *nada* — gritou Áine. — Ned, traga meu pai de volta. — Sua voz estava desesperada. — Cure-o, por favor.

A Pedra mais velha trovejou de novo.

— Não. A magia não deve tocá-lo. Ela já o sobrecarregou por tempo demais. Nublou os olhos e lhe torceu o coração. Agora ele vê com clareza e está livre. Deixe que ele descanse finalmente. Olhe os olhos dele. É o que ele quer.

— Não me importa o que ele quer! Ele é meu pai, e eu *preciso* dele.

O grandalhão balançou a cabeça, encolhendo-se de dor.

Áine se virou para Ned. Seus olhos estavam loucos e selvagens. Ela apertou a mão em volta da flecha cravada no pai, tentando estancar o sangue.

— Qual é seu problema? — rosnou ela. — Você tem o poder. Por que não o usa?

Ned se ajoelhou ao lado de Áine. Olhou para as mãos. *Por que não deveria?*, pensou. *O que é uma vez mais?*

Isso!, cantou a magia.

Nós amamos o grandão!

Podemos curá-lo. Restaurar a força dele.

Ele vai ficar ainda melhor que antes.

Ned sentiu o poder da magia jorrar pelos ossos. Pense só como o bandido ficaria grato. E Áine. E a horda do bandido. E o rei Ott, quem quer que ele fosse. E o mundo inteiro.

Todo mundo vai amar você, filho da Feiticeira. Você vai ser famoso. A magia ronronava em sua pele.

Só uma última vez. Depois ficaremos quietas.

Ficaremos sim.

Áine olhou para Ned, desesperada. A vida do Rei dos Bandidos se esvaía no chão. Ele precisava agir depressa. Estendeu as mãos para o peito do homem, mas este tossiu, estremeceu e afastou as mãos de Ned com um tapa. Virou-se para a filha e segurou o rosto dela.

— Não — disse a Pedra gentil, com a voz suave correndo tranquilizadora pelo chão. — Não. Por favor. Pense no que aquele pedacinho minúsculo de magia fez com ele. Pense em como ele se sente por estar livre daquilo.

— Perdas acontecem — disse outra Pedra. Uma voz aguda. — As pequenas vidas de vocês são eclipsadas num piscar de olhos. Nenhuma hora parece a hora certa para vocês, mas isso não muda a natureza das coisas.

Áine firmou o rosto, tentando sufocar os soluços que agora mesmo saltavam dentro dela, como se pudessem rasgá-la em tiras.

— Quanto mais a magia é usada — disse a Pedra mais velha —, mais pessoas têm motivos para mantê-la onde não é o lugar dela. Ned! Pense! Você curou o homem que matou esse homem. Você não pode controlar a magia, mesmo quando acha que pode. Deixe-o ir. Deixe a magia ir.

Só estamos pensando na sua felicidade, Ned, berrou a magia. *Por que iríamos mentir?*

— A magia mente — murmurou Ned. — M... meu irmão sabia. Eu s... sei. S... sinto muito, Áine.

O grandalhão segurou a mão da filha. Levou-a à boca sangrenta e beijou cada dedo.

Eu amo você, dizia um beijo.

Lamento muito, dizia outro.

— Ele está preparado — avisou a Pedra gentil. — Dói dizer adeus, mas às vezes é preciso. É uma bênção que você possa vê-lo quando ele é totalmente ele próprio.

— PARE DE FALAR! — gritou Áine. Ela apertou sua testa contra a dele, como se pudesse forçar o corpo do pai a se curar. Como se pudesse recuar os últimos instantes e forçar a flecha em seu próprio corpo, e não no dele.

Com grande esforço, ele levou a mão até a cabeça de Áine e a virou gentilmente, trazendo o ouvido dela para perto. E soltou uma respiração entrecortada, áspera.

— Viva — disse o grandalhão. — Viva.

— Não sem você — engasgou ela.

— *Viva* — repetiu ele. Desta vez era uma ordem.

Ele fechou os olhos e tremeu uma, duas vezes, e depois ficou terrivelmente imóvel. E se foi. Áine baixou a cabeça sobre o peito do pai. Apertou a camisa dele. Ned sentiu o sofrimento jorrando do corpo dela em ondas. Isso quase o arrasou.

Ned se levantou, cambaleou e apertou as palmas das mãos no crânio. Olhou para as pedras.

— Eu p... poderia t... tê-lo ajudado....

O lobo se esgueirou para perto de Áine e encostou a cabeça nas costas dela. Fez uma série de vocalizações — em parte um latido, em parte um ganido, em parte um rosnado. Era um som reconfortante, *familiar*.

— Talvez — disse a Pedra maior.

— Por que eu e... *escutei* v... vocês?

— Você andou escutando uma nuvem de mentirosos. Por que não escutar quem lhe diz a verdade?

Ah, isso é fantástico, disse a magia.

Nunca mentimos em toda a vida.

As Pedras são grandes malvadas.

E mandonas!

— Q... quieta! — gritou Ned para a magia. Olhou irritado para as Pedras. — Q... que t... tipo de verdade vocês t... têm para m... mim?

As Pedras ficaram quietas por muito tempo. Depois:

— Há quanto tempo você gagueja, Ned?

Ned ficou pálido. Era uma pergunta inesperada. Não respondeu.

— Para você, as palavras são confusas, palavras escritas e faladas. Mas. Nem sempre foi assim. Você nunca se perguntou *por quê*?

Ned olhou para a Pedra. Era verdade. Quando era pequeno, ele conseguia ler. Quando era pequeno, conseguia falar. Mas depois virou o garoto errado. E foi isso. Nunca se perguntou por quê.

— Não — disse Ned. — N... não me p... perguntei.

— Há muito tempo — começou a Mais Velha — você construiu uma balsa com seu irmão e a colocou no rio, com esperança de ir até o mar. Você se lembra?

— S... sim.

Sim, disse a agitação em seu peito.

— E seu irmão morreu.

— S... sim — disse Ned.

Sim, disse a agitação em seu peito. *Eu morri.*

— Sua mãe — explicou a Pedra mais velha — é uma mulher hábil. Ela esperou que a alma de seu irmão morto emergisse ao pôr do sol. Pegou-a com um pano branco e levou-a até você. Você estava doente. Estava morrendo. Não tinha forças suficientes para sobreviver àquela noite, e sua mãe não suportaria isso. Por isso pegou a alma de seu irmão e costurou à sua. Tentou se convencer de que não estava usando magia, mas claro que estava. E, claro, houve consequências. Sua gagueira. Sua guerra com as palavras. As palavras são ligadas à alma, sabe? E você tem duas. Uma pertence a você, mas a outra está presa. Não pode ir em frente. Seu irmão foi impedido de ir em frente.

Ned apertou o peito com as mãos.

Lembrou-se da agulha afiada.

Lembrou-se da linha preta e forte.

Lembrou-se do grito.

— O q... que eu preciso fazer?

O que nós precisamos fazer, irmão?

Ned ofegou. Tam. Tam não tinha ido embora. Ned não *sonhava* que conversava com Tam. Ele *conversava* com Tam.

— T... Tam?

Estou aqui, irmão. Sempre estive.

— Você e seu irmão precisam falar como um só. Vocês *dois* precisam desejar que ele vá em frente.

— M... mas eu não d... desejo isso. Ele é m... meu irmão.

Mas eu desejo, Ned. Eu disse que esse dia chegaria.

— Vocês *dois* precisam comandar a magia, com mão firme e vontade de ferro. As palavras vão ligar a magia à alma dele, que espera. E a alma dele irá embora, e nós iremos embora. Você vai nos ver como nós somos, não se preocupe. Apesar de parecermos amedrontadores para você, não vamos lhes fazer mal. Vamos permanecer no seu mundo até o próximo pôr do sol. Depois vamos embora.

— Embora? — perguntou Ned.

— Com o pôr do sol, nossas almas vão passar para o reino seguinte. É o modo certo.

— Q... quer dizer que vocês v... vão m... morrer?

— Não existe morte — disse a Pedra. — Só existe a coisa que vem em seguida. Uma montanha dá lugar a um rio e se torna um cânion. Uma árvore dá lugar à podridão e se transforma no solo. Vamos abandonar nossa vida prolongada de um modo que não era natural e abraçar outra coisa. Não sabemos o que é. Mas saberemos quando virmos.

Áine permaneceu agachada junto ao pai no chão. O lobo se levantou e foi até onde Ned estava, encostando-se em sua perna. Ele respirou fundo.

Não!, gritou a magia, com a voz disparatada e caótica ressoando como se fosse apenas uma.

Você vai nos matar!

As Pedras são más, imundas e falsas! Não ouça o que elas dizem.

— Ir... irmão — disse Ned, com as mãos apertando o peito. — Fale as palavras comigo. L... leve a m... magia. Vá em frente.

Ned sentiu um choque atravessar o corpo, jogando-o de joelhos. Sentiu a agitação no peito se expandir através dos ossos, penetrar nos músculos, ressoar no crânio. Abriu a boca. E palavras saíram.

Não eram suas palavras.

Nem as palavras de seu irmão.

Eram as palavras dos dois, juntas.

— É DE CORAÇÃO PURO — disseram com as vozes amplificadas, o choque das palavras cantando pelo corpo de Ned, como se ele estivesse sendo acertado por um relâmpago — QUE PEÇO HUMILDEMENTE SUA AJUDA.

Não!, gritou a magia. *Não, não, não, não! Você não pode nos obrigar!*

— PODEMOS E OBRIGAMOS.

As vozes combinadas preencheram Ned das pontas dos dedos dos pés até o topo da cabeça. Como era *bom* ter um irmão! A empolgação da travessura, a delícia do movimento. Como eles se achavam espertos! Como se achavam corajosos! Não eram nada disso, claro, quando Tam estava vivo. Eram somente garotinhos bagunceiros. E agora eram outra coisa. Ned iria crescer, e Tam seguiria em frente, e pronto. E Ned carregaria no peito cada lembrança do irmão. Manteria viva a memória de Tam.

Por favor! Garotos! Vocês não precisam fazer isso. Há outro modo.

— NÓS ORDENAMOS QUE VOCÊS DESCOSTUREM A ALMA DE TAM DA ALMA DE NED. ORDENAMOS QUE LIBERTEM O ESPÍRITO DELE. ORDENAMOS QUE SE AMARREM A TAM, À ALMA DELE, A SEUS PENSAMENTOS, A SUA VIDA PERDIDA. ESTA SERÁ SUA ÚLTIMA AÇÃO.

Por favor!

— AGORA.

E com cada palavra os pontos em sua alma se afrouxavam. E, com cada ponto, a alma de seu irmão se desenrolava do corpo de Ned e ia se afastando.

E ah! Ela era linda!

A alma era clara como flores de maçã e igualmente frágil. Oscilava e flutuava à brisa da tarde. Ele era do tamanho de uma criança de 7 anos, olhos grandes, cabelo revolto. Era Tam, exatamente como Ned lembrava. Ned estendeu a mão, e a alma pousou a dela em cima, palma com palma. Era leve como grama. Mas a magia permanecia. Reluzia na pele de Ned. As letras corriam dos dedos ao ombro, ao quadril e à ponta do pé.

Você pode fazer isso parar, disse a magia.

Vamos dar tudo que você quiser.

Vamos lhe dar poder e dinheiro.

Castelos.

Reinos.

Dançarinas.

Joias.

Pôneis.

Por favor.

— AGORA.

Ela não pôde mais resistir. Pedaço por pedaço a magia se descolou de sua pele. As palavras se desescreveram, serpenteando em volta da forma etérea da alma. Eram fios brilhantes, quentes, fitas de poder, e puxaram e puxaram até que...

Ned ofegou e cambaleou para trás.

— Foi embora — disse ele. Suas palavras eram fortes e firmes na boca. Não hesitavam. — A magia foi embora — repetiu, e de novo as palavras se moviam fáceis como água. Agora pertenciam a ele, e somente a ele. Não eram compartilhadas. — Tam?

— Ned — disse Tam. Os dois se encararam sem piscar.

Áine se sentou.

— Ah, Ned — disse ela. — Você está sangrando.

Era verdade, parecia que as palavras se arrancaram de sua pele. Era a última chance da magia se agarrar. O que restava era a gravação da magia em pele vermelha, em bolhas, em cortes nítidos. Certamente deixariam cicatrizes. Ned não se importava. Estava livre. Levou as mãos ao pescoço, ao rosto, aos braços e ao peito. Ele estava inteiro, e único, ele próprio.

— Dói? — perguntou a alma, olhando curiosa para os ferimentos na pele de Ned.

— Dói. Mas antes era pior. Dói em você? — Ned olhou as palavras mágicas escritas na pele fantasmagórica do irmão.

— Morrer doeu mais — disse a alma. — Isso só pinica. E vai me levar aonde eu preciso estar, de modo que vale a pena.

— Ela faz barulho?

— Ela está apavorada. Como eu estava. Está quieta de pavor.

Ned olhou para o rosto da alma.

— É você — sussurrou.

— É você — disse a alma em sua voz de papel.

— Eu tinha perdido você.

— Eu nunca fui embora.

— O rio — disse Ned, estendendo a mão com a palma para cima.

— O rio — disse o irmão, pousando a mão na dele.

O garoto morto respirou fundo e olhou para o céu. A lua estava baixa, e as estrelas, brilhantes.

— Mas agora é hora de ir. — Ele deu um sorriso triste para Ned e se virou para as Pedras.

— O que você vai fazer?

— Eu vou com as Pedras — respondeu Tam. — Elas estão acordando. Está vendo? O sol está se preparando para nascer. Elas vão se levantar do chão e farão uma última coisa antes de partir... para outro lugar, no momento em que o sol se puser.

— E você também?

— E eu também — disse Tam, a voz soando em partes iguais de vontade e tristeza. Depois riu, um riso louco e brincalhão. Levantou os braços pálidos como se quisesse abraçar todas as coisas vivas.

— Avôs! — gritou alto. — Avôs! Duas nações estão a ponto de cometer um erro terrível. Não seria divertido impedir isso? É hora de ir!

As pedras riram também. O ar ao redor delas estalou. O mundo inteiro reluziu em vermelho e amarelo, quente. Elas estavam tremendo de empolgação. Ned podia sentir isso no ar, no chão, ribombando contra seus pés e vibrando nos ossos. O chão ao redor tremeu e oscilou.

E as Pedras se desenrolaram. Ned se lembrou de plantas, de como elas se estendem para fora do mundo comprimido de suas sementes. A partir da densidade da pedra uma cabeça emergiu, braços se formaram, colunas encurvadas se empertigaram lentamente na direção do céu. Cada Pedra espreguiçou seu pescoço pétreo, girou os ombros pétreos e esticou os braços grossos e crescentes, feitos de pedra. Dedos se estenderam; rostos se formaram. Apertaram as mãos de pedra contra a terra e arrancaram o resto do corpo do chão. Desenterrados, eram *muito maiores* do que tinham sido antes. Ned esticou o pescoço para vê-los.

Eram gigantes. Gigantes de pedra. As histórias eram *verdadeiras*. As Pedras arquearam as costas, estenderam as mãos e cantaram.

— Ah — disse a Pedra de voz gentil. — É tão bom me mover!

A Pedra mais velha olhou para o leste.

— Irmãos e irmãs — disse ela. — O sol está se esgueirando para a manhã e logo será dia. Temos apenas 12 horas neste mundo antes de partirmos com nosso amigo que espera. Vamos usar bem nosso tempo. Acho que há uma guerra que precisa ser impedida. Não concordam?

Os gigantes de pedra concordaram. Ned sentiu ser agarrado pelo mais velho e empoleirado num ombro de pedra. Seu irmão se juntou a ele logo depois. Outro pegou o corpo do homem ruivo na dobra do braço de pedra, gentil como uma mãe carregando um bebê. Outro levantou Áine e a sentou perto de seu ouvido de pedra. O lobo não permitiu ser carregado. Correu uivando, acompanhando-as.

A terra tremeu. As árvores se dobraram e caíram. Cada passo era uma desolação, uma recalibragem, um renascimento. Ned cobriu os ouvidos para abafar o som.

E as Pedras andaram pela floresta na direção da aldeia de Ned.

Na direção da guerra.

45

NED TEM UM PLANO

NED MAL PODIA ACREDITAR. DEPOIS DE UMA VIDA inteira de medo da floresta e dos monstros de pedra que viviam ali, ele era responsável não somente por libertar esses monstros, mas também por guiá-los para sua casa.

E não somente isso, estava *orgulhoso* do fato.

Ainda segurava a mão do irmão — se é que era possível chamar isso de segurar. Ele mantinha a palma aberta, e a palma do irmão repousava nela. Era como segurar uma folha muito seca.

As Pedras caminhavam pela floresta em direção à aldeia. Não seguiam nenhuma trilha. Em vez disso, as árvores tremiam e se separavam diante das Pedras, como uma grande cortina verde, e se fechavam depois da passagem.

— Por que as pedras escutam vocês? — perguntou Ned, inclinando-se para o ouvido de granito da Pedra mais velha.

— As árvores são resultado de uma atitude tomada contra um rei maligno, muitos anos atrás. Mas foi nossa ideia e nossa magia, ainda que não nossa ação, que trouxeram a floresta à vida. Portanto as árvores são nossas aliadas.

— Que rei? — perguntou Ned.

— O ancestral do rei que ameaça agora seu país.

— Tremenda família — disse Ned.

— Exato.

— Onde o rei está agora?

A Pedra parou. Tinham chegado ao topo da montanha. Ele fechou os enormes olhos de pedra.

— Olhe naquela direção — disse, apontando. As árvores se curvavam para um lado e para o outro, proporcionando uma visão limpa na direção do vale. Ned pôde ver o exército do rei Ott. Os soldados estavam se reunindo, marchando, movendo-se em formação, seguindo o riacho prateado em direção à casa de Ned. — Está vendo aquela tenda com plumas em cima? O rei, prevendo a vitória, afundou nas taças ontem à noite e agora dorme por causa do excesso da farra. Ele ronca enquanto seus exércitos atacam. Mais tarde vai acordar, vestir-se e examinar seu novo país.

Havia guardas na frente da tenda. Estavam sentados no chão, cabeças encostadas umas nas outras. Parecia que também tinham cedido ao excesso da farra.

— O que acha, irmão? — perguntou o garoto morto, com o familiar riso esperto se desenrolando na voz.

— Acho que estou pensando o mesmo que você, irmão. — Ned riu de volta. Virou-se para o grande ouvido da Pedra. — Sabe, é injusto que seja negado ao rei o prazer de viajar na mão de um gigante de pedra. Talvez nós devêssemos satisfazê-lo.

A Pedra não disse nada. Seus grandes olhos piscaram uma vez, depois duas.

E muito lentamente um sorriso se abriu em seus grandes lábios de pedra.

46

O EXÉRCITO DO REI OTT

O CÉU PRETO GANHOU UMA BORDA VERMELHA, DEPOIS cor-de-rosa, depois dourada. Os aldeões seguraram seus arcos com força. Moveram os machados, passando-os de uma das mãos para a outra. Seguraram facas, porretes e pedras. Vigiavam a floresta e esperavam na beira do campo que se juntava à borda da floresta.

Por fim as árvores estremeceram e se curvaram, e um grupo de pessoas saiu do meio delas. Não era um exército. Nem mesmo uma força de combate, e sim um grupo de bandidos maltrapilhos com as mãos amarradas diante do corpo, as tatuagens anunciando sua profissão tão ruidosamente como um grito.

Os bandidos eram flanqueados por soldados, mas não eram os soldados da rainha. Esses usavam capacetes encimados por plumas multicoloridas e peitorais que tinham um brasão com a silhueta de um jovem com uma coroa alta, o corpo ligeiramente inclinado numa pose jovial. Um dos soldados levou aos lábios um cone pintado de amarelo e laranja, que amplificava sua voz.

— Nós viemos com uma demonstração de boa-fé — declarou o soldado.

As pessoas da aldeia de Ned se juntaram no topo da barricada que haviam construído. Olharam para o pai de Ned, que cruzou os braços diante do peito.

— Que tipo de boa-fé? — gritou ele, a voz trovejando ao sair do peito amplo.

— Este país — disse o soldado — está, por Direito e pela História, sob a jurisdição do rei Ott, o Belo: rei, imperador e senhor amado de todo o mundo conhecido. O status de vocês, nos séculos anteriores, tem sido de um estado desgarrado ilegalmente. Sua fingida independência é, para nós, como o faz de conta de uma criança: divertida, certamente, mas desconectada da realidade. Nós queremos consertar essa situação e trazê-los de volta para o rebanho de seu benevolente rei.

— Não conhecemos nenhum rei Ott! — gritou de volta Madame Thuane. Ela estava de pé, com as costas eretas, ombros largos, imperiosa como um carvalho. *Que ousadia!*, parecia dizer sua voz. *Que ousadia insuportável!*

— Seja como for, ele conhece *vocês*. E ama vocês como se fossem seus próprios súditos queridos, crianças amadas que vocês são. Ele pretende castigá-los gentilmente, como um pai castiga uma criança desgarrada. E reafirma o domínio sobre suas terras.

— Prove isso. — A voz do pai de Ned disparou sobre o campo. Os aldeões notaram, com alguma satisfação, que os joelhos do soldado emplumado tremeram. Apenas ligeiramente, mas o bastante para animá-los.

— O rei não precisa de prova. O rei é toda a prova de que ele precisa. Todas as vontades são a Vontade do Rei.

O soldado deu um riso de desprezo.

Os aldeões gargalharam.

— Nós temos uma palavra para definir um rapaz assim — disse o lenhador secamente. — Mas há crianças aqui, portanto não devo dizê-la.

O soldado emplumado ficou vermelho, mas continuou:

— Nossa demonstração de boa-fé é a seguinte: bandidos. Estão amarrados, amordaçados e prontos para a justiça. Esses homens e mulheres são responsáveis por incontáveis perdas de vidas e propriedades. *Nós* os trouxemos à justiça. *Nós* fizemos isso por vocês. Sua *rainha*, que é uma caipira sem terra, foi incapaz de fazer isso. Vocês precisavam de um rei *real* e de um exército *real*. Jurem fidelidade ao rei Ott e seus problemas terminarão. Jurem fidelidade a ele e não precisarão se preocupar com o banditismo outra vez.

— Esses bandidos são desconhecidos para nós — disse Madame Thuane. — Não temos banditismo desbragado *aqui*. Só uma pequena tentativa, vez ou outra, e é remediada rapidamente. Talvez o seu... bom, lamento dizer isso, mas francamente seu rei de terceira não é tão maravilhoso quanto vocês pensam. Mas tenho certeza de que nossa rainha ficará feliz em dar algumas dicas a ele. — Ela os espiou por cima de seu longo nariz pontudo e franziu os lábios.

O soldado emplumado ficou perplexo.

— Bem, então — disse ele. — Vamos soltá-los no meio de vocês. Vejam o que acham de ter sua terra aterrorizada.

Madame Thuane levantou as mãos.

— Não temos tempo para ladrões. Nem para soldados ladrões. Temos celeiros para consertar, plantações para colher, e vocês... — ela fez uma pausa. Empertigou-se mais ainda. — Estão me fazendo perder tempo.

— Baixem as armas e se rendam. Estamos cansados de sua tolice.

— E se não baixarmos? — gritou o lenhador.

— Então a vida de vocês está perdida. E vocês não merecem viver sob a benevolência do rei Ott. E nunca vão compartilhar das maravilhas de seu belo reino. Iremos invadir seu país, iremos ocupá-lo, e suas terras serão nossas. E vocês não terão nada. Vocês não *serão* nada.

O lenhador estreitou os olhos.

— Se isso agrada a Sua suposta Alteza, você pode levar uma mensagem nossa — disse ele com voz séria. — Deem meia-volta. Retornem ao lugar de onde vieram. Nunca, nunca mais venham para cá.

— E diga que ele é um lambão! — gritou uma senhora idosa que estava ali perto.

— E essas penas deixam você ridículo! — disse um garoto mais ou menos da idade de Ned.

— Lamento terrivelmente que vocês pensem assim — retrucou o soldado, mas sua voz oscilou. Ele tirou uma trombeta do cinto e a levou aos lábios. Respirou fundo e tocou. O som era agudo, alto e vívido. Os aldeões levaram as mãos aos ouvidos. O soldado guardou a trombeta de novo e esperou.

O chão tremeu.

Retumbou.

Sacudiu-se.

O exército do rei Ott emergiu da floresta. Veio, e veio, e veio. Mais soldados, e mais e mais de novo, mais numerosos que as árvores.

E o lenhador achou que eles jamais iriam parar.

47

O último gesto das Pedras Falantes

O SOL HAVIA NASCIDO TOTALMENTE, E A NÉVOA nas árvores subiu, estremeceu e se dissipou. Ned tremeu de frio. Chegou mais perto do ouvido da Pedra, mas era frio, úmido e cheio de musgo. Não fornecia nenhum calor. O garoto morto também não.

A Pedra estendeu as mãos diante do corpo, os dedos curvados criando uma gaiola redonda e oca. O rei Ott estava sentado ali, chorando feito uma criança.

— Por favor. Por favor? PONHA-ME NO CHÃO AGORA MESMO! — gritava o rei, e chorava, e implorava. Oscilava entre as fúrias de um tirano e as lágrimas de uma criança. — Ah, não me machuque. — Um soluço. Um tremor. — Eu posso dar qualquer coisa que você queira. — As mãos juntas como se rezasse. — ISSO É UMA ORDEM!

Ned balançou a cabeça. Sentiu uma compaixão súbita e inesperada pelo monarca chorão. Afinal de contas, Ott não era muito mais velho que ele. E não teve uma boa criação. Isso estava claro.

— Lamento terrivelmente a inconveniência, majestade — desculpou-se Ned. Sua voz o espantava. As palavras tinham pernas fortes, olhos claros e objetividade. Ele falava com sua própria voz, e sua voz tinha *poder*. As palavras não eram mais suas inimigas. Ele mal conseguia suprimir um grande grito de júbilo com cada frase que saía sem estorvo. — Mas parece que o senhor tentou invadir meu país baseado num erro lamentável.

— Não sei do que você está falando — negou, carrancudo, o jovem rei. Ele puxou as pernas para perto do peito e pousou o queixo nos joelhos, olhando irado por entre dedos de pedra do gigante. A Pedra mais velha ribombou com um som que Ned achou que era provavelmente um risinho. — E, por sinal, vou *gostar* demais de retirar sua cabeça. Talvez eu opte por fazer isso pessoalmente. Imagine, sequestrar um rei! Existem leis neste país, meu jovem. Leis!

— Este não é seu país — disse Ned. — O senhor não conhece nossas leis.

— Espere só — murmurou o rei.

Ned balançou a cabeça.

— Majestade — disse com o máximo de gentileza possível. — Como o senhor verá num instante, o senhor preparou uma invasão baseado em informações falhas. As coisas que o senhor achava que iria encontrar não podem mais ser obtidas. A magia que o senhor esperava roubar...

— REIS NÃO ROUBAM! — berrou o rei. — Meramente pegam o que lhes pertence por direito. Quero dizer, *tudo*.

— Acho que não gosto muito de reis — murmurou o garoto morto.

— Quem disse isso? — ofegou o rei. Ele girou a cabeça de um lado para o outro. — Quem?

— Vou chegar a esse ponto — disse Ned. — Este não é seu país. E essas não são suas leis, e não é sua cultura, e você não é meu *nada*. — O rei fez um som irritado, mas Ned prosseguiu: — De qualquer modo, quanto à magia, ela não é sua. Ela pertencia a minha mãe. À Irmã Feiticeira. — O rei ofegou. — Eu sou o filho da Irmã Feiticeira.

— Mas... — começou o rei.

— Mas nada — disse Ned. — Este — ele passou o braço pelos ombros do irmão com o máximo de delicadeza possível — é o filho morto da Irmã Feiticeira.

— O *quê*? — O rei se esforçou para enxergar através dos dedos do gigante de Pedra e viu o garoto morto, que balançou os dedos para ele. O rei gritou.

— Não se preocupe — disse Tam, levantando as palmas das mãos num gesto de boa vontade. — Sou apenas temporário.

— Nossa mãe cuidou da magia durante um tempo, mas esse tempo acabou. A magia também não era *dela*. Ela simplesmente a guardava para os verdadeiros donos. Mas agora todos eles estão indo embora. O senhor não pode tocá-la. Nenhum de nós pode.

O sol estava brilhante e quente, e eles seguiam para a última encosta, em direção do fim da floresta. De seu poleiro tão alto, Ned podia vislumbrar a aldeia através das copas das árvores. *Tão perto*, pensou. *Tão perto!*

— Exijo saber para onde estão me levando — ordenou o jovem rei.

Aproximaram-se do riacho prateado que alimentava o Grande Rio. Se Ned estivesse a pé, seria meio dia de viagem até em casa. Mas em cima daquele enorme gigante de pedra, cujos passos eram iguais à distância entre a beira do celeiro até o lado oposto de sua casa, não demoraria mais de uma ou duas horas. *Em casa!*, pensou Ned. *Estou quase em casa!*

— Estamos levando o senhor aos seus soldados — disse Ned. — E eles vão levá-lo para casa.

— Não — zombou o rei. — Você vai ser trucidado, sua rocha de estimação vai ser destruída, e eu serei levado ao castelo de sua rainha. Tenho certeza de que terei de derrubá-lo e construir outro. Sem dúvida é uma pequena choupana miserável. Ou talvez eu o mantenha como um chalé de verão.

Ned balançou a cabeça.

— Lamento, mas o senhor está errado. O senhor já perdeu. Já foi humilhado. Apenas não sabe, ainda.

— Humilhado? — O jovem rei gargalhou. — *Humilhado?* Você é que será humilhado. Agora mesmo meus exércitos estão esperando em formação. Eles juntaram uma força nas fronteiras de sua nação, maior do que vocês jamais viram. Eles são *poderosos*. São *ferozes*. E estão esperando que eu dê a ordem de atacar. E eu vou *me divertir muito!*

A Pedra mais velha aproximou as grandes palmas das mãos, forçando o rei contra a barriga.

— *Ah, por favor, por favor, não deixe sua rocha me matar!* — guinchou ele.

— Não se preocupe — disse Ned, animado. — Por que iríamos esmagar o senhor e fazê-lo em pedacinhos? Especialmente quando não há ninguém por perto para ver? Vamos esperar até que seus exércitos estejam suficientemente perto para assistir. Até que ponto o senhor é amado, exatamente, majestade? Até que ponto seu povo estará disposto a vir em seu auxílio?

O rei não disse nada.

— Foi o que pensei — concluiu Ned, e continuaram atravessando a floresta, indo para casa.

O exército crescia cada vez mais, regimento após regimento, armaduras reluzindo à luz da manhã, espadas polidas relampejando com orvalho. Os soldados soltavam gritos de batalha, cânticos sangrentos e canções de guerra.

Enquanto isso, no topo do morro atrás da aldeia, soou um coro de trombetas. As pessoas se viraram como se fossem uma só e espiaram por cima da barricada.

— Olhem! — gritou um homem.

— Finalmente — suspirou uma mulher.

— A guarda avançada da rainha! — gritou o lenhador assim que os primeiros estandartes surgiram no topo do morro, com os soldados trovejando atrás. — Eles nos ouviram! Estão chegando! Estamos salvos.

Mas a empolgação teve vida curta.

Tão poucos! O pai de Ned jamais havia percebido como o exército de seu país era pequeno. Segundo seus cálculos, a relação era de cem inimigos para cada soldado da rainha. Era como um exército de camundongos atacando um exército de ursos. Ursos com dentes afiados e garras temíveis. Ursos que vinham, vinham e vinham, e não paravam. Ele apertou seu machado e se preparou.

Mesmo assim, à medida que a guarda avançada chegava, os aldeões comemoraram. Podiam ser poucos soldados, mas suas vozes chacoalhavam o chão e disparavam para o céu. Seus gritos trovejantes os animavam; faziam com que se sentissem grandes, brilhantes e temíveis.

— Rendam-se! — gritaram os exércitos do rei Ott.

— Nunca! — gritou a aldeia.

Por fim, à medida que o sol chegava ao ápice no céu, enquanto o calor do dia se comprimia sobre todos como uma pedra, enquanto mantinham suas posições, de olhos e bocas secos e barrigas vazias, eles sentiram.

Uma sacudida. Um retumbar. Uma batida. Os regimentos se entreolharam. Os aldeões olharam para o chão. Pedregulhos saltavam e chacoalhavam aos seus pés.

Um passo. Um passo. Um retumbante passo sacudindo a terra. Vinha da floresta.

O mundo estava estremecendo ao redor. Os elmos emplumados do regimento do rei bateram entre si enquanto os soldados se agarravam uns aos outros, com medo. A guarda avançada e a segunda onda do exército da rainha firmou as pernas, preparou os arcos e esperou.

Havia histórias sobre aquela floresta. Diziam que as árvores guardavam ressentimentos. Diziam que havia monstros, monstros enormes feitos de pedra, capazes de esmagar um homem com a mesma facilidade com que você pisca os olhos.

E essas histórias não podiam ser verdade, não podiam, mas...

As árvores estremeceram e ondularam, a terra fazendo redemoinhos em volta de suas raízes como grandes saias flutuando.

Os bandidos amarrados gritaram.

— Soltem-nos! As árvores! As árvores estão atacando!

(Aquelas árvores não podiam estar se mexendo. Não de verdade. Mas...)

As árvores se separaram. Ficaram de lado e abriram um caminho reto. E a distância...

Não!, gritaram as pessoas.

Sim!, ofegaram elas.

As Pedras! As Pedras!

Rostos de pedra. Pescoços de pedra. Ombros de pedra. Pernas de pedra. Cada passo retumbando parecia o fim do mundo. E estavam chegando mais perto. E mais perto. E mais perto.

Os regimentos caíram de joelhos. As pessoas gemeram e rezaram. Os gigantes de Pedra estavam chegando.

48

ÁINE E O LOBO

A Pedra que carregava Áine e seu pai pôs os dois no chão, com o máximo de gentileza, bem onde a floresta encontrava o campo.

As lágrimas da garota haviam cessado; os soluços haviam parado. Áine sentia apenas uma calma terrível. Só sentia *nada*.

Havia um exército, uma barricada e outro exército, mas Áine não se importava.

Não notou o terreno tremendo enquanto as Pedras atravessavam o campo.

Não notou os gemidos das pessoas, as batidas no peito, os cabelos sendo arrancados ou o medo terrível, terrível.

Mesmo se tivesse notado, provavelmente não se importaria.

Seu pai estava morto.

Tinha morrido salvando-a.

Ele poderia ter sido salvo, mas não foi. Era culpa de Ned. Era culpa de seu pai. Era culpa do mundo, do céu, das montanhas, do sol e da floresta amaldiçoada. Era culpa de sua mãe por ter morrido e deixado os dois sozinhos. Era aquele pingente medonho. Eram os bandidos. Seu avô. Era culpa sua, uma culpa idiota.

Eram todas essas coisas e muito mais. Coisas demais para culpar. E o trabalho de culpar era terrivelmente difícil. E Áine não conseguia mais realizá-lo.

Tinha retirado a flecha e limpado o sangue do rosto dele. Rasgou um pedaço de pano de sua túnica e o molhou com seu odre de água. Lavou o rosto do pai, o pescoço, as mãos. Molhou o cabelo dele e o alisou até brilhar. Passou os dedos pelas bordas de seus olhos. Alisou as rugas de preocupação com os dedos e imaginou como ele seria quando era jovem, quando era um bandido jovem e bonito que viera roubar os cofres da estalagem de um pescador solitário e acidentalmente se apaixonou pela filha do estalajadeiro, uma jovem de cabelos pretos. A mãe de Áine disse que o amou no instante em que flagrou suas mãos no pote de dinheiro. Disse que ele a amou no instante em que ela levantou a espada do pai junto à garganta dele. Ele abandonou a vida de bandido por causa dela, e ela abriu mão de uma longa fila de pretendentes por causa dele. E os dois foram felizes por muito tempo.

E agora haviam partido.

E Áine estava sozinha.

Garota idiota!, censurou Áine. *Isso não é muito diferente de antes.* E era verdade. Seu pai ficava longe durante dias, às vezes por semanas. E ela nunca sabia quando ele iria voltar. Tinha certeza de que um dia ele simplesmente *não voltaria*. E ela jamais saberia o que tinha acontecido.

Pelo menos agora *sabia*. Mesmo que doesse. Decidiu que havia um grande consolo em saber.

Olhou as Pedras. Eram oito. A Pedra que faltava, a mais velha e maior de todas, havia pegado um caminho diferente — e Ned e sua estranha sombra tinham ido com ela.

Para que, Áine não sabia. Não tinha certeza se isso importava.

As Pedras haviam se posicionado numa grande linha, separando os dois exércitos. Um soldado idiota do exército do rei disparou uma flecha contra o ombro de uma Pedra. A ponta da flecha bateu na Pedra com um *ping* alto que Áine escutou de onde estava, sentada no chão. A flecha se despedaçou com o impacto. A Pedra não se moveu durante algum tempo, e a princípio Áine se perguntou se ela teria notado a flecha. Depois levantou a grande perna de pedra e bateu com o pé no chão. O chão ondulou e subiu como água, fazendo os exércitos oscilarem e trombarem uns sobre os outros. Os bandidos caíram de joelhos, apertando as mãos no chão, os rostos tensos de terror. Os soldados usaram as espadas e os arcos como cajados para se equilibrar. Remexeram-se em seus lugares e lançaram olhares para a floresta e entre si, estremecendo diante das Pedras. Mas se mantiveram em suas posições.

Tinham medo de ir embora, percebeu Áine.

Sendo filha de seu pai, Áine ficou impressionada. Não era todo dia que uma força era treinada ao nível da estupidez. Seu pai ficaria intrigado.

Um estalo de galhos e um farfalhar de folhas perturbaram a floresta às suas costas. Ela se virou e olhou.

— Você — disse ela, com a voz num rosnado baixo.

O lobo ganiu em resposta. Esgueirou-se silenciosamente para ela, passo a passo, cauteloso.

— Não preciso de você — disse Áine.

O lobo soltou um ganido gentil, no fundo da garganta. Era um som agradável.

— Eu matei sua mãe — disse Áine. — Ou a mãe de algum lobo. Pode ter sido a sua.

O lobo chegou mais perto. Suas narinas estavam abertas, procurando. Ele a farejou.

— Não preciso de ninguém. Os únicos de quem já precisei estão mortos.

O lobo chegou mais perto, pisando com as patas grandes demais. Encostou a lateral do corpo nas costas dela. Respirou enquanto ela respirava. Áine sentiu algo bem no fundo. Um tremor de carne. Um grito gutural. Tentou contê-lo, pará-lo, represar a correnteza, mas não conseguiu. Passou o braço sobre as costas do animal e o deixou tombar do outro lado. Enterrou o rosto no pescoço dele. Sentiu um soluço irromper nos dedos dos pés e rolar em ondas pelos ossos, através do peito, explodindo pelos ombros e pela garganta. Encharcou o lobo com suas lágrimas.

— Desculpe — disse ao lobo. — Desculpe — disse ao pai. — Desculpe — disse a Ned, à família dele, aos soldados diante das Pedras, ao mundo enorme, enorme. — Desculpe, desculpe, desculpe.

O lobo inclinou a cabeça para trás e cantou em harmonia com os gritos de Áine. E o sofrimento ressoou e vibrou na boca dos dois. Ela apertou o lobo com força, e ele se comprimiu contra ela.

— Venha — disse ela finalmente, tirando a capa e cobrindo o rosto do pai. — Vamos até as Pedras. Preciso encerrar o que meu pai começou.

E a garota e o lobo marcharam pelo campo.

49

Nos ombros de gigantes

Áine andou rapidamente, com o lobo saltando ao seu lado. Ele lançava olhares para ela, latia, uivava, gania e latia de novo, depois olhava a garota outra vez, como se estivesse satisfeito porque ela continuava ali. Áine sentia o mesmo. Estava satisfeita. Tranquila com a presença dele. Havia algo nos movimentos do lobo, na empolgação dos saltos e uivos, que agitava a garota até o âmago. O lobo, com o estranho garoto sofrido que o trouxe para a vida dela, havia se tornado sua família. Ela não escolheu isso, nem planejou, mas era verdade. *Família*. A palavra tinha peso e substância, como uma âncora num mar tempestuoso.

Ela andou até a Pedra mais jovem.

— Com licença — disse, estendendo a mão e dando um tapinha hesitante na pedra, no que devia ser a perna. Ela era menor que as outras, mas ainda assim era enorme. Grandes pernas sólidas, um tronco largo e uma cabeça oblonga com apenas a sugestão de um rosto. E ainda que não fosse possível identificar o gênero de nenhuma das Pedras, Áine sentia que essa era feminina. Sentia uma espécie de afinidade com essa Pedra, uma afinidade que não conseguia exatamente definir. E não era a gentileza da Pedra nem o cuidado com que ela havia carregado seu pai. Afinal de contas Áine não se considerava particularmente afável, e certamente não era uma garota gentil. Mesmo assim, havia *alguma coisa*. E mais: fazia muito tempo, tempo demais, que Áine não conversava com alguém do sexo feminino. Desde a morte de sua mãe. E Áine decidiu que isso era... até em sua mente ela hesitou. Isso era *bom*, decidiu. Era bom.

A Pedra virou sua grande cabeça e seu rosto para Áine.

— O que é, querida? — perguntou ela.

Áine gaguejou um pouco, pigarreou e se remexeu de um pé para o outro. O lobo se encostou em sua perna, quente e tranquilizador. Era um gesto minúsculo, insignificante, mas para Áine foi como se o mundo inteiro estivesse comprimido entre sua perna e o flanco do animal. O toque do lobo lhe deu coragem.

— Será que... — começou ela. Fez uma pausa. — Será que posso me sentar em seu ombro? Eu gostaria de falar com os homens do meu p... — A palavra se prendeu em sua garganta como um anzol. Ela enxugou os olhos com as costas da mão num gesto rápido e furioso. — Com esses bandidos. Meu pai comandava esses bandidos. Ele os colocou no caminho do mal. Ele começou todo esse empreendimento maluco. Eles são minha responsabilidade.

A Pedra inclinou a cabeça para o lado e avaliou o pedido. Depois assentiu e pôs Áine no ombro. O lobo olhou Áine subir, depois acompanhou a Pedra. Não iria deixá-la fora do campo de visão.

A garota, a Pedra e o lobo se aproximaram do exército do rei Ott.

A carruagem da rainha parou no cume da montanha. A Irmã Feiticeira pôs a mão na testa da soberana. Estava quente e seca, depois fria e úmida, uma paisagem de doença.

— Majestade — disse a praticante de magia. — Devíamos parar, e a senhora devia descansar. Sua saúde...

— Dane-se minha saúde — reagiu a rainha acidamente. Suas bochechas ficaram pálidas, depois vermelhas, e pálidas outra vez. Uma tosse chacoalhou em seu peito, mas a velha a segurou.

Os mensageiros da guarda avançada haviam se aproximado, anunciando a chegada do exército, e o maior número possível de tropas da segunda onda que poderia ser despachado foi descartado rapidamente. A mãe de Ned as olhou com uma dor terrível no coração. *Onde estava*

Ned? Por favor, encontrem meu menino. Ela já havia enterrado um filho. Não suportaria perder o outro.

Mas havia algumas coisas que não eram de sua escolha. Ela enfiou a mão no bolso e enrolou os dedos em volta da escultura com a forma de Ned, como se esta pudesse levá-la mais depressa até o filho. As mãos dele haviam criado aquela figura; ela sabia disso nos ossos, apesar de nunca ter sabido que seu filho era capaz de fazer uma coisa tão hábil, tão detalhada, tão *real*. Ela jamais soube que ele possuía esse talento. O que mais seu filho podia fazer? O que ela esteve deixando de testemunhar? *Por favor, esteja vivo. Por favor, esteja inteiro. Por favor, venha para casa, para mim.* Ela sentiu sua preocupação agarrá-la como uma mão apertando a garganta.

— Seus exércitos vão nos manter em segurança — disse a mãe de Ned à rainha. — Eles sempre fizeram isso. Mas a senhora, minha rainha, devo insistir: deixe a companhia seguir sem nossa presença. Vou montar uma tenda e cuidar da senhora. Temo pela sua vida, minha senhora.

Houve uma batida à porta da carruagem. A Irmã Feiticeira deslizou o painel e olhou para fora. Um soldado estava encostado na abertura — era uma jovem, não muito mais velha que Ned, com mil tranças torcidas formando um nó no topo da cabeça.

— Majestade — disse a mulher-soldado —, no topo da encosta seguinte teremos uma visão do campo de batalha. É... não sei dizer, senhora. É inacreditável.

— Bem, desembuche, garota — reagiu a rainha, irritada. — Você deve acreditar, caso contrário não teria dito isso. Que parte é inacreditável?

— O exército. O exército deles. É maior do que pode ser possível.

— Sei — disse a rainha, séria. Ela tossiu no lenço. Tentou esconder o sangue, mas a Irmã Feiticeira percebeu e procurou a erva certa dentro de sua sacola.

— Mas não é isso — disse a mulher-soldado. — Há mais uma coisa.

— O que poderia ser pior? — perguntou a rainha.

A carruagem subiu a encosta a passo de lesma antes de finalmente parar no topo da colina. O servo correu para ajudar a velha a saltar. Ela se apoiou no braço dele, mas tinha o rosto decidido como sempre.

A partir desse ponto elevado elas viram a aldeia onde Ned morava, cercada por barricadas (*Ah! Meu lar!*, pensou a Irmã Feiticeira. *A que ponto chegamos!*), estendendo-se até as montanhas que cortavam o céu, para além da grande floresta. Entre a aldeia e a floresta estava um exército tão vasto que a rainha apertou o coração. E na frente do exército havia um grupo de homens e mulheres maltrapilhos — com rostos e corpos cobertos de tatuagens. E com as mãos amarradas. Eles vinham à frente do exército, instigados por pontas de espadas.

Então, pensou a feiticeira. *Os estrangeiros usam pessoas como um escudo vivo para as flechas do inimigo. Que desprezível!*

Mas havia outra coisa também.

— Ah — sussurrou a Irmã Feiticeira.

— Aquilo é... — gaguejou a rainha.

— Como? — perguntou a Irmã Feiticeira.

— Mas era só uma história — ofegou a rainha.

— E não deveriam ser nove? — perguntou a Irmã Feiticeira.

Oito gigantes de pedra. Montando guarda. E, notou a feiticeira, uma grande... *coisa* se movendo pela floresta, derrubando árvores no caminho.

— São nossos amigos ou inimigos? — perguntou a rainha.

— Não sei — respondeu a Irmã Feiticeira. Mas seu coração subia e descia por dentro. Uma grande pluma de júbilo.

Ah!, pensou. *Elas estão se movendo!*

Ned, seu irmão, o rei chorão e a Pedra mais velha haviam quase chegado à beira da floresta. Não demoraria muito para alcançarem a aldeia de Ned.

— *Onde estão meus exércitos?* — chorou o rei.

— *Onde estão meus exércitos?* — zombou a alma numa voz cantarolada de bebê. Isso deliciou Tam a ponto de ele começar a rir.

— Ah, cresce! — reagiu o rei violentamente.

— Não posso — respondeu Tam em voz alegre. — Estou morto. Coisas mortas não crescem.

O rei estremeceu.

— Majestade — disse Ned ignorando o irmão —, vamos chegar logo à aldeia e acredito que a situação ficará mais clara para o senhor.

— Não quero falar com você — retrucou o rei.

Ned suspirou.

— Veja bem, esta Pedra, por quem o senhor está sendo carregado... e obrigado por isso — acrescentou educadamente para a Pedra. Esta retumbou em resposta. — Esta Pedra não está sozinha. Ele é um de nove. O resto está parado entre seu exército e meu povo. Não queremos guerra. Não queremos lutar contra o senhor. Queremos deixá-lo em paz e ser deixados em paz. Entendeu?

— Espere — disse o rei. Em seguida cruzou os braços no peito e fez uma carranca. — Vocês são nove? Vocês são *aquelas* Pedras? As que roubaram a magia e dividiram o reino? Nós desprezamos vocês. Temos um feriado nacional dedicado a desprezar vocês. Vou cuspir em você agora mesmo. — Em vez de cuspir, o rei fez uma careta. Nem mesmo ele podia fazer uma coisa tão repulsiva.

— Infelizmente sim — trovejou a Pedra mais velha. — Mas não é como você acha. E, mesmo se fosse, não há nada que você possa fazer a respeito.

O rei ficou emburrado.

— Espere só até eu pegar minha magia. Aí vocês vão se arrepender.

— O senhor não pode — disse Ned. — A magia foi embora.

— Bem — esclareceu a alma. — Ela *está indo*. Por enquanto ela está comigo, certo? — Ele levantou os braços cheios de marcas.

— Indo *para onde*? — perguntou o rei, mas Ned não respondeu. Ele viu sua aldeia e os exércitos do rei Ott flanqueando a Floresta, e os exércitos da rainha abraçando a aldeia. Também viu Áine em cima de uma Pedra, que por sua vez estava entre um exército e outro.

— O que ela está *fazendo*?, disse Ned consigo mesmo. E, para a Pedra, falou: — Será que você pode andar mais depressa?

Áine estava de pé no ombro da gigante. Junto às outras sete Pedras, ocupavam o terreno aberto entre os soldados de Duunin e os guerreiros das Terras Perdidas. Ela olhou para os exércitos do rei Ott. Eram soldados demais. A luta não seria justa. E eles teriam de ir embora.

Mas não falou primeiro com eles. Pigarreou.

— Irmãos e irmãs! — gritou para os bandidos de mãos amarradas, pés atados e bocas amordaçadas. E sentiu uma compaixão terrível por todos eles.

— Vocês não me conhecem, mas eu conheço todos vocês — continuou, com a força da Pedra dando força à voz e fazendo-a ressoar no campo. Meu pai me obrigava a me esconder no sótão de nossa casa de pedra na floresta sempre que vocês se reuniam em nosso quintal. Vocês não se perguntaram quem cuidava da horta? Não imaginavam quem alimentava as cabras e as galinhas e molhava as flores? Era eu. Sou Áine, filha do Rei dos Bandidos.

— Impossível — disse um soldado com elmo cheio de plumas.

— Não estou falando com vocês agora — reagiu Áine rispidamente. — Vocês não vão falar até que eu permita. — Para sua perplexidade, o soldado com plumas pareceu que sentia vergonha. Ele baixou o olhar para o chão. Portanto nem todo o magnetismo do pai dela vinha do pingente. Parte vinha *dele próprio*. E ela também era capaz disso. Olhou de volta para a horda de bandidos com uma nova confiança crescendo por dentro. — Vocês levaram uma vida de liberdade e perigo. Não juraram aliança a ninguém além de meu pai. Mas ele morreu.

Os bandidos empalideceram de horror. Balançaram a cabeça. Alguns se ajoelharam.

— Ele morreu — disse ela outra vez. — E essa busca louca em que ele colocou vocês, esse plano maluco com os exércitos idiotas de um rei idiota, acaba agora. Meu pai, que colocou vocês em perigo, não existe mais; vocês não lhe devem nada. Também não me devem nada. Sua dívida para com meu pai e a fidelidade que juraram a ele está liberada. Não quero vê-los de novo. Nem aqui nem na floresta. Não tenho nada para vocês.

Ela afiou a voz nestas últimas palavras e a brandiu como uma espada. Eles nunca estiveram em sua casa da floresta sem ter o pai como guia. Será que poderiam encontrá-la sozinhos? Áine não sabia. Mas eles não seriam bem-vindos. E seriam dispensados de mãos vazias.

— É possível? — disse uma bandida.

— É totalmente possível. Eu o segurei nos braços enquanto ele se esvaía. Seu sangue mancha minha túnica. Eu o perdi para sempre.

— E — insistiu a bandida com os olhos se estreitando, procurando mentiras — realmente não há nada?

— Nada. — Áine disse a palavra como se fosse uma coisa mágica. Um talismã. Uma palavra de poder. — Absolutamente nada. — Ela a sentiu trovejar através dos ossos.

Áine olhou para o soldado com o elmo cheio de plumas. Ele parecia estar no comando. Talvez fosse um general.

— Você — anunciou ela, e o rosto dele se achatou numa careta — é o pior tipo de covarde. Amarra homens e mulheres desarmados e faz com que marchem como alimento de espadas diante de seus próprios soldados gordos? É inaceitável!

— Minha jovem, eu... — começou ele, mas ela o interrompeu.

— Vocês marcham, sem vergonha alguma, para um país soberano, querendo matar sua gente e tomá-lo? Que falta de noção!

— Chega! — O general emplumado ficou vermelho com a indignação crescente.

— Vocês pisotearam minha floresta. *Minha* floresta! Voltem para o lugar de onde vieram, sua patética imitação de exército.

— Arqueiros! — disse o general, com a voz parecendo um gemido agudo, o rosto agora roxo de raiva. Ele apontou para a garota sobre a gigante. — Apontar. — Não notou que, em sua agitação, vários bandidos tinham partido as amarras. Vários outros escondiam facas na boca, nas botas, em bolsos secretos nos cintos. Aparentemente vinham aguardando. Não tinham intenção de enfrentar flecha ou espada, mas tinham toda intenção de enfiar armas, ouro e bijuterias nos bolsos ansiosos.

Seu líder estava morto. A hora era *agora*. O plano havia mudado. Cordas se partiram, couro foi cortado, mordaças caíram de risos feios, e uma centena de bandidos mostrou os dentes. Os soldados só notaram quando era tarde demais.

Os arqueiros apontaram para Áine.

— Áine! — gritou uma voz vinda do morro.

— Ned! — gritou Áine de volta.

— Não! — gritou a pedra gentil, que protegeu a garota com suas grandes mãos de granito.

As flechas voaram. Os bandidos libertaram os últimos companheiros e, com gritos, viraram-se contra os soldados. E a luta começou.

50

Em frente

O SOL SE PREPARAVA A DESCER NO OESTE.

Ninguém notou.

— Eles estão começando sem mim — gritou o jovem rei. — Faça com que parem!

— Faça *você* com que parem — disse a Pedra mais velha. E ela se inclinou para o chão e soltou o rei. Ele se levantou com dificuldade e cambaleou em direção ao local da batalha. *Claro* que ele não seria ferido. Ele era o rei! E estavam estragando seu negócio. — Parem! — gritou. — Ordeno que parem!

E correu para a guerra.

Ned desceu da Pedra e correu para Áine.

— Parem de atirar! — gritou. — Parem de atirar! — As flechas batiam na Pedra menor, mas ela mantinha Áine em segurança. Ned sentiu o coração inchar feito um botão de flor prestes a se abrir. *Ela está em segurança*, ofegou. Sua amiga. Sua única amiga. E ele precisava chegar até ela.

Os bandidos e os soldados brigavam e xingavam. Facas cortavam, espadas voavam, e homens e mulheres caíam no chão.

— Ned! — gritou Áine. Em algum lugar no tumulto o lobo latia, rosnava e mordia. Circulava num perímetro ao redor da Pedra.

— Lobo! — gritou Ned, e o lobo correu até ele, um emaranhado de pelos, velocidade e alegria.

Por acaso a aldeia de Ned possuía uma catapulta. Era uma coisa rudimentar, uma ideia de Madame Thuane. Era apenas uma, e como demorava demais para ser carregada, e como era difícil demais puxar o mecanismo para trás e travá-lo, era improvável que pudessem disparar mais que um pedregulho contra as fileiras do exército vindo do lado de lá da montanha. Por isso precisavam fazer com que o disparo valesse a pena.

E Madame Thuane estava ficando inquieta.

— Disparem a pedra! — gritou ela, olhando para a confusão.

O pai de Ned estava incrédulo.

— Não — disse o lenhador. — A senhora ficou louca? O caos é demasiado. Poderíamos ferir um dos nossos.

— Não estou acostumada com sua insistência no consenso — retrucou Madame Thuane. — Sou a chefe do Conselho. Se eu digo que devemos disparar, devemos disparar. Nesse *instante*.

— Podemos acertar aqueles gigantes — disse o lenhador.

— Eu *espero* acertar um gigante, seu bobo — declarou a conselheira. — Eles podem se virar contra nós a qualquer momento. Agora dispare a catapulta!

— Não farei isso — afirmou o lenhador.

Madame Thuane se esticou ao máximo. Ficou com os olhos na mesma altura dos olhos do lenhador e, ainda que não fosse tão corpulenta quanto ele, ainda era uma tremenda força. Ela seria uma lenhadora estupenda, percebeu o pai de Ned subitamente. O rosto da mulher ficou duro feito carvalho.

— Ótimo — disse ela. — Eu mesma faço isso.

— Parem! — gritou o jovem rei correndo para a batalha. — Parem, estou mandando! — Ele parecia completamente alheio ao perigo ao redor. Era como se não soubesse *como* ter medo.

— Volte para cá, seu rei idiota! — gritou Ned, quando viu Ott correr para o campo. — Saia daí! — Mas Ott não prestou atenção.

Em vez disso, pegou-se levando bofetadas de homens e mulheres na luta. Não havia garotas bonitas com doces para sua língua. Não havia homens sisudos baixando a cabeça até o chão em deferência. Não havia leques, sedas, vinho ou conforto. Só havia sangue, dentes e lâminas. Ott cambaleou e ficou boquiaberto.

Tinha achado que a guerra seria divertida.

— Parem! — gritou antes de ser jogado de joelhos no chão.

— Parem! — Quando a ponta de uma espada acertou sua perna, cortando-a. Ele berrou feito criança.

— Parem! — Quando uma bota fez contato com sua nuca.

O rei se enrolou feito uma bola e segurou a cabeça com as mãos. Ouviu o som de água correndo e pedras rolando. Viu estrelas.

As pessoas veem mesmo estrelas, pensou. *Que estranho!*

Notou que uma estrela se movia, enquanto as outras ficavam paradas. Viajava num arco nítido por seu campo de visão. Chegava mais e mais perto. E, enquanto ela se movia, ele sentiu um retumbar terrível no chão.

Eu não fazia ideia de que ser ferido seria tão interessante, pensou, enquanto a estrela em movimento se parecia menos com uma estrela e mais com um pedregulho. Um pedregulho voando pelo ar! Mas os pedregulhos não voam pelo ar, disse o rei Ott a si mesmo. *Voam?*

O retumbar ficou mais violento e mais cansativo. *Eu gostaria que aquele gigante parasse de se mexer tanto. Quero ver melhor aquela estrela que virou um pedregulho!*

Mas a Pedra mais velha tinha outros planos.

O pedregulho voou da catapulta e gritou indo em direção à massa de humanos que se retorcia lutando no chão — e no meio dela, aquele rei infantil, idiota e ranhento.

A Pedra andou na direção dele. E abriu a boca.

— NÃO! — disse em voz alta. E a voz fez as árvores se curvarem e a terra tremer. — NÃO! — gritou ela, e as colinas incharam e ondularam como ondas, e o Grande Rio se agitou no leito. — ACABOU.

A Pedra estendeu a mão e pegou o pedregulho logo antes de ele acertar a cabeça do jovem rei. Suspirou, levou o pedregulho para o lado e o esmagou até virar uma pilha de poeira no chão.

— Minha nossa! — disse o rei. — Por acaso você acabou de me salvar?

A Pedra tinha razão. Estava acabado. O silêncio reinava no campo verde. Ned subiu pelo braço da Pedra mais jovem, indo na direção de Áine, e se sentou ao lado dela. Enfiou a mão ferida da garota, mal notando a dor. A pele da palma de um tocando a do outro. Sem aquelas palavras infernais na pele não havia o que temer. Ned sentia a cabeça leve, mas desta vez não era a magia que fazia isso.

Áine olhou as marcas de queimadura deixadas pela magia. Com as suas, envolveu as mãos de Ned — praticamente sem tocar, mas protegendo-a de qualquer mal. Era um gesto bobo, na verdade. O *resto* dele também estava ferido. Mas aquilo pareceu significar alguma coisa. Ainda que Áine não soubesse o que era.

Os retardatários dos regimentos da rainha finalmente desceram o morro, e toda a aldeia de Ned — até as crianças e os velhos — se reuniu na grama.

O resto das Pedras veio para perto e ficou de pé, desde a maior até a menor. A maior Pedra, a que tinha uma sombra clara ainda sentada no ombro (a sombra tinha cabelos encaracolados e um riso alegre, e as pessoas da aldeia de Ned forçaram a vista e ficaram olhando, tentando entender por que ela parecia tão familiar), examinou os destroços e a dor espalhados no campo.

— Tragam-me carroças — ordenou ele.

E carroças foram trazidas. Da aldeia, da brigada de suprimentos. Eram dez, todas enfileiradas. As pessoas ficaram olhando boquiabertas o implacável rosto de granito, aquelas mãos impossivelmente fortes. A Pedra olhou para o exército gigantesco de um lado e o exército improvisado do outro.

— Joguem as armas nas carroças. Vocês não precisarão delas.

As pessoas hesitaram. Em reação, todas as nove Pedras levantaram os pés gigantescos e bateram com eles no chão. A terra estremeceu e ondulou como água ao vento.

Logo as carroças estavam transbordando de espadas, flechas, facas e arcos. Havia escudos, porretes, machados e foices. Amontoavam-se em grandes pilhas, e os gumes mortais brilhavam ao sol poente até que não restava nenhuma para ser entregue. As Pedras se reuniram em volta das carroças. A Mais Velha começou a cantar — uma nota profunda, trovejante. As outras se juntaram em harmonia.

A terra embaixo das carroças borbulhou, oscilou e inchou. Girou como um redemoinho, derrubando as carroças e espalhando as armas no chão. O redemoinho ficou mais rápido e mais rápido. De repente carroças, armas e tudo mais foram puxados para dentro, submergindo na terra. Sumindo de vista. O redemoinho parou, e a terra ficou imóvel. A grama estava lisa e sem marcas.

As pessoas ficaram boquiabertas.

— Esta guerra acabou — disse a Pedra mais velha. — Ela começou há muito tempo. Antes que qualquer um de vocês nascesse. Vocês não se lembram, mas nós lembramos. As árvores lembram. Até a terra lembra. As pessoas deste país e aquelas do outro lado das montanhas são parentes e deveriam tratar umas às outras como tais. As árvores, que já foram uma arma nesta guerra, não são mais armas. Olhem.

A Pedra apontou para a floresta. Uma faixa de granito liso irrompeu da terra, estendendo-se para a floresta como uma fita. As árvores se separaram e se espalharam, deixando uma estrada longa e reta.

— Esta estrada jamais vai se desviar, jamais vai hesitar e jamais vai se curvar. Ela conecta e une os países de vocês. A magia que já corrompeu reis e torceu o coração de homens bons e mulheres boas está ligada aos mortos e com eles partirá. Vocês não sentirão falta dela.

— Ah, sentiremos sim! — gritou uma mulher da aldeia de Ned. Do lugar onde estava, ele pôde vê-la. Também podia ver seu pai. Também podia ver sua mãe, descendo a colina correndo. — A Irmã Feiticeira usou a magia para nos curar e proteger. Ela a usa para o bem.

Magia? Ou praticidade?, pensou Ned. Boa parte do que sua mãe *chamava* de magia não era magia nenhuma. Ele podia contar nos dedos as vezes em que a vira usá-la; o resto eram ervas, sono e outros remédios. E, mesmo quando a magia deixasse o mundo, ela ainda seria a Irmã Feiticeira. Ainda saberia enxergar o mundo em suas fendas e seus suportes; ainda conheceria os pontos fracos; ainda saberia fazer o mundo *se dobrar*. Isso estava claro.

— Onde está a Irmã Feiticeira? — perguntou a Pedra mais velha.

— Aqui — gritou a mãe de Ned. Ela corria cada vez mais depressa, o olhar fixo na sombra clara sentada no ombro da Pedra. Quando chegou, estava com o rosto vermelho, suada e sem fôlego.

— Senhora — disse com gentileza a Pedra mais velha.

A mãe de Ned baixou a cabeça e cobriu o rosto com as mãos.

— É verdade... eu... – disse ela, com a voz desesperada e triste. — Eu a arruinei. Arruinei a magia. Ela deveria ser boa e eu a usei por motivos egoístas. Perdoe-me. — A voz embargou. Ela engoliu em seco. A respiração saiu áspera.

— Não há o que perdoar. A magia corrompe. Ela não pode evitar. O fato de sua família ter conseguido resistir à tentação por tanto tempo é notável — disse a Pedra. — O sofrimento nubla o juízo. É natural.

A Pedra levou a mão ao ombro e deixou a alma a escalar. Trouxe o garoto suavemente para o chão à frente da mãe. Tam levantou o rosto. Seu lábio inferior tremeu, e os olhos ficaram cheios de lágrimas. Ele levantou os braços. Afinal de contas ainda era um menininho. E sentia falta da mãe.

— *Meu menino* — disse a Irmã Feiticeira, pegando a alma no colo. Aninhando-o como se ainda fosse um bebê.

— Agora ele está livre.

— Meu filho, meu filho, meu filhinho. — As lágrimas dela lhe escorriam pelas bochechas, batendo no chão como chuva.

— O sol está se pondo. Ele seguirá em frente.

— Desculpe — disse ela. — Desculpe.

— Não precisa se desculpar — disse Tam. — Ned está vivo. E agora estou livre. Tudo é o que é, e é assim.

— Minha esposa! — Uma voz vinda de trás. — É ele? É o... — O pai de Ned chegou correndo pelo meio da multidão, caindo de joelhos ao lado da feiticeira. Estendeu as mãos para a alma frágil. — É você — sussurrou. E Tam ficou entre a mãe e o pai, e passou o braço pelo pescoço de cada um deles, encostando a face na bochecha dos dois.

E ficariam juntos até não poderem mais.

A Pedra mais velha chamou o jovem rei e a velha rainha. Chamou Áine e Ned também. Todos ficaram diante das Pedras, o rei Ott apavorado, a rainha fascinada, e Ned e Áine exaustos. A Pedra se dirigiu à multidão:

— O tempo das Pedras está acabando. Deveria ter acabado há muito. Estamos velhas. Estamos cansadas. E o mundo de vocês ainda é novo. — A pedra apontou para o rei Ott. — Esta criança é a última numa linhagem de reis sem brilho. Nós fomos idiotas em colocar a linhagem dele no trono. — A Pedra se curvou para perto do jovem rei. Até mesmo seu sussurro latejava entre o leito de pedras e o céu. — Jovem, você não é mais rei.

Ott gaguejou.

— Mas... — ofegou. — Você não pode...

— Claro que não posso. O sol está se pondo, e eu vou embora. Não posso fazer nada. Mas essas pessoas que seguiram você sem motivo, que viram você ser humilhado, suspeito de que talvez não o queiram mais.

Os soldados vindos do outro lado das montanhas se entreolharam. Uma mulher-soldado tirou o elmo e jogou fora o peitoral que tinha o brasão com a imagem do jovem rei.

— Eu não sigo você! — gritou ela.

Mais quatro soldados a acompanharam.

— Nem eu! — gritaram.

Outros dez largaram a armadura.

Depois vinte.

Depois centenas.

O rei Ott olhou os elmos emplumados na lama (ele mesmo os havia desenhado), seu rosto amarelo com o choque.

— Não se preocupe — disse a Pedra. — Alguém certamente vai cuidar de você. Você pode aprender uma profissão. Ainda não passa de uma criança, afinal de contas. — Ott se sentou no chão. Ninguém veio ajudá-lo.

A Pedra se virou para a rainha.

— Quanto à senhora... — A rainha fez uma reverência. — A senhora fez o máximo que pôde, mas seus parentes, como deve ter notado, não passam de um punhado de idiotas pomposos.

— E envenenadores. — A rainha levantou um dedo. — Quem iria saber? — Ela balançou a cabeça com tristeza. — Infelizmente não podemos escolher os parentes. É uma pena. — Sua voz estava fraca. O rosto, pálido. As mãos tremiam. A Pedra inclinou a cabeça enorme.

— E, como acredito que é óbvio também para a senhora, seus dias, minha cara, são limitados.

A rainha sorriu.

— Os dias de todo mundo são limitados. Mas sim. Os meus são... *mais*.

— Há outros modos de governar um país. Convoque um conselho. Faça isso enquanto ainda está viva. Faça arranjos. A Irmã Feiticeira vai ajudá-la. Ela sabe manter o poder sob controle. Não é uma qualidade ruim para uma conselheira.

A Pedra se virou para Áine e Ned. Levou a mão enorme ao chão e os chamou-os. Eles subiram na palma, e ele os levantou bem alto.

— Essas crianças! — gritou ele. — ESSAS CRIANÇAS nos libertaram quando ninguém pôde fazer isso. Elas impediram uma tragédia terrível. E ESSAS CRIANÇAS caminharam pela escuridão onde não havia luz possível. Enfrentaram o perigo quando acharam que não havia esperança. Perseveraram quando tudo estava perdido. Enfrentaram a dor, a solidão e a perda. — Ele fez uma pausa. — Vocês podem agradecer.

— Ele lançou um olhar duro para a multidão, balançou a cabeça e pousou os dois no solo. O céu reluziu em cor-de-rosa, laranja e dourado. Só a ponta do sol ainda brilhava sobre o horizonte.

— *Eu* agradeço a vocês — disse a Pedra, fazendo uma reverência.

— E *eu* agradeço a vocês — disse a Pedra mais jovem.

— E *eu* agradeço a vocês — disseram as Pedras juntas.

Ned segurou a mão de Áine. Áine a apertou de volta. Os dois ficaram parados, com os rostos vermelhos e silenciosos. O sol baixou mais ainda.

A Pedra mais velha se levantou e olhou para o oeste.

— É hora — disse ele. — É HORA!

— É hora! — gritaram as outras Pedras.

— É hora — sussurrou Tam.

— Adeus — disse Ned às pedras. — Adeus, irmão! — gritou para a alma.

A terra tremeu.

O céu tremeu.

Um vendaval derrubou todo mundo de joelhos.

E as Pedras, a alma e a magia partiram.

51

A VOLTA DE ÁINE

Subitamente, sob a lua minguante, o campo se tornou um caos de movimento — pessoas e cavalos, apertos de mão, abraços e cães latindo. E na confusão de pessoas, Áine estava sozinha. Ned segurou sua mão durante um tempo, mas logo foi arrancado pelo abraço amoroso dos pais, ou de Madame Thuane, ou do escrevente, ou de todas as pessoas que não o amavam antes, mas agora o amavam desesperadamente. Áine ficou olhando enquanto canções eram cantadas, garrafas eram passadas de boca em boca, e aldeão, soldado e bandido uniam braços e corações e levantavam a voz como se fossem um só.

Veremos quanto tempo isso dura, pensou Áine em tom sombrio.

Já podia ver os rostos dos bandidos que ela reconhecia, via os olhares deles se virando para a floresta. Quanto tempo, pensou, eles esperariam antes de se aventurar de novo até o centro da floresta? Quanto tempo antes de atravessarem às cegas as árvores, tentando encontrar sua casa? Quanto tempo antes de tentarem se servir dos espólios do Rei dos Bandidos?

Não muito, decidiu.

Não é para vocês, pensou ela. *Os espólios do banditismo não irão para os bandidos. Irão para outro lugar.*

Voltou-se para a aldeia. Alguém havia erguido um tablado temporário diante do antigo muro que cercava a cidade. A rainha estava ali perto, examinando a cena. Alguém lhe havia trazido uma cadeira, mas ela a dispensou. Não queria perder um minuto daquilo.

A rainha notou Áine olhando, e um sorriso se desdobrou nas rugas de seu rosto. Ela acenou para a garota. Áine assentiu.

Para cá, decidiu Áine. *O tesouro virá para cá. Pelo menos boa parte dele.*

O lobo inclinou o corpo para a frente e bocejou. Latiu e saltou para longe, depois voltou, encostando-se na perna de Áine. Olhou para a figura de Ned que se afastava, agora reunido com a família. O lobo ganiu um pouco, mas não foi atrás.

— Eu sei — disse Áine. — Deixe que ele seja amado. Ele vai precisar de nós outra vez, mas não hoje. Hoje ele precisa *deles*. E hoje eu preciso *de você*. — Ela pousou a mão na cabeça do lobo. — Na verdade acho que posso precisar de você diariamente. Venha.

Ela voltaria, claro que voltaria. Mas primeiro precisava falar com a rainha. E precisaria de uma carroça e uma boa pá. Porque, apesar das comemorações, tinha considerações práticas em que pensar. Ainda precisava enterrar o pai, desmantelar a vida antiga e distribuir uma fortuna.

E Áine era uma garota prática.

Foi decidido que Áine viajaria com seis soldados, três carroças e uma égua só sua, que ela chamou de Sombra. Os soldados, apesar de cautelosos com o lobo, logo se acostumaram a vê-lo correndo pela floresta e começaram a apreciar seu uivo ocasional. Afinal de contas eles haviam crescido com medo da floresta. E o medo é uma coisa difícil de desaprender.

Quando chegaram à casa perto da cachoeira, Áine viu instantaneamente que nada havia sido mexido. Tudo, menos as galinhas, estava exatamente onde ela deixou. As galinhas, infelizmente, sumiram — comidas por um falcão, lince ou raposa. Era difícil dizer. As cabras não retornaram, e Áine soube que elas jamais retornariam. Não retornariam se ela não estivesse ali. Suas boas meninas eram pragmáticas. Ficariam nas montanhas, iriam se unir a um rebanho e viver até não poder mais. E era isso.

Os soldados a ajudaram a enterrar seu pai numa das colinas junto da casa. A sepultura ficou sem marcas, como era o costume no país de Áine, a não ser por um círculo de flores indicando o local, até que o vento as levasse embora.

Áine mostrou aos soldados onde o tesouro estava escondido no sótão. Não os ajudou a carregá-lo para as carroças, em vez disso pediu licença e entrou em casa. Ouviu os soldados ofegando atônitos, grunhindo e suspirando enquanto carregavam um fardo depois do outro para as carroças. Eles demorariam um tempo, já que havia um bocado de ouro para carregar.

Dentro da casa ela encontrou um saco, algumas roupas e outras coisas de que provavelmente iria precisar. Uma bússola, por exemplo. Um mapa de Duunin. Uma faca extra. Corda. Um embrulho do tesouro de seu pai, escondido sob as pedras da lareira. Sua capa mais quente. Era o início do outono, e a passagem pelas montanhas seria fria, provavelmente com neve.

Debaixo da cama de seu pai havia um baú com pertences de sua mãe — destinados a Áine quando ela fosse mais velha. Vestidos. Capas impermeáveis. Botas. Mapas marítimos. Os diários da mãe. Um medalhão com dois retratos minúsculos dentro: o rosto da mãe e o do pai, ambos terrivelmente jovens e desesperadamente apaixonados. E cartas — da mãe de sua mãe, da irmã de sua mãe e de outros de uma família com quem Áine jamais havia se encontrado. Mas encontraria. Eles moravam em Kaarna, uma cidade junto ao mar. Áine a encontrou no mapa e marcou com cuidado a trilha para chegar até lá.

Família. A palavra só a fazia pensar em Ned. E no lobo. Mas Ned tinha a família dele. A dela fora afastada de sua vida. E Áine tinha perguntas.

Organizado o conteúdo da viagem numa mochila e nos alforjes, ela saiu de casa no instante em que os soldados amarravam os fardos nas carroças.

— Terminamos — disse o capitão. — Há mais alguma coisa, antes de partirmos?

— Não — respondeu ela. — Não há nada. — Áine olhou para a casa, com o coração pesado como uma pedra. — A não ser. Se por acaso vocês tiverem uma pederneira, seria bom acender uma fogueira. Acho que deveríamos queimar a casa do Rei dos Bandidos.

Mais tarde, depois de os soldados terem partido e de sua casa e o celeiro não passarem de uma ruína em brasa, Áine ficou junto ao lobo e à égua, ouvindo o silêncio da floresta. Se os bandidos viessem, presumiriam que o saque fora saqueado. E era verdade. Na maior parte. Ela estava com sua trouxa cheia apenas com joias — gordas, brilhantes e preciosas. Uma única joia poderia alimentar uma família. Ou mudar uma vida. Uma única joia poderia comprar um bocado de coisas.

Segundo sua contagem, havia mais seis trouxas enterradas na floresta. Ela poderia encontrá-las se precisasse. Ou poderia deixá-las na floresta para sempre. Ainda não tinha decidido.

Agachou-se perto do lobo e olhou para o mato verde.

— Bem, meu amigo — disse. — Acho que devemos partir. — O lobo ganiu enquanto a garota se levantava. — Você já quis ir para o mar?

52

O MAR! O MAR!

— NEDDY, ACORDE, SEU DORMINHOCO. O DIA É jovem e novo em folha, e nossa lista de tarefas é terrivelmente longa.

Ned abriu os olhos. Seu pai estava sentado na cama, a mão no seu ombro, sacudindo-o gentilmente.

— Ainda nem amanheceu — reclamou Ned.

— Vai amanhecer logo. E, se já não estivermos trabalhando, vamos perder minutos valiosos. O trabalho não vai se fazer sozinho, afinal de contas.

O pai de Ned segurou o rosto do filho cheio das cicatrizes da magia e deu um tapinha de leve em cada bochecha antes de se levantar e ir para o fogão, fazer o café da manhã.

Ele estava assim desde que viu a alma de Tam. Desde que pôde se despedir. O pai de Ned olhava para ele, via-o, até o amava. Ned estava atônito.

O perdão é algo notável, disse a mãe de Ned a ele, especialmente quando a gente se perdoa. Ela disse que o sofrimento, a vergonha e o arrependimento de seu pai haviam matado uma parte do coração dele, e que, ao ver a alma, tocar a alma, deixar que a alma fosse adiante, o coração dele renasceu. E estava novo, frágil e *vivo*.

— O perdão é a força mais poderosa do mundo — disse ela. — Muito mais poderosa que a magia. — E talvez fosse verdade. Ned não fazia ideia.

Porque na confusão depois da partida das Pedras, na celebração, nas novas amizades e nas festas comemorando uma paz duradoura, na organização de conselhos, federações comerciais, emissários e Assuntos de Estado...

Áine tinha ido embora.

Embora.

Ned não conseguiu encontrá-la em lugar nenhum. Ela simplesmente desapareceu. Mais tarde, ele ficou sabendo que ela retornou à casa na floresta para enterrar o pai, e algo a ver com pagar uma restituição à rainha. (*E por que ela foi embora sem se despedir?*) Havia um boato de que a casa fora queimada e que o tesouro tinha sumido, e que Áine não podia ser encontrada em lugar algum. Ned esperou e esperou, mas ela não voltou. E fazia meses. Quase um ano.

Por que ele não tinha ficado junto dela? Por que tinha deixado que ela fosse embora? Por que não a puxou para o peso de sua família, segurou-a no lugar, deu-lhe um local que fosse dela? Ned não conseguia se perdoar.

— Coma — ordenou o pai.

E Ned comeu. Os dois saíram de casa, com o céu passando da escuridão para uma luz débil e frágil. O lenhador pousou a mão no ombro de Ned e a manteve ali, relutante em afastá-la.

A mãe de Ned estava na capital, ajudando a rainha — ainda viva, mas um pouco mais fraca a cada dia — na formação de um novo governo.

— O que quer que seja — disse a rainha —, será novo. Isso nem sempre é uma coisa boa, mas faremos o máximo para garantir que também não seja ruim.

Enquanto isso, vários engenheiros e arquitetos vindos do outro lado das montanhas trouxeram novas práticas para a aldeia de Ned, ajudando a reconstruir as casas que tinham sido derrubadas para defender a cidade. E já que estavam ali, construíram novos prédios e lojas ao longo da estrada que atravessava a floresta, para o comércio crescente entre as duas nações.

De fato, Ned mal conseguia reconhecer sua aldeia. E ainda que agora todos fossem melhores amigos — diziam isso o tempo todo —, Ned não conseguia se acostumar com os forasteiros. Eles falavam de modo estranho, tinham maneirismos esquisitos e construíam as frases de um jeito inesperado. E o que era pior, faziam com que ele se lembrasse de Áine. E isso fazia seu coração se partir um pouco mais a cada dia.

Onde ela estava? Para onde teria ido?

O lobo também tinha ido embora, e ainda que Ned se sentisse melhor acreditando que um ajudaria o outro, ele não tinha certeza. E o pensamento de que os dois estariam tendo uma aventura sem ele o fazia se sentir terrivelmente solitário e terrivelmente abandonado. Eram seus primeiros amigos desde a morte de Tam. Seus melhores amigos. Que tinham ido embora. Deixando-o para trás.

Ned e seu pai atrelaram as duas mulas à carroça, encheram-na de ferramentas e provisões, e foram para a floresta. Ela estava silenciosa desde a partida das Pedras. Não tinha mais magia. Não era mais uma arma.

E agora Ned amava a floresta.

À noite sonhava com a floresta, as montanhas escarpadas e o céu que se curvava em volta do mundo. Sonhava com uma cabana de pedra na floresta que, de algum modo, havia se transformado num barco e descia o Grande Rio até o mar. E acordava no instante em que alguém chamava seu nome.

Durante o dia tentava não pensar nos sonhos. Em vez disso se lançava no trabalho.

Naquele dia eram nove trabalhando. Três garotos da idade de Ned e seis homens adultos. Nos meses desde o desaparecimento das Pedras, Ned havia aprendido a usar um machado e uma serra. Aprendeu a aparar um tronco, retirar um galho depois do outro até virar um mastro reto e alto. Aprendeu a derrubar a tora e rolá-la sobre as tiras de modo a ser posta numa carroça.

Essas atividades seriam mais fáceis com magia, claro. Mas não seriam nem de longe tão satisfatórias. A cada dia ele ficava um pouco mais forte. Era bom ser forte.

Ao meio-dia Ned e os outros lenhadores tinham derrubado doze árvores e as puxado para a estrada. Os galhos estavam cortados, empilhados e amarrados. Logo os carroceiros chegariam, e juntos todos carregariam as toras e os feixes, mas, por enquanto, se encostaram nas árvores e cochilaram.

Nos meses depois de perder o irmão, Ned cresceu um palmo de altura e ficou tão forte nos ombros e nos braços a ponto de perder três conjuntos diferentes de roupas. As coisas que eram tão difíceis para ele — o balde d'água, a lavagem dos porcos, a mão firme exigida para construir —, agora tudo isso era fácil. Era como se seu corpo estivesse esperando para crescer. A gagueira sumiu; ele era capaz de ler sem que as letras se embolassem e parecessem voar para longe. Às vezes até sorria.

Encostado na árvore, fechou os olhos e relaxou.

No sonho viu o lobo. Ele também estava maior — quase completamente crescido. E saltava de uma pedra para um tronco e para outra pedra. Saltava por cima de riachos e fendas. Era uma maravilha de velocidade e agilidade. Em seu sonho um assobio alto e agudo soou no meio das árvores. O lobo parou, empinando as orelhas. O assobio soou de novo. O lobo ganiu.

— Estou aqui, seu animal bobo — gargalhou Áine, e foi correndo pelo sonho na direção do lobo. O lobo soltou um ganido de alegria e correu para a garota, girando em volta dos pés dela e batendo com os flancos na perna dela. — Eu disse que não iria para longe.

No sonho, Áine também havia crescido. Usava um vestido de mulher que estava um pouco grande para ela, amarrado na cintura para se ajustar, e um par de botas macias e uma faca numa bainha pendurada no quadril. Tinha uma mochila às costas, com a capa amarrada no lado de fora e um odre de água pendurado na lateral.

Seus olhos estavam escuros, espaçados e risonhos. Eles brilhavam feito estrelas.

Ned acordou com um grito triste e grave de um lobo.

Ainda estou sonhando, disse a si mesmo enquanto se levantava, bebia água e voltava ao trabalho. As carroças chegaram e várias outras árvores foram derrubadas, e tudo foi atrelado às parelhas de mulas e puxado pela estrada.

De novo o lobo uivou.

Ainda estou sonhando, disse Ned a si mesmo ao se banhar na bica da cisterna de água da chuva e vestir roupas limpas para o jantar. Um cozido já estava borbulhando no fogão. Pão fresco esperava na mesa. Ele não tinha ideia de quem havia feito o pão — ninguém esteve em casa o dia todo. Mesmo assim os aldeões garantiam que eles fossem alimentados a cada dia e mantidos cheios com os melhores queijos, os melhores bolos e as melhores tortas de carne. Ninguém reivindicava o crédito por isso, e Ned jamais perguntava. O Garoto Errado vivia; o Garoto Errado salvou todo mundo. Há algumas palavras que a gente não pode retirar. E algumas coisas pelas quais devemos expiar. E era isso.

Depois do jantar naquela noite, o pai de Ned foi se encontrar com o Conselho Municipal, e Ned juntou os pratos numa bacia para serem lavados do lado de fora. Em algum lugar no escuro, um lobo uivou — um som próximo, caloroso. Um som que parecia fazer parte da família.

Ainda estou sonhando, disse Ned a si mesmo, com um nó apertado se formando na garganta. Saiu para o quintal, indo até o poço.

Áine estava sentada na borda de pedra, esperando. Tinha um mapa desdobrado no colo e o estudava com atenção.

Ned largou o balde d'água. Não piscou, não se mexeu, por medo de que ela desaparecesse. Em vez disso, ficou parado feito uma pedra no quintal.

Áine comprimiu os lábios, com uma minúscula sugestão de riso começando a se curvar nos cantos, mas não levantou os olhos. Em vez disso assobiou, alto e agudo. Um lobo uivou — bem perto — e veio correndo pela lateral da casa, quase derrubando Ned.

Ned continuou sem conseguir falar. Não confiava na própria voz.

— Vai ficar aí de boca aberta ou vai demonstrar alguma hospitalidade a dois viajantes? — perguntou Áine. Ela olhou para Ned e deu um sorriso largo, os olhos pretos se franzindo nos cantos, as beiradas umedecidas com lágrimas.

Depois de vários minutos de abraços, risos, de rolar com o lobo e de mais um abraço, estavam sentados à mesa de Ned, com uma tigela de cozido diante de Áine, um pedaço de carne para o lobo e duas xícaras fumegantes de um chá especial que a mãe de Ned sempre fazia para os viajantes — uma para Áine e uma para Ned.

Ele ficou olhando o rosto dela. Não conseguia acreditar.

— Por que você foi embora? — perguntou finalmente.

Áine enfiou a mão na mochila e tirou uma bolsa de couro. Jogou-a na mesa. Estava cheia de moedas e algumas joias — mais riqueza do que Ned jamais tinha visto.

— Isso é para sua família. — Áine levantou as mãos, interrompendo os protestos de Ned. — É uma devolução. Da minha família para a sua. Por favor, não discuta. Seus pais vão precisar.

Ele deixou a bolsa na mesa, sem encostar a mão nela.

— Você não respondeu — disse Ned.

— Eu precisava voltar. Para a casa de meu pai. Demoraria um tempo até os outros bandidos encontrarem o caminho de volta sem ele, mas eu sabia que isso acabaria acontecendo. Havia ouro suficiente em nosso celeiro para construir uma frota de navios. Mais, até. Para fundar um pequeno país. Eu o mandei para a rainha, com minhas lembranças. Achei que seu país precisaria dele. Os soldados dela... bem, eles não sabiam o quanto seria.

Ela parou um momento, com o rosto sombrio.

— E quanto aos bandidos? — perguntou Ned.

Áine deu de ombros.

— Sumiram. Estão por aí. Eu queimei a casa. Queimei o celeiro. Se eles encontrarem a casa não vão achar nada. Mesmo assim ainda estão à solta, não é? Não são *seguros*. Ainda são *bandidos*.

Ned confirmou com a cabeça. Uma horda de homens e mulheres famintos, raivosos e sedentos de sangue à solta no mundo. Sem líder. E mais, tinham recebido a promessa de riquezas e poder, e agora não tinham nada. *Isso não podia ser bom.*

O rosto de Áine ficou totalmente inexpressivo, e ela permaneceu quieta por um longo tempo, e Ned também. Ele não disse o que queria dizer. *Faz quase um ano, Áine. Você sumiu há quase um ano. Onde esteve?* Em vez disso escutou o vento, o tremor dos galhos lá fora e o estalar do fogo no fogão, e a respiração lenta, suave, do lobo descansando. Eram sons bons, e Ned se sentiu feliz como não ficava havia muito tempo.

Por fim, depois que o cozido acabou e a tigela estava lavada, Áine levantou os olhos subitamente brilhantes.

— Ned, tenho uma coisa para mostrar. Venha aqui fora, no rio.

— Mas já está escuro — protestou ele.

— Não seja bobo. A lua está brilhando. Venha!

Ela pegou a mão de Ned, as pontas dos dedos roçando nas cicatrizes da magia enquanto se enrolavam na curva da palma da mão do garoto. Fazia quase um ano que ele havia segurado a mão dela pela última vez. A sensação — a realidade dela, a certeza dele — atravessou todo o seu ser.

Meus amigos, pensou ele. *Meus amigos voltaram para mim. É o melhor tipo de magia.*

Era como se o topo de sua cabeça e o núcleo da terra estivessem ligados por uma linha única, esticada. Ele era uma coluna sustentando o mundo. Uma corda de harpa tocando uma nota longa, pura. Era... *maravilhoso*.

Ela o puxou porta afora, com o lobo os seguindo em silêncio. A lua estava cheia e brilhante, ofuscando as estrelas. Os grilos cantavam vigorosamente no capim alto, e os sapos enchiam as poças com seus rogos desesperados, suspirando de amor. Áine tinha um passo ágil, rápido, com pés firmes no escuro, e Ned tropeçava tentando acompanhá-la.

— Minha mãe era pescadora, Ned. Já contei isso?

— Não. Não contou.

— Eu também era, antes que ela morresse. E era boa nisso. Podia controlar um barco, me orientar e encontrar as correntes escondidas e fisgar peixes gigantescos. Mesmo quando era pequena. E sentia falta disso. Às vezes, na floresta, eu achava que conseguia ouvir o mar. Não conseguia, claro. Eram só árvores, árvores e árvores. — Ela inclinou o rosto para o céu. — Por isso voltei, Ned. Depois de enterrar meu pai. Fui a Duunin, ao mar. Tinha algumas coisas a fazer. Por isso demorei tanto.

Ned assentiu.

— Eu quis ir ao mar uma vez. Meu irmão e eu. Mas aí ele morreu.

Ela fechou os olhos e acenou com a cabeça. Os dois se entendiam — essa perda, esse sofrimento, esse seguir em frente.

— As pessoas morrem, Ned. Isso acontece. Mas *nós* estamos vivos. É bom estar vivo.

Caminharam pela margem do Grande Rio, os passos fazendo barulho nas pedras vermelhas e verdes.

Em sua mente, Ned podia ver a balsa que havia feito com o irmão. Esse era o ponto em que seu pai o havia puxado para a margem, pensou. Esta era a curva onde seu irmão tinha sido levado. E tudo o que eles tinham desejado era ver o oceano. (*O mar!,* diziam um ao outro. *O mar!* Os olhos brilhando, esperançosos e terrivelmente vivos.) O último dia de seu irmão. Ned sentiu a lembrança se enrolar no peito — ao mesmo tempo linda e triste — e apertar com força. Mesmo sem a alma do irmão costurada à sua, ele ainda carregava Tam aonde quer que fosse. As piadas de Tam. A curiosidade de Tam. As armações loucas de Tam. Ned amava o irmão. Sentia saudades do irmão.

Depois da curva havia uma doca recém-construída e financiada por um ato de amizade da nação de Duunin (que, como Ned ficou sabendo, era acessível pelo mar, passando pelo delta espalhado no pântano e depois por uma longa e árdua jornada, ainda que a geografia da mesma o confundisse, como confundia muitas pessoas de seu país.)

Atracado à doca estava um barco, mais ou menos do tamanho de duas carruagens unidas. Balançava-se suavemente no rio. Tinha velas, remos e uma borda polida, com a cabeça de um lobo esculpida na frente.

— Ah! — ofegou Ned. — É lindo.

— É mesmo. Tem cordame, velas, mapas, bússolas e comida e água suficientes para uma viagem de cinco meses — disse Áine.

— Como você sabe?

— Porque ele é meu. Bem, quase todo meu.

Uma mulher emergiu do casco do navio. Era velha, com o rosto muito enrugado e cabelo claro como a luz das estrelas, puxado para trás e preso numa trança grossa que descia pelas costas como uma corda boa e forte.

— É esse o garoto? — perguntou ela, a fala pesada com os sons de Duunin.

— É, avó. É esse.

Ned a encarou. O rosto da mulher era forte como madeira, mas os olhos tinham o mesmo brilho duro dos de Áine. Ela possuía mãos grandes, braços musculosos e tinha um jeito fácil de andar pelo convés.

— Avó? — perguntou ele.

A velha ignorou isso.

— Eu vou para a cama, criança, e você deveria ir também. Deveríamos partir antes que o sol nasça amanhã. — Com um cumprimento de cabeça para Ned, ela se enfiou de novo no casco e sumiu.

Ned se virou para Áine, que inclinou os olhos para o céu enluarado.

— Eu não dei todo o tesouro à rainha, Ned. Fiquei com um pouco. Encontrei a família da minha mãe. Houve uma cisão entre meu pai e eles, há muito tempo. Eles nem sabiam que minha mãe morreu. Só que ela parou de escrever. E então eu comprei um barco. Não é lindo? Este lugar é o mais no interior que ele pode ir, e, na melhor das hipóteses, é uma viagem complicada. Vovó está nervosa com isso. Mas ela é ágil o bastante para rastrear a correnteza, e forte o bastante para enfrentar o mar. Nós partimos esta noite para ir à capital, depois para levar dois embaixadores do seu país a Duunin. Meu país. E depois para as outras nações mais além. Existem mais países, e a rainha quer mandar saudações. Encontrei sua mãe, e ela sabe que eu pretendo levar você. Se você quiser ir. Ela não está... — Áine deu de ombros. — Bem, ela não está *feliz* com isso. Mas a decisão é *sua*. Minha avó é capitã, e eu, navegadora. E quero que você venha, Ned. *Por favor.*

— Mas...

— Nós partimos de manhã.

Ned a encarou.

— Espere...

— Esperar o quê?

Ele não podia dizer nada. Seu pai o amava. Sua mãe o amava. Sua casa precisava dele. Mas talvez isso não bastasse. Talvez ele precisasse de *outra* coisa. Objetivo. Amizade. O grande mundo.

— É perigoso?

— Provavelmente.

— Mas por quê? Por que fazer isso, Áine? Você poderia ficar aqui. Viver com minha família. Nós poderíamos... — Ele não tinha palavras.

— Eu poderia, mas... — Ela fez uma pausa. — O mar, Ned — sussurrou Áine. — O mar.

Ned não pôde responder. Sentiu o coração começando a bater forte e os olhos a brilhar.

— O que eu faria?

— Preciso de um bom cozinheiro.

— Verdade? — perguntou Ned com ceticismo.

— Claro que não. Mas você deveria ir. Porque o mundo é grande, vivo e rico. E cheio de promessas. E aventuras. E truques. E porque você é meu amigo. — Ela franziu os lábios. — Meu *amigo*, Ned. — Ela desviou o olhar. — Além disso... Não vai ser divertido sem você.

O lobo inclinou a cabeça para trás e uivou.

Ele não disse que sim. Não disse nada. Em vez disso, seu rosto se abriu num sorriso largo e brilhante.

— Você me ensina? — perguntou.

No dia seguinte o pai de Ned foi acordar o filho.

Mas Ned não estava lá. A cama parecia nem ter sido desfeita.

O grandalhão sentiu as pernas cedendo. Sentou-se na cama.

— Ned? — gritou. — Neddy? — Não houve resposta.

Olhou de volta para a cama e notou um pedaço de papel dobrado, preso na coberta com uma pedra.

"Papai", estava escrito no lado virado para cima. Com as mãos trêmulas, o lenhador pegou o bilhete e o abriu.

"O mar!", dizia o bilhete. "O mar!"

Não estava assinado e não dizia nada sobre aonde ele ia nem quando voltaria ou por que precisava ir. Mesmo assim o pai de Ned soube.

O mar significava *eu amo você*.

O mar significava *um dia eu volto.*

O mar significava *preciso encontrar o mundo, abraçar o mundo e viver no mundo. E preciso amar o mundo. E amá-lo, amá-lo, amá-lo. Tanto quanto amo você.*

Em sua mente ele podia ver o filho — o garoto, o jovem, o homem — de pé no meio de um espaço sem limites. Água, vento, céu. O centro da terra. O corte entre montanhas. O telhado das estrelas. A pulsação e o ritmo das ondas incessantes.

O pai de Ned encostou o bilhete no coração. Fechou os olhos. Sentiu o gosto das lágrimas salgadas.

O mar!

Este livro foi composto na tipologia Minion Pro,
em corpo 11,5/15,6, e impresso em papel off-white,
no Sistema Cameron da Divisão Gráfica
da Distribuidora Record.